Marjana Gaponenko

Das letzte Rennen

Komisch, grotesk, hellsichtig und voll schwarzem Humor und Melancholie erzählt Marjana Gaponenko in ihrem neuen Roman vom bösen Erwachen eines modernen Taugenichts, der auf drastische Weise einige hilfreiche Lektionen fürs Leben lernt. Kaspar, ein verwöhnter junger Mann in der guten Wiener Gesellschaft, studiert etwas ziellos vor sich hin und scheint von den Menschen, insbesondere den Frauen um ihn, weniger zu verstehen als von den Ponys, die sein wohlhabender Vater sammelt. Der Vater Adam, ein aus Polen stammender Ingenieur und Selfmademan, verehrt Pferdekutschen und Kutschpferde und liefert sich mit dem einzigen Sohn ein verhängnisvolles Rennen.

Marjana Gaponenko wurde 1981 in Odessa, Ukraine, geboren und studierte dort Germanistik. Nach Stationen in Krakau und Dublin lebt sie nun in Mainz und Wien. Sie schreibt seit ihrem sechzehnten Lebensjahr auf Deutsch. 2010 erschien ihr erster Roman «Annuschka Blume». Für den Roman «Wer ist Martha?» wurde sie mit dem Adelbert-von-Chamisso-Preis und dem österreichischen Literaturpreis Alpha ausgezeichnet. Ihre freie Zeit verbringt Marjana Gaponenko mit ihren Haflingern.

The only question with wealth is,
what do you do with it?

John D. Rockefeller

Wenn es ein Wort gab, das mein Vater besonders häufig in den Mund nahm, so war es das Wort «meisterlich». Als alter Pole sprach er es mit jiddischem Akzent aus, so dass sein «majsterlich» gar nicht so unwienerisch klang. Meisterlich konnte für ihn ein erstklassiges Gulasch sein, ebenso wie eine versalzene Suppe, ein Hufbeschlag, aber auch ein Deichselbruch. Wer nicht meisterlich zu scheitern verstand, verdiente in seinen Augen keine Bewunderung.

Unvergesslich der Tag, an dem er sich überreden ließ, in eine Ausstellung zu gehen, weniger mir als meiner ersten Freundin Anna zuliebe. Auf dem Albertinaplatz gingen einige Fiaker frierend vor ihren Gespannen auf und ab. Im scharfen Novemberwind standen die Mähnen der Pferde für einige Sekunden aufrecht, fielen in sich zusammen und hoben sich wieder zu kraftlosen Irokesenschnitten. Der Vater lüftete im Vorbeigehen den Hut und wies mit mürrischer Miene auf das Plakat *Von der Romantik zur Op-Art*. Zu gerne wäre er bei den Fiakern geblieben, um mit ihnen in der Kälte über die Kutschen zu plaudern, darüber, wie sie fuhren, wie es um die Lackierung stand, wann sie das letzte Mal gewartet und was genau ersetzt worden war. Kurz nach seinem 60. Geburtstag hatte er begonnen, seine Kutschensammlung aufzulösen. Die prachtvollsten Exemplare verkaufte er an Museen, die seltensten an Sammler, die

Stadtkutschen, seine Lieblinge, an einige größere Fiakerunternehmen in Wien, so dass man sagen konnte: Wenn er eine Kutsche auf der Straße wiedererkannte, kannte er auch den Fiaker. Aus diesem Grund galt das Lüften des Huts mehr dem alten Wagen als dem davorstehenden, rotnasigen Geschöpf im weiten Lodenmantel. Zur Ausstellung an jenem Novembertag ging er also in der Hoffnung, einen seiner Lieblinge unterwegs in Aktion zu sehen.

Wie nicht anders erwartet, konnte er dem dünnen Wanderer eines Caspar David Friedrich oder den rosigen, rankenumwundenen Engeln eines Philipp Otto Runge nichts abgewinnen. Naserümpfend ging der gelernte Maschinenbauingenieur, Hände auf dem Rücken gefaltet, von Bild zu Bild. Nur manchmal verweilte er etwas länger vor einem Kunstwerk.

«Meisterlich», hörte ich ihn murmeln. Nur ich wusste, dass sein Lob dem kunstvoll geschnitzten Goldrahmen galt.

«Schau mal, Vater, hier lugt ein Pferdekopf aus dem Gebüsch!», sagte ich, um ihn auf sein Lieblingsthema zu bringen. «Da stimmt etwas grundsätzlich nicht», knurrte er, nachdem er das kleine dunkle Bild durch die Brille betrachtet hatte. «Das Pferd schaut einem Picknick zu, sollte aber, so wie es dargestellt wurde, eigentlich auf der Flucht sein. Mit diesen aufgeblähten Nüstern! Das soll Kunst sein? Das ist doch eine Lüge!» Den letzten Satz sprach er etwas lauter, so dass mehrere Besucher sich zu uns umdrehten. Einige versuchten aus der Ferne zu erkennen, was mit dem Bild nicht stimmte. Wer sich auf Pferde verstand, hätte meinem Vater jedoch recht gegeben. Dieses Bild war nicht nur deswegen eine Lüge, weil es getreu den Gesetzen der Roman-

tik die Wirklichkeit leugnete. Es barg dazu noch eine Unge-
reimtheit in sich, welche die Naturferne des Malers
offenbarte. Und so musste ich Anna erklären, dass ein Pferd
mit geblähten Nüstern, einem gereckten Hals und viel
Weiß im Auge niemals seelenruhig einem Picknick zweier
Edelmänner am Wegesrand zuschauen könne, weil es in
diesem Zustand um sein Leben renne.

«Und das hier ist überhaupt eine Frechheit. Für wen
hält er uns eigentlich!», rief er zwei Säle weiter vor einem
Miró-Bild aus. *Wassertropfen auf rosafarbenem Schnee* hieß das
Kunstwerk, auf dessen eindeutig orangefarbenem Hintergrund sich zwei fette Striche krümmten. «Ich mag es nicht,
wenn mich irgendwelche Künstler verhöhnen. Noch bin
ich nicht farbenblind!», brummte er und schielte zu den
anderen Museumsbesuchern. Ihnen schien Mirós Humor
zu gefallen. Jene, die den Titel gelesen hatten, grinsten und
zückten sofort ihre Kameras. Wir gingen weiter.

«Kunst – das ist Können und sauberes Handwerk», sagte
er im nächsten Saal vor einem schmalen, weiß grundierten
Bild, aus dem rostige Nägel in aparten Wellen ragten. «Das
ist zum Beispiel eine saubere Arbeit. Ich verstehe zwar die
Botschaft nicht, die Art, wie die Nägel eingeschlagen sind,
finde ich aber meisterlich», fügte er händereibend hinzu.
Immer wenn er verunsichert war, rieb er sich die Hände.
«Wollen wir es dem Schmied schenken?»

«Wir sind in einem Museum und nicht in einer Ver-
kaufsausstellung», wehrte ich ab.

«Du weißt, Geld ist kein Problem», sagte er an mir vorbei zum Albertina-Publikum und zu Anna, die mir an dem
Abend gestand, dass sie meinen Vater peinlich fand.

Als armer Maschinenbaustudent aus Krakau hatte mein Vater in seiner Jugend viel über Geld nachgedacht. Einmal muss er aufgewacht sein und beschlossen haben, sich aus der finanziellen Misere zu befreien. Jahrelang mühte er sich ohne nennenswerten Erfolg ab, bis er eines Tages an der Kreuzung Uliza Filipa und Uliza Krotka um ein Haar mit einem pferdegezogenen Milchwagen zusammengestoßen wäre. Lange sah er der Staubwolke hinterher – das durchgegangene Pferd war nur durch die Barbakan-Mauer aufzuhalten. Am nächsten Morgen berichtete eine Zeitung über den Unfall, die riesige Milchpfütze auf der Fahrbahn und die Schäden an dem einmaligen gotischen Bauwerk. Den Artikel hatte er ausgeschnitten und Jahre später seinen Wiener Freunden und Gästen immer wieder voller Stolz gezeigt, wenn die Rede darauf kam, wie er seinen mondänen Lebensstil eigentlich finanzierte.

Landwirte, schmiert eure Bremsen mit Bedacht, lautete der erste Satz des Zeitungsartikels. Zeigte sich Unverständnis in den Augen seines Gegenübers, so erklärte der Vater, dass er nach dem Lesen dieses traurigen Berichts zum Erfinder eines ölfreien Verdichters für Bremsen geworden war. Monatelang habe er unter dem Eindruck des Unfalls gehämmert, nachts, in seiner Wohnung am Rande von Krakau, so dass sogar die Nachbarn misstrauisch geworden seien. Hinter dem Hämmern eine terroristische Tätigkeit vermutend, sollen sie sogar einmal die Polizei gerufen haben, und nur dem an der Wand hängenden Zeitungsartikel sei es zu verdanken gewesen, dass die Polizisten den humanistischen Ambitionen des jungen Maschinenbaustudenten Vertrauen geschenkt hätten. Klar wäre es in einem Betrieb viel einfacher, sagte er zu den Polizisten, wer aber sollte denn einen Studenten ohne Beziehungen wie mich anstellen?

Er trat planvoll der polnischen vereinigten Arbeiterpartei bei, verschuldete sich, fuhr nach Leipzig zur Messe und sah jedoch ziemlich schnell ein, dass der Kommunismus und der Fortschritt nicht kompatibel waren und dass er noch weiter westlich fahren musste: zur Messe nach Hannover. Auch diese Reise nahm er ein Jahr später mit noch größeren Schulden auf sich und wurde wieder enttäuscht. Auch hier schien es nicht um die Technik zu gehen. Die großen Firmen waren nicht geneigt, seine Erfindung mit offenen Armen zu empfangen. Solche wie er tummelten sich außerdem in Mengen an den Ständen, nur waren sie älter als er, gebeugt, ergraut und so gekleidet, als wären sie einmal um den Erdball gelaufen, um zur Messe nach Hannover zu kommen. Und es gab bereits erschreckend viele Verdichter kleinerer Firmen auf dem Markt. Manche liefen zwar nicht ölfrei, aber aufgrund einer einfachen Ventilsteuerung schienen sie genauso effizient zu sein wie seine Erfindung. Der Vater wurde nachdenklich und beschloss schließlich, einen Abstecher nach Wien zu machen, um bei einer großen und angesehenen Maschinenbaufirma seine Erfindung vorzustellen. Seine letzte Hoffnung war Österreich, das er für ein angenehm zurückgebliebenes, sozialistisches Land hielt, allerdings pfiffiger und unkomplizierter als Polen. So kam er am Franz-Josephs-Bahnhof an: nur noch mit 30 Dollar in der Tasche, der heimlichen Universalwährung des Ostblocks, die auch jetzt, Jahrzehnte später, auf ihrem Thron nicht schwankt.

Mit seinem wagemutigen Ausflug erreichte er jedoch etwas anderes: Ihm wurde die Stelle des Entwicklungsingenieurs in der Konstruktionsabteilung der besagten Firma angeboten. So blieb er als politischer Flüchtling in Wien und fiel bei seinen Eltern unwiderruflich in Ungnade. Beide Russischlehrer, hatten sie sich für ihren Ältesten eine Karriere als Ingenieur im fernen Russland vorgestellt, bei Roskosmos oder zur Not auf einem Dozentenposten an einer technischen Universität des verbrüderten und verhassten Riesenlandes. Nur sein Bruder hielt Kontakt mit ihm. Dieser, Ernest mit Namen, soll als Kind den Wunsch geäußert haben, Sänger zu werden. Völlig grundlos, wie mein Vater sagte, er soll gesungen haben wie ein Ferkel. Als Einziger in der Familie ging der kleine Caruso regelmäßig zum Friseur. Die anderen beiden Männer ließen sich die Haare mit schwerer und sicherer Hand von der Hausfrau schneiden. Jedenfalls soll etwas gewaltig schief im Leben des Wunderknaben gelaufen sein, und anstelle einer Sängerkarriere fristete Ernest seit den späteren 70er Jahren ein Straßenfegerdasein in der Krakauer Innenstadt. Er heiratete nie und lebte in seinem baufälligen Geburtshaus am Stadtrand, zuerst mit den Eltern und später allein. In jedem zweiten Brief berichtete der jüngere Bruder von den unzumutbaren Zuständen auf den Straßen. Er würde nur noch Laub zusammenfegen. Früher habe er in mancher Steinritze noch Kleingeld gefunden. Damit sei nun Schluss.

Obwohl mein Vater Krakau gegen Wien eingetauscht hatte, war der Unterschied für ihn kaum spürbar. Sein Leben war nur an der Oberfläche anders geworden. Nach wie vor träumte er vom großen Geld, doch als Entwicklungsingenieur mit einem monatlichen Gehalt von 23 000 Schilling brutto rückte der Traum von einem Leben in Saus und Braus in weite Ferne. «Was tun, was sollst du tun, Adam?», pflegte er später oft mit anschaulicher Geste im Freundeskreis seine damaligen Überlegungen wiederzugeben, «du bist ein kleiner Fisch, umgeben von anderen Fischen in einem Becken voller Haie, die gegeneinander kämpfen – für Macht und Monopol. Lass die Flossen nicht hängen, lass dir etwas einfallen, und trickse die Haie aus.»

«Aber wie, wie denn?», unterbrach ihn meist jemand, der diese Geschichte noch nicht kannte. «Nun», fuhr mein Vater ungerührt fort, «ich habe mich auf Sperrpatente spezialisiert», und nach einer ehrfurchtsvollen Schweigeminute ergänzte er feierlich: «Und habe sie den Firmen angeboten, von denen ich genau wusste, dass sie ähnliche Produkte bereits auf dem Markt hatten, allerdings nach einem völlig anderen Prinzip funktionierend und eine Spur ineffizienter als das, was ich zu bieten hatte. Wegen mehr Leistung würden die Firmen das mühsam und kostspielig Erarbeitete nie aufgeben, dachte ich, und so war es auch. Man muss sagen, ich verkaufte meine Erfindungen an mehrere Konkurrenten gleichzeitig, je nach Firma mit kleinen maßgeschneiderten Abweichungen. Ich wusste, dass sie als Sperrpatente beiseitegelegt würden.»

«So wird aber keine Revolution gemacht», bemerkte dann meist einer der jüngeren Zuhörer, worauf mein Vater zu entgegnen pflegte: «Keine Sorge, junger Mann, die Menschheit knallt früh genug gegen den Barbakan.»

«Erzähle doch das Wichtigste, Spatzerl», drängte meine Mutter, die gar nicht oft genug hören konnte, wie sie aus ihrer winzigen Dachwohnung unweit vom Naschmarkt ausgezogen waren und einen Monat lang wie zwei Touristen in einem der besten Wiener Hotels logiert hatten. «Dank seines Ideenreichtums und der klugen Strategie war mein Mann mit Anfang vierzig wohlhabend genug, um sich noch größere Sprünge zu leisten» – immer wieder pflegte meine Mutter das Wort zu ergreifen. Von ihr erfuhren die Gäste, dass meine Eltern damals in diesen schicksalsträchtigen Wochen nach Immobilien Ausschau gehalten hatten und ziemlich schnell fündig geworden waren. Sie erfuhren, dass sie das Gelände der stillgelegten Galopprennbahn für hundert Jahre gepachtet hatten – samt Haupt- und Nebengebäuden, die alle, wie der Großteil der Bäume, aus der Zeit Kaiser Franz Josephs stammen sollten. «Im Pachtvertrag steht bis 2084. Wir haben das Blatt kopiert und rahmen lassen, als Blickfang für sein Kabinett», fügte sie jedes Mal hinzu und führte die Gäste, bevor sie nach Hause fahren durften, in diesen Raum, wo sie in eine dunkle Ecke auf besagte Dokumentkopie zeigte. «Die alten Tribünen durften wir schonend abtragen, an dieser Stelle ist unsere Bibliothek entstanden, wo wir eben Mokka getrunken haben. Fünf riesige Bogenfenster!» Meine Mutter prahlte gerne und wurde nicht müde, bei jeder Einladung immer wieder dasselbe zu erzählen. «Das ist der kälteste Ort im ganzen Haus und wegen der Verglasung der teuerste», seufzte sie und sah sich entzückt um. In solchen Momenten hätte ich im Boden versinken können.

«Als mein Mann das verwilderte Gelände am Ende des Praters zum ersten Mal gesehen hat, wusste er sofort, was sich damit machen lässt», erzählte die Mutter stolz. «Er hat eine Huzulenherde auf die Rennbahn gestellt und sich so einen kleinen Naturpark gegönnt. Eine altösterreichische Pferderasse ist das, der Huzule.»

«Stuten und Hengste kamen für mich nicht in Frage, weil ich kein Züchter bin. Ich will mit diesen Tieren in Ruhe alt werden», warf der Vater bescheiden ein.

«Und das wirst du, Spatzi, wenn auch nicht so ruhig, wie du es dir erhoffst, ahaha! Dafür sorge ich.» Die Gäste lachten, auch ich lachte meist mit. Aus Höflichkeit, denn ich war ein wohlerzogenes Kind. Die Witzpalette meiner Mutter kannte ich auswendig. Auch wie es weiterging, war mir bekannt. Irgendwann fand Vater, dass die Herde vollständig war. Er ließ sie ein paar Jahre lang in Ruhe grasen und gedeihen, beobachtete sie, lernte die Pferde voneinander unterscheiden und war irgendwann so weit, dass er sich im Gespannfahren unterrichten ließ. Ein Originalmilchwagen wurde angeschafft, seine erste Kutsche.

Gute Milch! Molkerei Dobersberger, Marinellestraße 13, Wien, verkündete die Werbung auf der Seitenwand. Mit diesem schneeweißen Gefährt fuhren die beiden noch im selben Jahr auch über die Praterhauptallee zum Altar und damit direkt auf die Titelseite der Kronen-Zeitung, allerdings stark verkleinert. Wien schwankte zwischen Empörung und Entzücken. Meine damals 19-jährige Mutter hatte mit einem blumengeschmückten Oldtimer gerechnet und bekam den Heulkrampf ihres Lebens. Der Charme eines hölzernen Milchwagens konnte sich ihr, der verwöhnten Tochter eines Holzindustriellen, nicht eröffnen, wie im Übrigen auch der des Traditionsfahrens selbst. In der Kutsche saß sie nur, um ihrem Mann eine Freude zu machen, und das auch nur zweimal im Jahr: am ersten Weihnachtstag und am Karfreitag.

Erst auf dem Gymnasium begann ich mich zu wundern, wieso mein Vater nicht wie die Väter meiner Mitschüler und Freunde arbeiten ging. Über soziale Unterschiede und die ungerechte Verteilung des Wohlstands in der Welt hatte ich mir davor vielleicht deshalb keine Gedanken gemacht, weil ich noch nie bei jemandem zu Hause eingeladen gewesen war, der, um es in Mutters Worten zu sagen, nicht aus unserer Schicht kam. Und als dies geschah, war ich erschüttert. Ich hustete extra laut in meinem Bett, in der Hoffnung, die Aufmerksamkeit meiner Mutter zu wecken.

Die mir winzig vorkommende Fünfzimmerwohnung am Opernring, die mir mein Mitschüler Joseph voller Stolz präsentierte, hatte Fußbodenheizung und eine ins Wohnzimmer integrierte Küche mit einer Abzugshaube über einem Herd, der wie ein schwarzer OP-Tisch in der Mitte des Raums stand. Das Mittagessen für Joseph und mich kochte die Dame des Hauses höchstpersönlich. Wie erstarrt saß ich an einem Glastisch, unter dessen Platte ich meine Beine sehen konnte, während Josephs Mutter zu den Klängen einer New-Age-Träumerei aus dem Radio Spaghetti (sie sagte Spaschetti) würzte. Als wir nachher in seinem Zimmer Fernsehen guckten, roch es auch dort noch nach Essen. «Was ist das für ein Maler?», fragte ich ihn, auf das Bild einer vom Blitz getroffenen Gitarre deutend. Das sei kein Maler, sondern ein Poster, hieß die Antwort. Als sich unsere Gesprächsthemen endgültig erschöpft hatten, wurde ich nach dem Beruf meines Vaters gefragt. Er sei ein Fiaker, log ich. Joseph warf mir einen verächtlichen Blick zu. «Aha! Darum stinken deine Klamotten nach Zoo.» Wir lachten beide − er im Bewusstsein seiner Überlegenheit, ich aus Verzweiflung. In diesem Moment wünschte ich mir nichts sehnlicher, als wirklich ein Fiakersohn zu sein. Während ich in der Diele meinen Mantel zuknöpfte, hörte ich, wie Joseph seiner Spaschetti-Mutter etwas zuraunte. Daraufhin begann sie mit Silberfolie zu rascheln. Ich bekam den Rest unseres Mittagessens eingepackt in die Hand gedrückt, einen kleinen Silberbarren. «Hier, eine Stärkung für euch», sagte sie, mir ihren säuerlichen Raucheratem ins Gesicht blasend. Mit *euch* war offenbar neben mir auch der erfundene Fiakervater gemeint. Um meinen Kummer noch zu vertiefen, sorgte der Zufall dafür, dass ich im Treppenhaus mit Josephs Vater zusammenstieß. Er trug eine Pilotenuniform.

«Bist du dir sicher, er kann auch ein Steward gewesen sein», flüsterte meine Mutter, auf meiner Bettkante sitzend. «Steward ist nicht so schick, Schatz.» «Auf jeden Fall schicker als gar nichts!», rief ich und drehte mich zur Wand. Ihr Kommentar dazu blieb aus. Sie strich mir durch das Haar (dabei drückte ich mich noch fester ins Kissen) und zog leise die Tür hinter sich zu. Hinter der geprägten sandfarbenen Glasscheibe sah ich ihre Silhouette hin und her wandern. Ein kräftiger Rücken, fast maskulin. Schließlich blieb sie da stehen, wo sie jeden Abend nach ihrem Gutenachtkuss stehen zu bleiben pflegte, und zwar vor der Konsole, wo sie die Kaminuhr mit Rücksicht auf meinen Schlaf zum Stehen brachte. Dann ging das Licht aus, ihre Schritte entfernten sich, und ich blieb allein. So wirst du eines Tages daliegen, hundertjährig und wirklich allein auf der Welt, dachte ich, du wirst daliegen mit dem verzweifelten Wunsch: diese Silhouette durch das geprägte Glas zu sehen.

Irgendwann wirst du richtig weinen, ganz arg, bis du austrocknest. Und wenn ich daran dachte, überkam mich eine Zärtlichkeit, so dass ich am liebsten aufgestanden und ihr nachgelaufen wäre, um mich zu überzeugen, dass sie am Leben war.

Lange vor meiner Geburt hatte mein Vater schon die Verwaltung seiner Finanzen einem anderen überlassen. Für die Mutter, eine Wienerin in der vierten Generation, muss es sicher unangenehm gewesen sein, dass seine Wahl auf einen Deutschen namens Otto von Grubinger gefallen war. «Deutsche Vermögensverwalter sind die neuen Juden» – mit diesem Satz begründete er seine Entscheidung. Als ich geboren wurde, war der etwas korpulente und mit einem wunderschönen Bariton begnadete Herr von Grubinger bereits eine Weile für meinen Vater tätig. Schon bei der Hochzeit hatte er die Rolle seines Trauzeugen übernommen. Ein silbergerahmtes Foto auf dem Schreibtisch der Mutter zeugte jahrelang davon, bis es eines Tages in einer Schublade verschwand. Goldgrube, so hieß Herr von Grubinger in meiner Vorstellung. In meinen Träumen saß er oft neben mir am Esstisch. Früher oder später spürte ich im Traum, dass er ein prall gefüllter Geldsack war. Dann konnte ich nicht widerstehen, ihm mit meinem Messer in den Bauch zu stechen, nicht zuletzt um die Langeweile meiner Mutter zu zerstreuen. Lachend vergrub sie ihre rot lackierten Finger in den Münzregen, der auf den Tisch prasselte, und strahlte, wie sie zu strahlen pflegte, wenn wir Besuch hatten oder in prachtvollen Hotels logierten. Eines Tages erzählte ich ihr von dieser Phantasie. Sie meinte, Herr von Grubinger würde sich auch im wirklichen Leben gerne aufschneiden lassen, um ihr eine Freude zu bereiten. Dabei lachte sie Tränen über ihren eigenen Witz. Wie so vieles, was sie sagte, waren auch diese Worte nur eine Andeutung, der Zipfel einer Girlande von Geheimnissen.

||

Obwohl es unhöflich war, konnte ich es mir nicht nehmen lassen, die Fiakerkolonne zu betrachten, die die Prater-hauptallee entlangrollte. Also ließ ich meine Gesprächspart-nerin, eine gut geschminkte, dafür aber umso nachlässiger angezogene Matrone, nach einer faulen Ausrede allein (ich sagte ihr ins Gesicht, dass ich *aufs Klo* müsse) und ging zu meinem Fahrrad. Während ich an der Buchsbaumhecke entlangfuhr, hörte ich, wie die mir vom Vater aufge-brummte Dame jemanden in der wachsenden Gästeschar mit ihrer schrillen Stimme auf Englisch begrüßte und dabei in ein hysterisches, für ältere Lebefrauen so typisches freu-diges Kreischen verfiel.

«Are you ready for the derby, Sweetie?»

«Of course I am», brüllte jemand zurück. Dass dieser Bass einer Frau gehörte, ging nur aus dieser Antwort her-vor, zum geplanten Damenrennen, eine Idee meiner Mut-ter, waren keine Herren zugelassen. Altern ist nicht leicht, dachte ich beim Blick auf die hintereinander trabenden Ge-spanne und langsam rollenden Taxis, die immer mehr Gäste brachten. Bereits von Weitem erkannte ich, dass die meisten im Alter meines Vaters waren und dass mit gleich-altrigen Kindern nicht zu rechnen war. Was nach einem potenziellen Spielgefährten aussah, erwies sich spätestens, wenn die Kutschen um das puppenhafte Gebäude des Lusthausrestaurants bogen, als ein Strauß von beigen Rosen oder ein Delikatessenkorb mit einer großen Schleife auf jemandes Schoß.

Es schmeichelte mir, dass einige der Fiaker mich wie ihresgleichen grüßten. Wenn unsere Blicke sich trafen, neigten sie ihre Köpfe unter ihren grauen oder schwarzen Zylindern leicht zum Gruß. Für einen, der noch nie auf einem Kutschbock gesessen hatte, war dieses mit dem Körper verschmolzene und antrainierte Nicken gar nicht wahrnehmbar. Den Augen des Fiakers entging im Dunkeln keine noch so nichtige Einzelheit, kein Ast und kein Schlagloch auf dem Weg. Seine Ohren unterschieden den Wind in den Baumkronen vom aufkommenden Regen, einen Jogger von einem angriffslustigen Hund. Einen interessanteren Zeitgenossen als einen Fiaker konnte ich mir nicht vorstellen. Eine größere Ehre als einen kollegialen Gruß von einem der Ihren auch nicht. Freilich hätte er mich mit dem Lüften seines Huts grüßen können, doch dann wäre ich bloß ein gewöhnlicher, wenn auch respektabler Wiener gewesen, jemand, der keine Ahnung hatte. Mein Glück wäre perfekt gewesen, wenn ein Malheur geschehen wäre und ich meine Tapferkeit und mein Geschick hätte beweisen können. Ich stellte mir vor, eine Kinnkette würde reißen und eines der Pferde in Panik versetzen. Was würde ich dann tun? Ganz ruhig würde ich mein Fahrrad an einen Baum lehnen und mich dem bereits an der Deichsel steigenden Pferd nähern. Brr, würde ich sagen, *ho-ho, mein Guter*, und beherzt in die Leinen greifen. Bei dieser Vorstellung spürte ich, wie meine Augen feucht wurden. Da begann der Zug der Fiaker zu zittern und sich aufzuteilen. Ein Teil verschmolz mit der rechten und der andere mit der linken Alleenhälfte, beide Hälften bildeten einen Reißverschluss, der sich mitten auf dem Weg vor mir öffnete. Ein Blinzeln, und schon war alles wieder an seinem Platz.

Plötzlich erkannte ich im weißen Landauer, der gerade an mir vorbeifuhr, Herrn von Grubinger. Sein Gesicht sah grimmig aus, vermutlich fühlte er sich unwohl in Gesellschaft der dreiköpfigen und ihm unbekannten Familie, die mit ihm im offenen Wagen saß. Sein Unbehagen war offenbar so groß, dass er nicht einmal mein Winken bemerkte. Starr und steif saß er neben einem Zigarre rauchenden Jungspund mit einem vor Gel glänzenden, gescheitelten Haar. Ihm in die Seite stupsend, machte er Herrn von Grubinger auf mich aufmerksam. Dieser richtete den Blick auf mich und winkte so beherzt zurück, dass er seinem Nachbarn dabei die Zigarre aus der Hand schlug. «Verzeihung», hörte ich ihn im Vorbeifahren murmeln. Die Zigarre lag zu meinen Füßen. Ich hob den noch glimmenden Stängel auf und tat meinen ersten und bisher letzten Zug. Ein Gentleman mache die Binde immer ab, hatte mir einmal Herr von Grubinger erklärt. Man zeige die Marke nicht, um nicht anzugeben. Nur eine alte Zigarre brauche eine Binde, sonst bestehe die Gefahr, dass sie auseinanderfallen würde. Der Zigarre, die ich in der Hand hielt, war die Binde abgenommen worden, wie sympathisch. Vorsichtig löschte ich die Glut auf dem Boden. Danach steckte ich sie in meine Brusttasche, schwang mich wieder auf mein Fahrrad und eskortierte den Fiakerzug. Bei der Gelsenbar, einem unansehnlichen Kiosk, wo ich an heißen Sommertagen bei Herrn Ismir, dem immer leicht angetrunkenen Kioskbesitzer, Eis am Stiel zu kaufen pflegte, wechselten die Gespanne vom Trab in den Schritt und rollten unsere Auffahrt hinauf.

Mit einem unguten Gefühl, als würde ich einen alten und viel zu schmalen Seilaufzug betreten, tauchte ich in die Menge der Gäste ein. Sie alle waren der Einladung meines Vaters gefolgt, obwohl der Einladungstext, eine Laune meiner Mutter, mehr als gewöhnungsbedürftig war.

> Einladung zum Freistil-Damenderby
> Am 19. August 2001 ab 18 Uhr
> uAwg bis Ende Juli 2001   Dress: black tie
> Kommt mit Fiakern! Unterstützt die Tradition!

Aber gerade diese Mischung aus Konservatismus und Provokation scheint die menschliche Phantasie am meisten zu reizen. Erstaunlich, wie viele Menschen auf solche Albernheiten reinfallen. Eine zahnlose Epistel im Stil *Wir sind unsagbar froh über die Geburt unserer Zwillinge Florian Konstantin und Adrian Nikolaj* wird eher in die Tonne geworfen als eine Karte, die zu einem Damenderby einlädt und außerdem noch dazu auffordert, mit Fiakern zu kommen. Sich an ihren Champagnergläsern festhaltend, fieberten die Damen dem Rennen entgegen. Sie würden daran teilnehmen, weil es *a richtige Gaudi* war. Jene, die die Teilnahme am Rennen nicht in Betracht zogen, hörten einander mit geröteten Gesichtern und gelangweilten Blicken zu, lachten an den unpassendsten Stellen und schwitzten ansonsten unter ihren Kleidern stumm vor sich hin. Der Geruch abgestandenen Parfüms mischte sich mit den Alkoholausdünstungen der Männer, die sich laut lachend umeinanderscharten. Die meisten der

Gäste waren mir fremd, an einige, die so dreist waren, mich im Vorübergehen in die Wange zu zwicken, erinnerte ich mich nur nach mehreren Momenten angestrengten Starrens. Sätze wie *Na, du bist aber groß geworden, spielst du immer noch so gerne mit Lego?* oder *Bald wird es Zeit für den ersten Rasierer, was?* musste ich stumm über mich ergehen lassen. Die Unhöflichkeiten der Erwachsenen war ich gewohnt und nahm sie mir nicht zu Herzen, solange sie keine Fiaker waren. Fiaker waren leider nicht eingeladen. Kaum hatten sie die Gäste abgesetzt, wendeten sie ihre Kutschen. Einige, die zu unseren Einstellern gehörten, bogen vor dem Haupttor auf einen nicht asphaltierten und von Pferdehufen hartgetretenen Pfad Richtung Stallungen, die anderen steuerten die Praterhauptallee an.

«Heute haben die Fiaker mehr verdient als sonst in einem halben Jahr», rief ein schnurrbärtiger Herr mit schriller Stimme einer Greisin zu. Diese saß in einem leichten und antik wirkenden Faltstuhl, den sie offensichtlich mitgebracht hatte, jedenfalls konnte ich mich nicht an solch ein Möbelstück aus unserem Haushalt erinnern. Das Orchester hatte gerade zu spielen begonnen, und zu den schmachtenden Klängen eines Zigeunerwalzers drehten sich immer mehr Paare auf dem Rasen. Grasklumpen wurden von den Absätzen der Damen losgetreten, während die Herren mit ihren blank polierten Lederschuhen das von den Damen Aufgewirbelte wieder niedertrampelten. «Was hast du dem Slowenen gegeben, der uns gefahren hat?», hörte ich die Greisin wenige Minuten später zurückrufen. Was ihr Begleiter antwortete, ging in einer Trompetensalve unter. Der Walzer war zu Ende, und die Paare kehrten eilig, als würden sie sich für einen Ausrutscher schämen, zu ihren Stehtischen zurück.

Auf der obersten Treppenstufe bemerkte ich meine Mutter, in ein Gespräch mit Herrn von Grubinger vertieft. Ihr Haar hatte sie nach hinten gekämmt und zu einem chinesischen Dutt hochgebunden. Anstelle eines Huts steckte eine schaukelnde Straußenfeder darin. Die Mutter deutete mit ihrem Champagnerglas zur Rennbahn und machte mit dem Unterkörper eine Reihe von peinlichen Bewegungen. Offenbar demonstrierte sie, welch eine physische Anstrengung die Teilnehmerinnen des Damenrennens gleich erwartete. Herr von Grubinger lächelte verlegen und trocknete dabei mit einem winzigen weißen Taschentuch seine Stirn.

«Servus!» Neben mir stand plötzlich der junge, gegelte Zigarrenliebhaber. «Du bist doch der Kaspar?», fragte er. «Wir haben mal an einem Ponyturnier für Junioren teilgenommen. Ich bin der Jonathan.»

«Hackney Ponys, wenn ich mich recht entsinne?»

«Bingo, mein Junge. Und du warst der jüngste Teilnehmer, stimmt's?» Ich reichte dem Bingo-Typen die Hand, obwohl es mir unangenehm war.

«Ja, das stimmt, ich war zehn, und das war mein erstes Turnier. Es ging komplett in die Hose. Ich habe mich verfahren. Fährst du eigentlich immer noch mit Ponys?»

«Leider immer seltener. Ich studiere Medizin.» Damit hielt er unser Gespräch für beendet und ließ mich nach einem bedeutungsvollen Schulterklopfen allein.

«Halt!», rief ich ihm hinterher und schwenkte die Zigarre. Jonathan drehte sich um und betrachtete mich, als hätte er mich noch nie gesehen. Er machte eine Bewegung, die mir zu verstehen geben sollte, ich könne die Zigarre als Souvenir behalten. Während er sich auf die unter einem kleinen Ahorn aufgebaute Bar zubewegte, hatte ich die Zigarre bereits ins Gebüsch geworfen.

«Richte mal dem Papi aus, wir warten sehnsüchtig auf das Geburtstagskind.» Wieder stand die alte Dame vor mir, die zu betreuen eigentlich meine Pflicht war, was überhaupt für alle einsamen und ziellos umherirrenden weiblichen Wesen auf der Geburtstagsfeier galt. Wen meinte sie mit «wir»? Außer ihrer aufgeblähten, in ein lavendelblaues Chiffonkleid gezwängten Gestalt sah ich niemanden im Umkreis von fünf Schritten. Ich nickte trotzdem und eilte erfreut über ihren Auftrag auf die Bar zu. Seitdem der Vater den Kellnern seine Anweisungen gegeben hatte, war er unauffindbar geblieben. Nicht dass ich in seiner Nähe hätte sein wollen. Seine Gesellschaft hätte ich nie als erfrischend oder erbaulich bezeichnet, oft war sie nur noch eine Qual für mich gewesen, gerade auf seinem Fest hätte ich ihm aus dem Weg gehen sollen, ich ahnte, dass eine Kleinigkeit ihn erzürnen könnte. Dennoch wäre es mir jetzt lieber gewesen, an seiner Seite zu stehen, als die aufgedonnerten alten Damen bei Laune halten zu müssen.

Der Rasen war schwarz vor lauter Fräcken, doch der Vater war nicht dabei. Weder am Büfetttisch noch hinter dem Haus konnte ich ihn ausfindig machen, also ging ich an die Bar, die seit meiner frühen Kindheit auf mich immer anziehend gewirkt hatte. Ob in Hotels oder bei solchen Einladungen – die Bar erschien mir, so leer und trostlos sie auch sein mochte, stets am lebendigsten und sichersten, wie eine erleuchtete Kirche am Rande eines verschneiten Felds, nicht zuletzt wegen der Souveränität des Barmanns, der wie ein Priester von der Kanzel seine Schafe im Auge behielt.

«Ob der sechzigste oder der hundertste Geburtstag, warum tut man sich so etwas an, wenn man so zurückgezogen lebt wie unser Freund?» Der bärtige Trinker, der das sagte, sprach zweifelsohne von meinem Vater.

«Ich weiß nicht», erwiderte sein Gegenüber, der ihm bis zur Brust reichte und nicht weniger angetrunken schien, «vielleicht will er sich so in das gesellschaftliche Gedächtnis der Stadt zurückrufen?» Er nahm eine Cocktailschale in Empfang, die ihm eine dunkelhäutige Kellnerin auf dem Tablett reichte, bedankte sich auf Französisch und leerte das pfirsichfarbene Getränk in einem Zug. «Andererseits», fuhr er amüsiert fort, «vermute ich als sein ehemaliger Vorgesetzter, dass unser Jubilar Minderwertigkeitskomplexe hat und mit seinem Wohlstand protzen muss, haha-ha, als könnte er es immer noch nicht fassen, dass er finanziell durch ist. Wissen Sie, als er bei uns angefangen hat, Himmel, was war das für ein trauriger Anblick! Verfilzte Haare, ein speckiges Jackett ...» Der Rauschebart unterbrach ihn mitten im Satz:

«Protzen ist eine Sache. Das können wir alle gut. Aber für einen, der die Gesellschaft flieht, muss so ein großes Fest doch eine Qual sein, Geld hin oder her. Warum also?» Der kleine Mann schüttelte nur seinen mit dünnen Strähnen dürftig bedeckten Kopf, entschuldigte sich und begann, die leere Cocktailschale in seiner ausgestreckten Hand, sich einen Weg durch die Menge zu bahnen. Ich folgte ihm mit dem Gefühl, er könnte aufgrund seiner Menschenkenntnis auch wissen, wo sich sein ehemaliger Mitarbeiter versteckte. Und so war es auch.

Vor dem riesigen Oleanderbusch auf der Veranda stieß er beinahe mit meinem Vater zusammen, der, mit einem schwarzen Lautsprecher bewaffnet, just in diesem Moment aus dem Haus getreten war. So ungeschickt und gleichzeitig souverän, wie er mit der Hand den Lautsprecher umklammerte, so pflegte sich der Gastgeber überhaupt in der Gesellschaft zu bewegen. Ganz gleich, ob er sich wohlfühlte oder nicht – Tatsache war, er konnte nicht anders, als immer nur selbst in seinen vier Wänden mit uns beiden, wie ein Fremdkörper hervorzustechen. Nur bei den Pferden war es anders. Oft hatte ich das Gefühl, dass er bewusst den verschüchterten Polen spielte, der es in seiner Ehrfurcht vor den anderen nicht wagte, Platz zu nehmen, selbstbewusst dazustehen oder richtig laut zu lachen wie Herr von Grubinger, obwohl dieser als Deutscher in Wien auch als Ausländer galt. Wenn mein Vater wieder mal steif dastand und an seinem Sekt nippte, während sein Gegenüber auf und nieder wippte, gestikulierte und sich auf die Schenkel klopfte, musste ich mir eingestehen, dass der Vater im Vergleich dazu besser abschnitt, gerade weil er wie jemand aussah, der einen Golfschläger verschluckt hatte. Trotz aller Steifheit schien er in sich zu ruhen, offenbar weil er um diese Einschränkung wusste und sie mit der Zeit sogar lieb gewonnen hatte. Er blieb seiner Fremdheit treu und schaffte es immer wieder, so durch ein Zimmer zu gehen, als hätte er eben erst mit 30 Dollar in der Tasche einen Abstecher nach Wien gemacht.

«Ein wunderschönes Zuhause haben Sie, mein lieber Herr Nieć», lobte der Zwerg, «gratuliere von Herzen. Wissen Sie, für einen Mann wie mich gibt es nichts Schöneres als reüssierende Menschen zu sehen.»

«Reü-was?», fragte der Vater blinzelnd.

«Reüssieren», wiederholte der ehemalige Vorgesetzte seelenruhig und klopfte dem Vater lachend auf die Schulter.

«Deppad, wenn ma ka gscheids Deitsch net ka.» Der Vater, der das betrunkenste Wienerisch noch gut verstehen konnte, stellte sich verständnislos. Dabei verdüsterte sich seine Miene. «Wo gibt es bei Ihnen ein stilles Örtchen?», fragte der Giftzwerg nach einer längeren Pause.

«Wenn Sie telefonieren wollen, dann lieber draußen, im Haus haben wir kaum Empfang.»

«Das meint der Mann doch nicht», platzte ich hinter dem Oleander heraus und trat vor die beiden. Mit einem nachdenklichen Blick nach oben, als würde er den Himmel anflehen, ihm doch Geduld zu schenken, seufzte mein Vater.

«Zeige dem Herrn das Häusl», befahl er mir. Dieser himmelschreiende, um Contenance kämpfende Blick war typisch für ihn und immer ein Zeichen seiner wachsenden Unzufriedenheit. In diesem Fall war mir mein Vergehen sofort klar. Ich hatte unbedacht den Unbekannten als *Mann* bezeichnet. Die Wörter *er, sie, Frau* und *Mann* konnte mein Vater nicht leiden. Für ihn gab es nur Herren und Damen. Dabei handelte es sich, wie mir später klar werden sollte, nicht um eine Geste der Unterwürfigkeit, sondern um eine sprachliche Gewohnheit. Schließlich war er Pole, der die

Ausdrücke *pan* und *pani* mit der Muttermilch aufgesogen hatte wie ein Wiener älteren Semesters, wenn er sich besonders höflich gab, in der gehobenen Gastronomie arbeitete oder Portier war, sein *Herrschaften* und *küss die Hand*.

Der Zwerg wandte sich mir zu. «Sag mal, mein Lieber, ist der dicke Mann an der Seite deiner Mutter dein Onkel?» Das sei ein Freund meiner Eltern, erklärte ich. Einem anderen gegenüber wäre ich stolz gewesen, mich damit brüsten zu können, einen Adligen zu kennen; meine Mutter hatte es nie versäumt, ihre Mitmenschen in einem betont schwärmerischen Ton darüber zu informieren, dass Herr von Grubinger uns gerade erst glasierte Maronis (im Winter), Kirschen so groß wie Hühnereier (im Sommer) oder (unabhängig von der Saison) herrliche Pasteten aus Paris mitgebracht hätte. Das Wörtchen *von* betonte sie immer mit besonderer Sorgfalt, wenn sie den anderen von ihm erzählte. Sprach sie jedoch zu Hause von ihm, so sagte sie Otto, und mit Otto selbst war sie genau wie mein Vater nur in seltenen Momenten der Vertraulichkeit per Du. «Aha, ein Freund also», murmelte der ehemalige Vorgesetzte meines Vaters und drückte mir seine klebrige Cocktailschale in die Hand, bevor er hinter der kleinen Tür mit dem WC-Zeichen verschwand.

Zuerst brach die Musik ab, dann das Stimmengewirr der Gäste. Für wenige Augenblicke hörte man sogar das entfernte Wiehern eines Pferdes, dem mehrere andere beinahe synchron antworteten. An diesem Tag hatte man sie von den Koppeln und Weiden in die Stallungen gebracht, aus Angst, unter ihnen könnte beim Anblick des Damenrennens Panik ausbrechen. Die Stimme meines Vaters ertönte.

Durch den Lautsprecher war sein Akzent besonders deutlich zu vernehmen. «Liebe Freunde und Bekannte», krächzte es von der anderen Seite des Hauses, «wir freuen uns, dass Sie so zahlreich erschienen sind, und hoffen, dass es Ihnen bei uns gefällt. Ganz besonders möchte ich willkommen heißen: die Pferdefreude aus dem In- und Ausland, die südhessische Kutschfahrergemeinschaft und ihren Vorsitzenden und Gründer Horst Monnard, den Gründer des internationalen Traditionsfahrens in Oberbeuren, Herrn Christoph Hodenkamm, den Gründer des Festivals Edle Hengste und Gesang, Herrn Michael Braunfelser, den Gründer des europäischen Ponyclubs Ponypower, Herrn Hans Mund und seine Frau Corinna mit Sohn Jonathan.» Er hüstelte und fuhr mit mehr Elan fort: «Mein ehrfurchtsvoller Gruß gilt dem Ehrensenator der Universität Sorbonne, Herrn Anton Ruthezki, sowie Herrn Polizeidirektor Egon Wacholder und seiner reizenden jungen Frau Dorota, meiner Landsmännin. Ich möchte auch den Bürgermeister der Stadt Wien, Herrn Michael Teufl, begrüßen. Mein kollegialer Gruß gilt den Ingenieuren unter uns sowie meinem ersten und letzten Arbeitgeber, Dr. Fuckinger. Last, but not least, wie die Engländer sagen, heiße ich die Vertreter des österreichischen Adels willkommen und ganz besonders die Damen, die mit ihren großen bunten Hüten dem Geburtstagskind eine richtige Freude gemacht haben. Und nun übergebe ich das Wort an meine Frau.»

Es wurde geklatscht. Mehrere Damen gerieten plötzlich in Bewegung. An ihren Kleidern zupfend und geheimnisvoll lächelnd, wandten sie die Köpfe Richtung Rennbahn, einige zeigten sogar mit den Fingern auf den Rasen, über den zu laufen sie offenbar kaum erwarten konnten. Meine Mutter verzichtete auf eine lange Begrüßung, bedankte sich jedoch im Voraus bei den Teilnehmerinnen des Rennens und forderte alle auf, für einen guten Zweck zu wetten. Ihre Rede schloss sie mit den Worten: «Und nun, nehmt die Beine in die Hände, Ladys!»

Was sie mit dem guten Zweck meinte, stand klein gedruckt und mit einem Sternchen versehen am Rande der Einladungskarte. *Die gesamten Wettbeträge gehen als Spende an das Pferd- und Jockeydorf «Alte Freunde».* Die seit den frühen 80er Jahren in Europa einmalige und am Rande des Wienerwaldes gelegene Anlage beherbergte ehemalige Jockeys und Derbypferde. Die einzige Bedingung für die Aufnahme war: Die Männer mussten alleinstehend, sozial schwach und bereit sein, die Pferde unentgeltlich zu pflegen, die ihrerseits alt und nicht mehr im Einsatz sein durften. Oft sahen sich die Jockeys und ihre alten Pferde nach Jahren wieder und lernten sich von einer ganz neuen Seite kennen. Manche Freundschaft entstand an diesem Ort. Hin und wieder war ein Bericht darüber im «Kurier» zu lesen. Das, was mir tragisch schien, wurde mit einem sarkastischen Unterton beschrieben. Solche Artikel begannen meist so: «Speedy Gonzales hat viel in seinem langen Pferdeleben ertragen müssen. Nun schläft das edle Ross friedlich in seiner Box ein. An seiner Seite stehen ein Tierarzt und ein zierlicher Mann mit schlohweißem Haar und tiefen Augenringen, der ehemalige preisgekrönte Jockey Orlando W. Es ist ein grotesker Zufall, dass Pferd und Jockey sich nach Jahren der Trennung erneut trennen müssen, kurz nachdem sie sich gerade erst ohne Druck und sportliche Ambitionen angenähert hatten.»

«Auf die Plätze», hörte ich einige Damen rufen. Mit Mühe gelang es mir, eine Stelle auf der Veranda zu finden, von der aus ich das Rennen ungehindert verfolgen konnte. Zu diesem Zeitpunkt waren die Teilnehmerinnen bereits vorbeidefiliert und hatten sich entlang einer imaginären Startlinie verteilt. Die Alte im lavendelblauen Kleid, die mich gebeten hatte, den Vater ausfindig zu machen, hatte einen Platz an der Außenseite und trug die Nummer 5 wie ein Lätzchen über ihrem prallen Dekolleté. Murmelnd trat sie von einem Fuß auf den anderen. Die anderen Damen unterhielten sich, einige lachten und winkten ins Publikum. Meine Mutter stand mit einem weißen Band etwas abseits neben einem Haufen abgelegter Hüte und schien den Damen etwas zu erklären. Hinter mir sagte jemand: «Das wird ein Hindernislauf. Sie nehmen die Schuhe nicht ab.» Nach diesen Worten hielt sich ein glatzköpfiger Herr neben mir ein winziges Fernglas an die Augen und grölte: «Bist du deppart, mit diesen Stöckelschuhen!»

In diesem Moment schoss das weiße Band in die Höhe. Unter gedehnten Hurrarufen und schrillen Pfiffen rasten die Damen geschlossen über die Rennbahn. Allmählich löste sich ein rosa Kleid von der bunten Bonbonmasse, dann ein rotes mit schwarzem floralen Muster. «Junge Hühner», hörte ich den Kenner hinter mir murmeln und gleich im Anschluss etwas schlürfen. Ich spürte, wie sich meine Nackenhaare aufrichteten und sich die Kopfhaut schmerzvoll zusammenzog. Die Lavendel-Alte trabte ruhig zwei Längen hinter den Übrigen her und blieb mit einem Mal einfach stehen. Bald änderte sich die Reihenfolge der Starterinnen. Die Nummer 3 im roten Kleid driftete zur

Seite und lehnte sich mit beiden Armen mutlos und erschöpft an einen hüfthohen Pfosten. Von Weitem sah es so aus, als würde sich die Nummer 3 nicht ausruhen, sondern kurz beim Butterstampfen verharren. Auch die Dame im rosafarbenen Kleid fiel wenige Meter später zurück und verschmolz mit der aufholenden schweren Kavallerie, die, nach den langsamen Bewegungen zu urteilen, auch am Ende ihrer Kräfte war. Das Geschrei des Publikums wurde lauter, als sich eine schlanke Dame in einem silbergrauen, tief ausgeschnittenen Hosenanzug und ein etwas kürzeres, rundes Ding in einem pflaumenfarbenen Kostüm langsam vorzuschieben und Kopf an Kopf über die Bahn zu rasen begannen. «Die Entscheidung wird zwischen den beiden Puppen fallen», murmelte die Stimme hinter mir. Der Glatzkopf verstaute sein Fernglas in der Tasche. «Ich muss wegschauen, es ist einfach zu aufregend», sagte er zu sich selbst und senkte den Kopf, als wollte er sich übergeben. Ich trat sicherheitshalber einen halben Schritt zur Seite und prallte gegen den Bingo-Boy, der mich nicht zu sehen schien. Ich wollte ihm schon mit der Hand vor den Augen wedeln, als er plötzlich über meinen Kopf hinweg mit schmerzverzerrtem Gesicht «Gib Gas, Nummer 20!» rief. Ich drehte mich um und sah gerade noch, wie die Nummer 20 resolut die Ziellinie überschritt.

Später betrachtete ich das Mädchen, das gewonnen hatte, am Büfett. Sie hatte sich wieder ihren flachen, beigen Hut aufgesetzt, darunter schimmerte ihr gerötetes Gesicht wie eine junge pudrige Traube, hinter deren zarter Haut sich bereits dunkler Saft abzuzeichnen beginnt. Obwohl das Rennen schon eine Weile zurücklag, schaufelte sie sich, immer noch schwer atmend, eine Portion Erdäpfel-Vogerl-Salat auf den Teller. Ihr Mund stand dabei leicht offen, und die Blicke wanderten zärtlich von goldgebratenen Wachteln zu pistazienfarbenen Pasteten auf dem mit blauen Hortensienbällen verzierten Büfetttisch. Umschwärmt von Männern, schien sie selbst nicht zu wissen, ob sie dieses Interesse ihrem Sieg oder der Tatsache zu verdanken hatte, dass sie ohne Reue genießen konnte. «Eine anziehende Person», bestätigte einer der männlichen Gäste hinter meinem Rücken. «So wie eine Frau sein sollte – mit Holz vor der Keuschn», säuselte ein anderer.

Die schwülstige, durch seltsame Symbole verrätselte Welt der Erwachsenen stieß mich ab und zog mich gleichzeitig an, ein Treibholz konnte den Wellen nicht hilfloser ausgeliefert sein als ich an diesem Abend. Das Gefühl, von Geheimnissen umgeben zu sein, entfaltete in mir den gleichen bedrückenden Zauber wie der Kummer, der für mich bis vor Kurzem aus dem Zwang, schlafen gehen zu müssen, bestanden hatte oder aus einem an Unmenschlichkeit grenzenden langweiligen Besuch. Gegen Mitternacht tanzte ich den ersten Walzer meines Lebens mit der Frau, die mich geboren hatte. Wer nicht tanzte, schaute den sich drehenden Paaren auf den Holzbühnen unter der bleichen Mondscheibe zu. Wie ein Loch in einem Samtvorhang stand sie über der Rennbahn, als wollte ihr Licht uns daran erinnern, dass es irgendwo da draußen, in einer anderen Zeit und in einer anderen Geschichte, ein strahlender Tag war.

«Der Mond scheint so hell, dass wir an der Gartenbeleuchtung hätten sparen können, stell dir vor, das hat er mir gesagt», sagte meine Mutter zu dem pausbackigen

Herrn von Grubinger, dann wandte sie sich an mich: «Was willst du?»

«Mir ist fad», sagte ich, obwohl es gar nicht stimmte, und vertrieb so die Pausbacke.

«Mir ist auch fad, Liebes», jammerte Mutter in einem Ton, bei dem ich noch nie hatte ausmachen können, ob sie es ernst meinte oder mich bloß auf den Arm nahm. «Lass uns mal einen Salto mortale unter all den Langweilern wagen!», rief sie aus und zog mich auf die Tanzfläche, die wegen einer ausgefallenen Lampenkette halb so voll war wie die andere. Im Nu walzten wir mehr schlecht als recht unsere Runden, die Führung war selbstverständlich meiner Mutter überlassen. Das Tanzen im Arm ihres pickligen Sohnes schien ihr eine große Freude zu machen. «Entspann dich», korrigierte sie mich immer wieder, «halt den Kopf höher, mehr Spannung in den Armen.» Bald gab sie lachend auf. «Du bist wie dein Vater», meinte sie und ließ sich, wie ich fand, nicht ganz damenhaft auf einem der Stühle am Rande der Bühne nieder. «Gib mir Feuer, wenn du ein Gentleman sein willst.» Sie reichte mir ein silbernes Feuerzeug und lehnte sich im Sessel zurück, eine Aufforderung, ihr näher zu kommen. «Hast du was?», fragte sie abschätzig, nachdem sie ihren ersten Zug genommen hatte. Ich verneinte. «Du bist traurig», meinte sie plötzlich.

«Müde», stammelte ich.

«Ist das alles zu viel für dich, Zuckergoscherl?» Ich errötete und verlangte, in Zukunft bei meinem Namen genannt zu werden. «Mein Zucki wird erwachsen», seufzte sie und zeigte auf die Tanzenden: «Das hier ist nur ein Traum, ein schöner, unbedeutender, flüchtiger Traum. Wie willst du dastehen, wenn der Sturm kommt? Willst du weggefegt werden wie sie alle?» Mir fiel auf, dass sie statt *sie alle wir alle* hatte sagen wollen. Ein leises Kräuseln ihres Mundes hatte sie verraten. Ihre Worte legten sich wie ein kühler und sehnsuchtsvoll erwarteter Kuss auf die Stirn des unheilbar Kranken, der ich war – nutzlos und trotzdem willkommen. Bis in die frühen Morgenstunden lachte ich, machte Witze über dieses oder jenes Kleid und spielte meine übliche Rolle, während die alte Ordnung meiner Kindertage unwiederbringlich verloren ging.

Als ich in meinem Bett lag, graute der Tag bereits hinter meinen mit weißen Federn bedruckten Gardinen aus blauer Baumwolle. Ich konnte zum ersten Mal in meinem Leben den Ausdruck: *Ich bin zerschmettert* am eigenen Leib spüren. Mein Schlaf war traumlos und schwer. Erst im Moment des Erwachens nahm ich wahr, wie etwas Kostbares von mir abfiel, vielleicht das Kostbarste, was ich besessen hatte, und, von einem dunklen Raum angezogen, für immer davonflog. Wenige Atemzüge später war dieses schmerzliche Bewusstsein nicht mehr so scharf.

III

Die Neugier sei die erste Stufe zur Hölle, sagt ein polnisches Sprichwort. Als Kind bekam ich das oft von meinem Vater zu hören, ohne dass man mir das Prinzip Hölle vernünftig erklärt hätte. Ich fürchtete mich weder vor übermäßiger Neugier noch vor ihrer Folge, der rätselhaften Hölle, die mir an manchen Tagen gar lustig von einer Brueghel-Reproduktion in unserer Bibliothek zuzuzwinkern schien, als triumphierender Tod auf einem bis auf die Knochen ausgemergelten Pferd mit dem Kopf eines räudigen Hundes. Ich fürchtete mich schlicht und ergreifend, weil ich spürte, dass es Dinge im Leben gab, die nicht einmal die allmächtigen Erwachsenen erklären oder gar beeinflussen konnten. Mit den Eltern ein Gespräch zu suchen oder ihnen von meiner Angst zu erzählen wäre mir nie in den Sinn gekommen. Vielleicht gefiel ich mir einfach in der Rolle des armen Dulders. Ich weiß es nicht. Welche wohl die letzte Stufe zur Hölle sei, wunderte ich mich und wollte es doch lieber gar nicht erfahren.

Im Mai 2004 war ich auf einer Klassenfahrt nach Berlin, als ich mich zum ersten Mal verliebte. Rückblickend kann ich sagen, dass ich diesem Gefühl mehr aus Neugier auf seine Konsequenzen als aus wirklicher Attraktion heraus anheimfiel. Und vielleicht auch aus Überzeugung, was sich für einen 16-Jährigen gehörte. Ich wollte mit Hilfe des unansehnlichen, um zwei Jahre älteren Mädchens mit derben, wie aus Birkenholz geschnitzten Gesichtszügen, in das ich mich also planvoll verliebte, ins Rampenlicht des Erwachsenenlebens treten. Ich erinnere mich, wie ich mich am Abend unserer Begegnung nach einem geordneten Rückzug in die Jugendherberge vor einem von Zahnpasta fleckigen Spiegel im Bad selbst ohrfeigte. Ich war so ungeduldig und verwirrt durch die Flut der Reize: Annas Pickelkonstellation im Gesicht, die mich an das Sternbild der Waage erinnerte, die Schuhe der ermordeten Juden auf einem Haufen im Jüdischen Museum, das kahle Schloss Bellevue, dessen Anblick in mir seltsamerweise dasselbe Gefühl von Déjà-vu erzeugte, das ich immer noch, vom Hotel Sacher aus, auf dem Weg zur Albertina verspüre.

Es war ein perfekter Tag, schrieb ich auf meiner Postkarte an die Eltern. *Heute waren wir im Schloss Bellevue. Es ist der Amtssitz des deutschen Bundespräsidenten. Ein weißer Riesenkasten, der innen drin sehr karg eingerichtet ist. Offenbar hat hier niemand über einen längeren Zeitraum gelebt. Die Jungs haben irgendwo Alkohol aufgetrieben und hängen morgens in den Seilen. Macht euch meinetwegen keine Sorgen. Ich bin ganz brav. Euer euch liebender Sohn Kaspar.*

P.S. Habe eine nette Pastorentochter kennengelernt.

Das P.S. bereute ich bereits beim Schreiben, es war peinlich, ein Mädchen auf einer Postkarte zu erwähnen, noch dazu meiner ersten Postkarte von meiner ersten selbstständigen Reise. Der Ernst des Erwachsenenlebens verlangte aber einen ernsthaften Ton. Darum hatte ich mir ein historisches Postkartenmotiv ausgesucht – eine durchgegangene

Droschke auf den Straßen Berlins. *Euer euch liebender Sohn Kaspar* – ich grinste noch lange, nachdem ich die Postkarte in den Briefkastenschlitz geworfen hatte.

Als ich Anna das erste Mal zur Kenntnis nahm, war sie uns bereits mehrere Stunden lang auf Schritt und Tritt gefolgt. Zusammen mit drei anderen Mädchen hatte sie die Aufgabe, die österreichische Abiturientendelegation in der deutschen Hauptstadt zu begleiten, sei es zum Bellevue, zum Shoppen oder auf einen Drink in die Cafeteria der Jugendherberge. Genau wie ihre Freundinnen war sie das Gegenteil dessen, was mein Vater unter einer deutschen Schönheit verstand, wie er mir nach ihrem ersten Besuch bei uns in Wien gestand (was hast du dir dabei gedacht?). Anna wäre mir vielleicht nicht aufgefallen, dieser Kelch wäre mit großer Wahrscheinlichkeit an mir vorübergegangen, wenn sie bei der Bellevue-Führung in einem der repräsentativsten Räume des Schlosses, nämlich im Schinkel-Saal, nicht einen Schluckauf bekommen hätte. Statt sich in die dunkelste Ecke zu verziehen oder wenigstens den Mund mit der Hand zu bedecken, begann sie über ihr Malheur zu lachen. Gotische Klosterruine und Baumgruppen, sollte das Bild heißen, erklärte uns der Reiseführer, während er mit wachsendem Zorn auf das Mädchen schielte, das, von Schluckauf und hysterischem Lachen erschüttert, Schinkels Jugendwerk gefährlich nahe kam. Die Gruppe setzte sich wieder in Bewegung: «Und nun kommen wir in den berühmt-berüchtigten Großen Saal, wo Ordensverleihungen und Staatsbankette stattfinden.»

Als ich Anna im Café fragte, ob sie sich zu uns an den Tisch setzen wolle, antwortete sie, heiser vom Schluckauf:

Sehr gern. Das letzte Wort betonte sie ungewollt stark und musste wieder über sich selbst lachen. Ich lächelte sie an und blickte ihr dabei zum ersten Mal richtig lange in die Augen. Als wäre es nicht genug, dass diese von Natur aus klein waren und eng beieinandergesetzt lagen – zu allem Überfluss tränten sie auch noch. Ein Tuschewurm schlängelte sich die sommersprossige Wange entlang. Seine bessere Hälfte lugte unschlüssig aus einem anderen Augenwinkel. In der Welt der Pferdezüchter wäre dieses Mädel, so hart es auch klingen mag, bereits als Fohlen aussortiert worden.

Das kleine französische Café in Kreuzberg gibt es schon lange nicht mehr. Ein Schallplattenladen für Nostalgiker und später ein türkischer Gemüseladen haben es verdrängt. Als ich das letzte Mal in Berlin war und den Taxifahrer gebeten habe, durch die Mariannenstraße zu fahren, versperrten mir mehrere Kisten mit Kräutern in Töpfen und eine heruntergelassene Markise die Sicht in das Ladeninnere. Ein bärtiges Männlein stand breitbeinig mit einer Zigarette im Mund an jener Schwelle, auf der ich vor nicht allzu langer Zeit, als ich über sie trat, mit einem empört scheppernden Schellen begrüßt worden war.

Mit einem resignierten Kopfschütteln klappte sie die Speisekarte zu, nichts für sie, sie lebe vegan. «Iss doch ein Croissant», schlug ich vor. Das gehe nicht, da sei Butter drin, murmelte sie. Ihre Augen begannen wieder zu tränen, und sie holte ein Taschentuch aus ihrem Ärmel, ein Kuriosum, das ich von betagten Damen der Wiener Gesellschaft kannte. Sie komme aus einer Pastorenfamilie, erzählte sie, sie sei ein typisches Pastorenkind, im Kindesalter habe man sie an Verantwortung für ihre Puppen gewöhnt.

Sie seien dreimal am Tag zu festen Zeiten gewickelt und gefüttert worden. So habe sie das Lesen der Uhr gelernt. Was noch typisch für ein Pastorenkind sei, fragte ich. Mit lautem Klirren rührte sie in ihrer Teetasse, trank, ohne den Löffel herauszunehmen, mit einem zugekniffenen Auge einen Schluck und sagte mit einem Lächeln, das sie um zehn Jahre älter machte: Wir glauben an die Güte des Menschen. Ganz gleich, ob ein kaputter Penner vor dir steht oder ein Transvestit – wir versuchen immer, die gute Seite an einem Menschen zu entdecken. Früher, als sie noch normal gegessen habe, sei Freitag ihr Lieblingstag gewesen, wegen Fisch. Und jetzt? Jetzt gebe es nur noch den grauen Alltag. Sie lächelte mich wieder an.

«Mir ist gerade eingefallen, Honig soll gegen Schluckauf helfen», sagte ich, um auf ein anderes Thema zu kommen.

«Esse ich nicht, ist leider nicht vegan.»

«Wieso denn nicht, natürlicher geht es doch nicht!»

«Wenn die Ausbeutung der Bienen natürlich ist, dann bin ich Miss World», sagte Anna vorwurfsvoll. Ich konnte mir gerade noch ein Lachen verkneifen. Sie funkelte mich böse an: «Du glaubst, dass die Bienen das freiwillig hergeben, was sie selbst brauchen? Dass sie sich gerne vom Imker einräuchern und umbringen lassen? Die arme Königin», ohne es zu merken verschüttete sie ihren Lindentee, das einzig Poetische an diesem Wesen, «ihr werden doch die Flügel gestutzt, damit sie und ihr Staat nicht abhauen können. Natürlich! Dem Menschen geht es doch nur um Profit», schloss sie und verschränkte die Arme vor dem Bauch, aus dem ein Knurren ihre letzten Worte wie ein Echo zu wiederholen schien.

Das Frühstück war zu Ende. Mir blieben zwei Optionen: entweder grob zu werden und ihr zu sagen, sie solle sich der Umwelt zuliebe selbst töten, oder mich mit ihr beim Veggi King, Los Veganos oder wie die Kräuterbude heißen mochte, am selben Abend zu verabreden. Ich entschied mich für die zweite Option, obwohl meinem Interesse nach der Bienengeschichte natürliche Grenzen gesetzt waren.

Gib den Pferden immer eine zweite und eine dritte Chance und, wenn es sein muss, eine zehnte. Gibst du ein Pferd auf, bleibt eines deiner eigenen Talente für immer unentdeckt. Solche Weisheiten bekam ich von meinem Vater oft zu hören. Was würde er zu Anna mit ihren gestutzten Bienenflügeln sagen? Sie würde ihm eindeutig nicht gefallen, keine Ausstrahlung, kein stolzer Gang, und das mit der Ausbeutung der Bienen hätte ihn nur geärgert. Solange es Kriege auf der Welt gab und Menschen einander ermordeten, hatten wir laut der Philosophie meines Vaters kein Recht darauf, einander mangelnde Moral im Umgang mit den Tieren und der Natur vorzuwerfen.

«Du hast eine tolle Frisur», sagte sie plötzlich. «Viele Jungs haben diesen Timberlake-Cut, aber dir steht er hervorragend. Du kannst ihn tragen ...» Anna führte ihr leeres Wasserglas zum Mund und trank aus Trotz einen unsichtbaren Schluck. Ich schwieg. Das Schweigen füllte mich bis an den Rand, zirkulierte in mir, so dass ich aus Angst, das Gleichgewicht zu verlieren, die Masse meines Körpers möglichst effizient über den Stuhlsitz und die Stuhllehne zu verteilen begann. Am liebsten Wurzeln schlagen, dachte ich, mich an der Tischplatte festhaltend, oder abhauen, ja, weg von ihr. Doch wie? Wie denn?

Das Kompliment saß. Wenn ich es mit einer bestimmten Wirkungskraft vergleichen sollte, so fühlte ich mich wie von einem Huf (in der Fachsprache: von einem Pferdekuss) getroffen. Der Schmerz ist durch das ausgeschüttete Adrenalin so gedämpft, dass man im ersten Augenblick glaubt, nicht vom Pferd, sondern vom Donner getroffen worden zu sein, als Auserwählter in der Mitte einer Welt zu stehen, die einem all ihre Geheimnisse, als Trophäen gebündelt, vor die Füße geworfen hat. Später kehrt das Gefühl in den verwundeten Körperteil zurück, und ganz gleich, unter welchen Umständen das Unglück geschehen ist, empfindet man so etwas wie dankbare Demut dem Pferd gegenüber, so absurd es auch klingen mag, niemals Zorn. Ein Pferdemensch, der sich damit brüstet, noch nie einen Huf abbekommen zu haben, wird, davon bin ich überzeugt, mit den Pferden keine Freundschaft schließen, auf jeden Fall ist er um eine Schlüsselerfahrung ärmer.

Jahre später rief ich mir diesen Augenblick, meist vor dem Einschlafen, wieder und wieder in Erinnerung, und jedes Mal gesellte sich ein weiteres Detail hinzu. Je mehr Jahre mich von dem blutjungen Paar in den trübselig sumpfgrün gestrichenen Wänden des Veggi-King-Restaurants trennten, umso klarer sah ich, wie sich das einst Unbedeutende an den Rändern abzeichnete und allmählich die Mitte eroberte. Einer nach dem anderen krochen die Gegenstände aus ihrem unsichtbaren Versteck, um Anna und mich von der Bühne zu verdrängen. Ein mit Draht durchzogener Gerberastiel im Reagenzglas zwischen uns – wie ein Mikrofon, in das wir meist schwiegen, das ungünstige Licht, das Annas Gesicht in zwei Hälften teilte:

in eine hellere und größere Melonenscheibe von lebendig warmem Honiggold und in eine reglos metallene Fläche, die mich gleichgültig anschaute wie die Rückseite einer Armbanduhr. Die viel zu tief hängende Deckenlampe, die mir die Sicht auf das Bild an der Wand verdeckte. Die mit dem Satz *Wie du mir so ich Tier* bedruckten Papierservietten. Manchmal glaubte ich die Musik zu hören, die an jenem Abend im Veggi King lief. Es muss sie gegeben haben, woher sonst kam das Gefühl, in dem Luftzug von etwas Feinkörnigem zu sitzen? Andererseits kann es der Zimmerspringbrunnen mit seinem Plätschern gewesen sein, auf den Anna beim Kauen über meine Schulter starrte. Wenn es eine Beschallung gab, so muss sie asiatisch unprätentiös oder seelenlos mechanisch wie von einem automatischen Klavier gewesen sein. Jedes Mal nähere ich mich dieser alten Kulisse mit einer Behutsamkeit, die einem Briefumschlag gilt, welchen man mit einer Pinzette über Dampf von einer versehentlich ungestempelt gebliebenen Briefmarke Millimeter um Millimeter zu befreien versucht. Hinter der Kulisse finde ich außerdem unveränderlich eine U-Bahn-Station, den eigentlichen Ort des Abschieds. Darin wuselt es wie in einem Ameisenhaufen; Schatten huschen vorbei, lang gezogen, mit spärlichen Fetzen bekleidet, und geräuschlos dahinrollende Trolleys (verrückt, dass sie erst Ende der 90er Jahre wie Pilze aus dem Boden schossen und nicht ein halbes Jahrhundert früher, in den Zeiten kriegsbedingter Wanderungen), dazwischen flammen unterschiedliche Farbtupfer auf, Kanariengelb für die Pfiffe der Schaffner, Giottoblau für das Quietschen der Zugräder, Kometenschweifweiß für die hallenden Durchsagen am Bahnsteig. Genüsslich zelebriere ich jede dieser Entdeckungen, wie die Lektüre eines Romans, ohne Wehmut. Irgendwann wunderte ich mich sogar darüber, wie gnädig doch die Zeit war und wie harmonisch sich die erste Liebe mit der zweiten und der dritten verknüpfte. Meine sentimentalen Ausflüge in die Vergangenheit krönt immer die Überzeugung, dass es so sein muss und dass das Leben ohne Struktur ein Wahnsinn wäre.

Als meine Klasse am Bahnsteig stand, bereit, in die einfahrende U-Bahn einzusteigen, sah ich, dass Anna wieder ihr Taschentuch aus dem Ärmel hervorgeholt hatte und es zu kneten begann, als wärme sie sich für das bevorstehende Abschiedswinken auf. Sie strotzte vor Entschlossenheit, sich in das Schicksal aller Zurückbleibenden zu fügen: zu winken, sich dann umzudrehen und die Rolltreppe anzusteuern, den Ausgang, eine Straße, wo sie sich aus Trauer etwas kaufen würde, ein paar Plastikohrringe oder eine Packung Nüsse. Nicht Mitleid war es, das ich damals empfand, sondern vielmehr Lust, unter die Oberfläche eines Mädchens vorzudringen, bei dem ich so anmaßend war anzunehmen, dass ich ihm gefiel. Der Wunsch, das Wasser zu trüben und eine für alle sichtbare und nicht von der Hand zu weisende Spur in dieser grauen Maus zu hinterlassen. Als sie ihre Nase mit dem nicht mehr sauberen Tuch putzte und sich damit zu meinem Entsetzen zwei Tränen aus den Augenwinkeln tupfte, sagte ich zu ihr: «Hast du Lust, mich mal in Wien zu besuchen? Schreib mir deine Adresse auf, hier auf den Zettel.» Ich reichte ihr die Rechnung vom Veggi King, die ich als Andenken an meinen ersten selbstständigen Restaurantbesuch aufgehoben hatte.

IV

Mein Brief ließ mehrere Wochen auf sich warten. In dieser Zeit dachte ich täglich an Anna und sprach ihre Worte immer wieder leise vor mich hin: eine tolle Frisur, du hast eine tolle Frisur. Mehrmals probte ich die ersten Sätze aus einem möglichen Brief an sie in meinem Kopf: *Hallo, süße Anna, wie geht es dir so? Was macht die Schule? Was ich dich eigentlich fragen wollte, habt ihr Falladas ‹Damals bei uns daheim› gelesen? Da geht es unter anderem um die alternative Bienenhaltung (apropos veganer Honig). Ich langweile mich schon wieder im Unterricht. In Sport bin ich nach wie vor unschlagbar und werde sogar, wie man sagt, besser.* Diese Version verwarf ich und dichtete eine neue: *Hi, Anna, alles paletti? Wie versprochen, kommt hier mein Brief. Es war schön, mit dir durch Berlin zu spazieren. Ich erinnere mich gerne daran, wie peinlich es war, als du vor dem Gemälde im Bellevue einen Schluckauf bekommen hast. Das kommt vor, wenn man schlingt und nicht isst, denke ich.*

Irgendwann glaubte ich, mein Versprechen zu schreiben sei so verjährt, dass es keine Gültigkeit mehr habe, doch dann sah ich wieder vor meinem geistigen Auge, wie Anna nervös ihr Taschentuch knetete, und spürte mein schlechtes Gewissen. Schließlich bat ich meine Mutter um etwas Papier und einen Briefumschlag. Mutter, die nur in Ausnahmesituationen wie Weihnachten, Ostern, Beerdigungen oder Hochzeiten ihre mitfühlende Seite zu zeigen pflegte, seufzte schwer und ging an ihren Sekretär. Aus der untersten Schublade holte sie mit feuchten Augen eine Ledermappe mit einer Schnalle heraus, die einen rostig unversöhnlichen Ton von sich gab. Die Schnalle quietschte und gab erst bei wiederholtem Drücken nach. Ihr Briefpapier lachte mich an, Karten, Papierbögen und gefütterte Umschläge von einem grimmschen Grün – ein Tannenwald zwischen Winter und Frühling mit zaghaften Maiglöckchen, Moos, Gras und den ersten Inseln schwarzer, grobkörniger, herrlich durchlüfteter Erde mitten im Schnee. So wie man die ersten Lehrstunden der Eleganz, erteilt durch das mühelos spielerische Beispiel eines anderen, niemals vergisst, so brannten sich die tannengrünen Seidenzungen der Umschläge meiner Mutter als ein Nonplusultra des wahren Luxus in meine Erinnerung ein.

An dem Abend, an dem Annas Antwortbrief kam, beschloss ich, eine Kerze in meinem Zimmer anzuzünden, eine faustdicke Wachskerze, die ich zu einem Weihnachtsfest zusammen mit einer Kiste Thorner Honigkuchen von meinem polnischen Onkel geschenkt bekommen hatte und die seitdem in einer klebrigen, rußbedeckten Transparentfolie zwischen den Büchern auf meinem Kaminsims stand. Eine Weile stand ich ratlos mit der brennenden Kerze in der Hand da und stellte sie schließlich auf das Fensterbrett, warf mich auf das Bett und betrachtete die Briefmarke auf dem Umschlag. Zu meiner großen Freude stellte sie eine galante Szene dar: einen zum Himmel aufblickenden Jungen, der seiner Kleidung nach zu urteilen Landstreicher war, ein Mädchen und einen schwarzen Ziegenbock. *Heidi. Für die Jugend*, stand oben rechts. Eine Anspielung auf uns beide? Damals bereits begann sich das Gespenst der Ro mantik zu strecken und zu recken und seine staubigen Flügel über mir auszubreiten. Ich wollte den Brief in einer angemessenen Atmosphäre lesen, so wie es sich in meiner Vorstellung gehörte. Nicht dass ich zu dem Zeitpunkt von Romanen oder von cineastischem Kitsch verdorben gewesen wäre. Mein Gefühl sagte mir einfach, so und nicht anders öffnet man einen rosafarbenen Umschlag, verziert mit einem herzförmigen Punkt über dem I in meinem Familiennamen.

Auch Annas Schrift schien einen Schluckauf zu haben. Die O und U tanzten aus der Reihe, versuchten, in die Luft springend, sich einen Überblick über die restlichen Buchstaben zu verschaffen. Ich las den unbedeutenden Inhalt dieses Briefes wieder und wieder, und als ich zu Bett ging, berührte ich das Papier mit meinen zu einem Lächeln verzogenen Lippen. Das ist die Liebe, dachte ich und schlief mit einem tosenden, nicht enden wollenden Wonneschrei in der Brust ein.

«Was ist das für ein Mädchen?», fragte mein Vater eines Tages, als er die Spannung, mit der ich auf den Postboten wartete, nicht mehr ignorieren konnte.

«Sie ist vegan», erklärte ich, obwohl Anna für mich inzwischen eine andere, auf jeden Fall löblichere Beschreibung verdiente. Der erste Eindruck drängte sich jedoch vor und warf einen Schatten auf alle übrigen Inschriften, mit denen ich meine Brieffreundin hätte versehen können. Dass sie keine Schönheit, dafür aber lustig war, dass sie die Bibel zitierte und händchenhaltend *Komm, Herr Jesus, sei unser Gast* mit den Eltern betete, dass sie sich Falladas Buch *Damals bei uns daheim* besorgt und so meinen beiläufig geäußerten Vorschlag befolgt hatte, all das hätte ich in Bezug auf Anna sagen können, um die Neugier meines Vaters zu befriedigen, ohne meine Bewunderung für sie allzu stark durchschimmern zu lassen. Stattdessen zog ich es vor, ihn mit dem Wörtchen «vegan» abzufertigen und zu verscheuchen. Zu gut kannte ich ihn und seine Abneigung gegenüber Tierschützern, Pazifisten und Weltverbesserern.

«Was ist das, vegan?»

«Eine Lebensanschauung, was weiß ich. Man isst keine tierischen Produkte und Erzeugnisse. Kein Fleisch, keine Eier, keine Milchprodukte.»

«Grauenvoll.»

«So schlimm ist es auch wieder nicht. Es gibt viele schöne Rezepte für solche Menschen.»

«Ist wenigstens Alkoholtrinken erlaubt?»

«Ich glaube schon, solange nichts Tierisches drin ist. Ich müsste Anna fragen.» Mein Vater schüttelte den Kopf, sagte wieder «grauenvoll» und verließ mein Zimmer. Das war mir mehr als recht. Wenn es nach mir gegangen wäre, hätte ich meine Eltern für mehrere Jahre weggeschickt, irgendwohin, wo ich wusste, dass sie dort nichts entbehren würden. Ich hätte mich allein in unserer Bibliothek eingerichtet, um auf die Liebe, und sei es auch die Annas, zu warten. Und in der Tat wirkte dieser Raum auf mich, seitdem ich ihn gesehen hatte, wie ein Empfangssaal, wo ich, durch eine dünne Wand getrennt, darauf wartete, von meiner eigenen Zukunft empfangen zu werden. Viele, einschließlich meiner Eltern, fühlten sich hier unwohl. Ich jedoch nicht. In der Einsamkeit hätte ich sogar zu singen gewagt, mit ritterlich verschränkten Armen am Fenster stehend und unbedingt im seidenen Morgenmantel, einem musealen Kleidungsstück, das unberührt in meinem Schrank hing und von mir noch nie, nicht einmal verstohlen, getragen worden war. Ein Geschenk von niemand Geringerem als Herrn von Grubinger, war der Mantel ein Scherzartikel und gleichzeitig eine Mahnung, ihn und seine mir damals noch unverständliche Symbolik ernst zu nehmen. Ich betrachtete den Stoff. Zweifelsohne «Made in China» und nicht vegan. Bedruckt mit Bildern mir unbekannter astronomischer Geräte, versprühte er die Ruhe und Kühle einer Sommernacht, in der ich endlich ... ja, was denn? Nach einem kurzen Kampf mit mir selbst zog ich mich vollständig aus und schlüpfte in den Morgenrock. Die Seide kühlte mich mit einer Mischung aus Aufdringlichkeit und Ineffizienz. Sie kühlte, ohne die Glut zu lindern, die sich aufgrund meiner Nacktheit plötzlich in meinem Körper entfachte. Eine Glut, die vielleicht nur als Reaktion auf die Seide entstanden war.

Ich war gerade aus der Schule zurück und wollte in die Küche gehen, neugierig, was Frau Strunk wohl für mich auf dem Herd hatte stehen lassen, als mir der Vater kauend entgegentrat und Annas lange erwarteten Brief in die Hand drückte. «Wer dir so stark parfümierte Briefe schickt, der muss dich gern haben. Wird Parfüm eigentlich ohne tierische Inhaltsstoffe hergestellt? Du solltest deine Freundin darauf aufmerksam machen, wenn sie es nicht weiß.»

Niemals würde ich es wagen, sie darauf anzusprechen. Und wenn, dann wäre ich gehässig, wie mein Vater, wenn es ihm zu gut ging. Und es ging ihm meistens zu gut. Er musste niemandem etwas beweisen, sich nicht unter

Gleichaltrigen behaupten, gegen den Schlaf im Unterricht ankämpfen, sich den Kopf über Prinz Eugens Militärpolitik Anfang des 18. Jahrhunderts zerbrechen. Er musste sich nicht die Frage stellen, *was wird aus mir werden*. Aus ihm war schon etwas geworden.

Ich riss Annas Brief auf. Nach fast zwei Wochen erschien mir ihre Schrift harmonischer, die O und U hielten sich mit Bravour zurück. Zum Glück brauche sie keine Nachhilfe in Biologie mehr, berichtete Anna. Sie habe die Zellteilung endlich verstanden und neulich eine gute Klassenarbeit geschrieben. An der Briefmarke war nichts Süffisantes auszumachen. Sie zeigte ein Segelschiff. Unterhalb eines aufgebrochenen Eispanzers stand in Druckbuchstaben *Forschungsschiff Gauß. Hundert Jahre deutsche Antarktisforschung.* Obwohl das Papier einen starken Blumenduft verströmte, freute es mich nicht. Der Duft fühlte sich wie ein falsches Versprechen an, ich ärgerte mich darüber, dass Anna in ihrem Ton so schrecklich sachlich blieb und nicht mit einer Silbe erwähnte, dass sie mich vermisste. Obwohl ich selbst nicht im Traum daran dachte, ihr solche Worte zu schreiben, erwartete ich von ihr eine gewisse Zuvorkommenheit.

«Was haltet ihr davon, wenn meine Brieffreundin uns besuchen kommt?», fragte ich meine Eltern. Beide hatten in der Bibliothek am Fenster Platz genommen. Zwei runde Rotweingläser schimmerten in ihren Händen. Meine Mutter hielt ihr Glas wie eine Seifenblase am Stiel und saß, die Beine übereinandergekreuzt, im tiefen Barocksessel direkt unter der Stehlampe, deren Licht ihrem kupferfarbenen Haar einen warmen Goldton gab, dafür aber zum Glück nur optisch etwas Dichte raubte. Vater wollte seine polnische Herkunft möglicherweise wieder mal demonstrieren und wärmte sein Glas und damit auch den Rotwein zwischen beiden Handflächen. Direkt vor ihm auf dem Würfeltisch, dem einzigen Designermöbelstück in unserem Haus, lag eine aufgeschlagene Pferdezeitschrift. *Knabberhölzer selber ziehen – die Silberweidenhecke* konnte ich von meinem Platz aus erkennen. «Ist dieses Mädchen gut erzogen?», begann meine Mutter. «Eine Pastorentochter, Schatz, muss gut erzogen sein», fiel ihr mein Vater ins Wort. «Ist sie hübsch?» Ich zuckte mit den Schultern. «Wie man es nimmt. Sie ist sehr klug.» Meine Eltern schwiegen trübselig. Nach einer Weile ergriff der Vater das Wort: «Nun, Schönheit ist nicht alles. Nicht jeder hat so viel Glück wie ich mit dir, meine Liebe.» Die Mutter warf ihm einen leidenschaftlichen Blick zu. Wenige Monate später trugen wir sie zu Grabe.

V

Dass Mama ein Alkoholproblem gehabt hatte, erfuhr ich
Jahre später aus einem akkurat zusammengefalteten Artikel
im «Kurier», der in der untersten Schublade der väterlichen
Wäschekommode aufbewahrt wurde – zusammen mit den
wichtigen Unterlagen, Briefen, Impf- und Pferdepässen
längst verstorbener und mir teilweise unbekannter Pferde.

Bumsti

Die schöne Gattin des polnischstämmigen Millionärs Adam N. kam am
vergangenen Wochenende in einem Nobelhotel am Gardasee unter grotesken
Umständen ums Leben. Beim Versuch, einen Schnapsschrank zu öffnen, ver-
lor die Wienerin das Gleichgewicht und stürzte. Dabei zog sie sich durch
herabfallende Flaschen ein Schädel-Hirn-Trauma zu, von dem sie sich nicht
mehr erholte.

Ich staunte nicht schlecht, weil ich bisher mit einer anderen Version ihres Todes hatte leben müssen, nämlich mit
der eines Badeunfalls. Auf die Frage, warum er mir die
Wahrheit verheimlicht habe, stammelte der Vater etwas
von *So war es besser für alle* und schenkte mir als Entschädigung
für die Lüge Mutters Lieblingsparfüm – «Salvador Dalí»,
eine vertraute Mischung aus weißen, fast verblühten Lilien
und sonnenerwärmtem Harz. Ein kurzer Atemzug, und
schon schwebte Mutters Erscheinung in hoch konzentrier-

ter Form um mich herum. Welche Angst hatte mir der
schwarze Flakon in meiner Kindheit eingeflößt! Nur aus einem Kristallmund und einer Kristallnase bestehend, hatte
er mich jahrelang, selbst in meinen Albträumen, verfolgt.
Mal vor dem Spiegel im Bad der Mutter, mal auf der Konsole im Flur – Mund und Nase waren allgegenwärtig. In
meiner Vorstellung gehörten diese Körperteile dem maus-
bärtigen Maler höchstpersönlich und wurden lebendig,
wenn die Mutter mit halb geschlossenen Augen wie unter
Hypnose ihren braun gebrannten Hals besprühte. In diesem Moment betrog sie uns beide, weil sie sich in eine unbekannte und suspekte Genusssphäre entzog und ihre beiden Männer in der eindimensionalen Wirklichkeit von
Teppichen und Tapeten allein ließ. Die ewigen Selbstge-
spräche, das Rascheln der Seide im Treppenhaus, das Tänzeln mit dem Glas in der Hand und diese leicht aufgeblähten Nüstern von Dali: Wie oft erkannte ich sie in Mutters
Gesicht, wenn sie zornig wurde und mich dadurch be-
strafte, dass sie mich mit ihren geweiteten Nasenlöchern
einfach anschaute, bereit, mich wie eine kleine Rauch-
schwade einzusaugen.

So wie manche Menschen vor dem Einschlafen wenigstens ein paar Seiten in einem Buch lesen müssen, so hatte
ich es mir zur Gewohnheit gemacht, mich in schlaflosen
Nächten an alle Ferienhäuser, Hotels und Zimmer zu erinnern, in denen ich je genächtigt hatte. Schränke, Truhen,
Kommoden und Sitznischen schwebten vor meinem geistigen Auge, Vorhänge unterschiedlicher Dichte flatterten geräuschlos durcheinander, und schon erstarrte das bunte
Treiben zu einem Bernstein, aus dem mir die semmel-

blonde, neugotische Fassade der Villa Feltrinelli entgegen-
leuchtete. Ich musste mich nur dem efeubewachsenen Por-
tal nähern und das Klirren der leichten Verandatür hinter
mir lassen, um alles an seinem Platz zu finden: die erhabene Süße fremder Stimmen im kirchenhohen Foyer, das
matte Blinken der Palmen in den prachtvollen Steintöpfen,
das Kläffen eines Hundes aus der gesteppten Ledertasche
einer Signora, deren Beine in allzu glänzenden Strümpfen
sich nach unten nicht verjüngten, sondern im Gegenteil
mit Füßen wie fette Frösche gegen die Fußbodenkacheln
klatschten, ganz anders als die grazilen Füßchen meiner
Mutter. In flachen Sandalen, die sie nur in Italien trug,
klang das Hallen ihrer Schritte im Erdgeschoss der Villa wie
das Wiehern aus einem «trockenen» Pferdekopf. Da ich seit
meiner frühesten Kindheit mit Pferden zu tun hatte, waren
sie selbst zwischen den Wänden eines italienischen Palazzo
immer präsent. Allerdings passten sie sich der Kulisse hervorragend an. Die Haflinger verschmolzen mit dem Terra-
kottagold des Grundtons, die Trakehner mit dem schweren
Holz der hohen Kassettendecken, die tigerscheckigen
Knabstrupper mit den zarten präraffaelitischen Fresken und
die Friesen mit der sterntriefenden italienischen Nacht im
Wasser des Gardasees. Eine alte Stute mit ausgeprägten
Hüftknochen war die alte Deutsche mit dem gigantischen
Hinterteil, unter dem die Korbsessel im Gartenpavillon
krachten. Ein Jährling war ihr Enkelsohn, der mit einem
ernsten Gesicht voller Pickel der Großmutter gegenübersaß.
Ein Junghengst war der fesche Franzose an der Seite eines
trägen Wallachs, offenbar seines Vaters. Beide grummelten,
das heißt schauten, einer Galtstute, mit anderen Worten:

einer jungen Kellnerin in heiratsfähigem Alter, hinterher. Wir drei hingegen bildeten eine Miniherde. Da meine Mutter eine ausgesprochen schöne Frau war, der das leise Grummeln aller männlichen Tiere im Hotel galt, schmeichelte es mir, als würde man mir selbst anerkennend hinterherpfeifen. Also bemühte ich mich, Mama und damit mich selbst noch besser ins rechte Licht zu rücken. Ich gab ihr Feuer, half ihr am Pool in den Bademantel, brachte ihr ein Getränk. Sie ihrerseits schien es zu genießen. Erlesen wie Eiskristalle an einer Glasscheibe, zeigten sich die Regungen der Freude, ihrer, aber auch meiner, nichts dergleichen sollte ich danach jemals empfinden, selbst das Warten und Bangen in späteren Zeiten der Liebe waren dagegen grobe Fingermalerei im Schnee. Je schöner sich die Mutter präsentierte, je schwungvoller sie beim Tanzen mit mir oder dem noch steiferen Vater den Kopf in den Nacken warf, je mehr sie beim Lachen die Reihen ihrer makellosen Zähne entblößte, umso höher schlugen die Flammen dieses Glücksgefühls in mir.

Der Abend zerfloss als roter Zuckerguss an den Fensterscheiben des Hotels, als Vater und ich von unserer täglichen Bootsfahrt zurückkehrten. Eine Reihe geparkter Ferraris erstreckte sich bis um die Ecke des Hotels, und eine sehr schlanke Frau drehte sich in einem knallroten, eng anliegenden Kleid mit gespielter Fröhlichkeit auf dem mittleren Treppenabsatz. Am Fuß der Treppe saß ein Mann in einem Rollstuhl, als einziger schwarzer Punkt weit und breit. Als wir Richtung Bootshaus, wo wir unser Quartier hatten, an ihm vorbeigingen, begann er zu klatschen. Entsetzt drehte ich mich gerade in dem Augenblick um, als er seinen Arm prophetisch zur Geliebten hob. Diese Geste könnte er Baron Münchhausen in meiner Münchhausen-Ausgabe von 1819 abgeschaut haben, die ich von Herrn von Grubinger zum zehnten Geburtstag geschenkt bekommen hatte. Es war dieselbe Geste, mit der Münchhausen sein Pferd vom Wetterhahn des Kirchturms schießt, an dem er es die Nacht zuvor angebunden hat. «Du siehst wie ein Engel aus, Schatz!», rief der Rollstuhlfahrer, der Rest seiner Rede wurde vom Knirschen unserer Schritte auf dem feinen schlohweißen Kiesel übertönt. Monatelang träumte ich fast täglich davon. Ich sah mich selbst denselben Weg aus klein gehacktem Marmor gehen, rechts und links Hibiskus, Zitronenbäume, ein Liegestuhl mit einem tiefblauen großen Damenhut darauf, ein aufgeschlagenes Buch, in dem der Wind kreuz und quer die Seiten verblättert. Zwei junge Mädchen in meinem Alter sitzen am Pool, blicken mir verängstigt hinterher, fast traurig, als hätte ich sie beleidigt, doch wir kennen uns nicht, obwohl ich sie bereits am vorigen Tag beim Frühstück in der Gesellschaft ihrer Mutter bemerkt hatte. Auf der Wiese vor dem Bootshaus sehe ich einige Männer vom Hotelpersonal in Reih und Glied stehen. Allen ist derselbe traurige Schrecken ins Gesicht gemeißelt. Hinter unseren Fenstern erkenne ich fremde Silhouetten, die auf und ab gehen, als würden sie durch ein Museum flanieren. Ich will meinen Vater darauf aufmerksam machen, während einer der Hotelmänner sich von den anderen löst und den Vater zur Seite nimmt. Vaters Nase und Mund sind vollkommen leblos wie die des Parfümflakons. In einem von mir so noch nie vernommenen Ton befiehlt er mir, ein Eis im Restaurant zu essen. Während ich weggeführt werde, sehe ich mit dem Seitenblick, wie er wie eine schiefe Regenzeile quer über den Rasen zum Bootshaus geht.

Jahre später, als ich den «Bumsti»-Kurzbericht in den Händen hielt, leuchtete mir mit einem Mal ein, warum mein Vater in der Zeit nach Mamas Tod von sich selbst als *Flasche* gesprochen hatte. «Ich bin eine Flasche», sagte er oft kaum hörbar und lehnte sich dabei wie bei einem plötzlichen Schwächeanfall an den Tisch. «Eine Flasche, Gott sieht es, ich bin eine Flasche.» Immer wieder benutzte er diese eigentümliche Redewendung, die ihren Ursprung in der Theaterwelt hat und aus einer Zeit kommt, in der es noch üblich war, schlechte Schauspieler mit Weinflaschen zu bewerfen. Um das zu wissen, reichten seine etymologischen Kenntnisse des Deutschen sicher nicht. Möglicherweise tastete er sich im Dunkeln seiner Intuition vor, die ihm eingab, dass eine Flasche weniger löblich sei als *ein Goldstück* oder *der Hammer*. Sicher fühlte er sich wie eine der Flaschen, die seine süße, kleine Frau am Gardasee erschlagen hatten.

VI

«Bald ist Weihnachten», meinte Vater, «lade deine Freundin ruhig ein. Es wird uns beiden guttun, wenn wir mal wieder in diesem leeren Haus ein frisches Gesicht zu sehen bekommen.»

«Leer, und was ist mit Frau Strunk und mir, füllen wir das Haus nicht gut genug?», fuhr ich ihn an. «Lade sie doch ein, schließlich haben wir das mit deiner Mutter abgesegnet.» Plötzlich sackte er auf meine Bettkante und vergrub das Gesicht in den Händen. Als wollte er es weich kneten, rieb er darüber, müde und scheinbar ohne einen Gedanken hinter der kahlen, fleckigen Stirn. Früher hatte ich ihm gerne mit offenem Mund dabei zugeschaut und vor Entzücken gelacht. So faltig konnte nur ein Backapfel sein. Nun war einige Zeit ins Land gegangen, und jeder Backapfel war jetzt ein glattes Mädchenknie im Vergleich mit dem Faltenwunder, das sich zwischen den Fingern meines Vaters zeigte. Seine eulenhaft buschigen Brauen warfen einen Schatten auf seine Augen, so dass ich nicht hätte sagen können, ob er mich ansah oder die Überschrift des Buches zu entziffern versuchte, das aufgeklappt auf meinem Schoß lag. Zum ersten Mal erkannte ich in den väterlichen Zügen den im Sumpf versinkenden Kapitalisten, den Helden aus einem schmalen, in graues Leinen gebundenen Bilderbuch, in welchem ich als Kind hatte blättern dürfen, wenn ich hohes Fieber hatte. Deshalb war die Lektüre ein Fest und die Krankheit, ganz gleich, wie schlecht es mir ging, ein Geschenk. Der Kapitalist mit seinem aufgedunsenen fleischigen Gesicht fleht einen sportlichen jungen Bauern um Hilfe an. Dieser steht breitbeinig auf einem kleinen Hügel und haut mit seinem Spaten dem Dicken eins auf den Zylinder. Im letzten Segment tanzen die Frösche einen Jubelreigen um den bereits ziemlich ausgebeulten Hut, das Einzige, was vom Bösewicht übrig geblieben ist.

«Was liest du da?», fragte Vater, der mich selbst jetzt, nachdem er aufgehört hatte, sein Gesicht zu kneten, an diesen hilflosen Kapitalisten erinnerte.

«‹Spaziergang nach Syrakus›.» Er knurrte: «Wohl schwierig zu lesen für dich, was?» Ich wusste genau, dass ihm der Buchtitel nichts sagte und dass die zweite Frage nur ein Ablenkungsmanöver war, ein Versuch, seine Verwirrung zu verbergen. Hätte ich ihn gefragt, ob er wisse, wer der Autor sei, würde er nur herumstammeln. Eine seiner Eigenschaften war, dass es ihm immer gut gelang, sich als einen Mann von Welt zu präsentieren, als kultivierten und wissenden Patriarchen, der schon so weit war, dass er sich erlauben konnte, nicht mehr lesen zu müssen und sich für nichts Weltliches als für Pferde und alte Kutschen zu interessieren. So waren unsere Gäste und all seine Bekannten, selbst meine Mutter davon überzeugt gewesen, die Gesellschaft eines Homo universale zu teilen, mit dem man theoretisch über alles hätte reden können. Wenn er nur nicht so lebenssatt wäre, der wortkarge Schöngeist.

«Ich habe gar nicht gewusst, dass wir den ‹Spaziergang› in der Bibliothek haben», seufzte Vater, «nun, möge es dir genauso viel Spaß machen wie mir zu meiner Zeit», schob er hastig nach. Das Buch habe ich aus der Schulbibliothek, wollte ich sagen, biss mir aber noch rechtzeitig auf die Zunge. «Annas Besuch finde ich jetzt unpassend», sagte ich stattdessen, «aber wenn es dich aufheitern würde …»

In dieser Nacht schlief ich zum ersten Mal seit Langem durch. Mein Schicksal schien besiegelt. Meine Willenskraft spielte dabei, wie schon so oft, keine Rolle. Hätte ich eine Todesanzeige für mich selbst schreiben müssen, wäre sie so ausgefallen:

> *Wie ein Pappbecher vom Wind hin und her getrieben,*
> *gefiel es Kaspar Nieć, für immer in einem offenen Gullideckel*
> *zu verschwinden. Sinnlichkeit war sein größtes Talent.*
> *Da, wo nichts war, sah er Abgründe. Mitten im Grünen*
> *wehte ihn der heiße Atem der Wüste an. Vor Kaspar Nieć,*
> *dem großen Lebenskünstler, ziehen wir heute den Hut.*

Im Traum erschien mir eine Frau, die sich für meine Mutter ausgab und 50 Euro von mir haben wollte. Für die Kränze, meinte sie, als ich sie nach dem Verwendungszweck dieser für mich als Schüler hohen Summe gefragt hatte. Daraufhin erklärte ich ihr, dass eine Tote, die beerdigt worden war, nicht aufstehen könne, um irgendwelche Kränze zu kaufen. Grabkränze, korrigierte sie mich und streckte ihre Hand aus: «Her mit dem Cash, ich gebe es dir beim nächsten Mal zurück.»

Diese seltsame Begegnung deutete ich als ein Zeichen von oben und als Befehl, den Kontakt mit Anna nicht im Sande verlaufen zu lassen. Obwohl ich mir sicher war, dass die Bettlerin im Traum unmöglich meine Mutter sein konnte, störte es mich nicht, es war doch klar, dass man sich auf seine Sinne und sein Gedächtnis im Traum noch weniger verlassen konnte als im wirklichen Leben. Wie gerne wäre ich jetzt zu ihr ins Zimmer gegangen und hätte sie wieder um einen Papierbogen und den tannengrün gefütterten Umschlag gebeten, der ganz entfernt und nur, wenn man die Augen schloss, nach Schuhabdrücken im tauenden Schnee roch, unter denen sich die zarte Erdkruste wie der schwarze Cookiesbruch im Vanilleeis abzeichnete. Könnte ich auf diesen Umschlag den Namen irgendeiner Anna schreiben, deren Mutter fröhlich vor sich hinlebte? Nein. Nie! Die Pastorenfrau stellte ich mir derb und kleinwüchsig vor, wie einen Apfelbaum im voralpinen Raum, der trotz des rauen Klimas und steinigen Bodens Früchte trägt. Krüppelhaft und sauer schaukeln sie im Wind und beschämen alle anderen Apfelbäume, die trotz ihrer edlen Abstammung bei der Eroberung des Bergs auf der Strecke haben bleiben müssen. Für den Brief an Anna riss ich ein profanes Blatt von einem karierten Schulblock. Den Bogen steckte ich in einen Umschlag, der, etwas dicker als Toilettenpapier, sicher seit fünf Jahren in der Schublade meines Schreibpults als Behälter für Büroklammern gedient hatte. Bevor ich den Brief zuklebte, steckte ich meine Nase in den Umschlag. Er roch so, wie ich es erwartet hatte: nach muffigem Metall. Etwas anderes hatte Anna nicht verdient.

Wir nahmen sie am 15. November in Empfang, am Leopolditag. Da wir viel zu früh am Bahnhof waren, ließ ich mir Zeit beim Zusammenstellen meines Straußes im Blumenladen. Ja länger ich zwischen den Vasen umherwanderte, umso mehr machte mir die Qual der Wahl Spaß.

«Lilien würde ich dem jungen Herrn empfehlen», sagte

die Floristin, «Lilien stehen für den Glauben und die Reinheit.»

«Aber auch für den Tod», fiel ihr mein Vater ins Wort.

«Nelken können auch sehr schön aussehen, wenn man sie gescheit kombiniert», stammelte sie verlegen. Mein Vater, der in einem tiefen ärmellosen Plastiksessel saß, sagte:

«Gut genug für Beerdigungen oder für Lenin. Kennen Sie wenigstens den?» Die Verkäuferin schüttelte den Kopf. «Muss man auch nicht kennen. Sie sind auch zu jung dafür. Obwohl!» Er hob den Finger. «Das ist eine gute Idee mit den Nelken. Unser Gast kommt ja aus dem sozialistischen Bruderland. Nelken weiß er sicher zu schätzen.»

«Den kennt doch heute keiner, Papa!», rief ich aus.

«Wie wäre es mit einem jugendlichen Gerberastrauß in diesem Fall?», unterbrach uns die Floristin und führte mich zu einer Bodenvase mit bunten und robust wirkenden Blumen, die mich an doppelreihige Margeriten erinnerten.

«Entscheide dich endlich für irgendetwas, wir kommen zu spät», brummte der Vater. Ich schaute auf die Uhr, die direkt über seinem Kopf an der Wand hing. Eine gute halbe Stunde hatten wir auf jeden Fall noch. Plötzlich erhob er sich mit einem Ruck aus seinem Sessel. «Ich gehe schon mal vor, wir treffen uns am Gleis.»

«Ich habe mich schon entschieden», rief ich ihm zu, «ich nehme diese Bergeracs.» «Die Gerbera, sehr gern, der Herr.» Während mein aus fünf Gerberas und viel Grünzeug bestehender Blumenstrauß in Seidenpapier gewickelt wurde, sah ich, wie mein Vater demonstrativ ungeduldig aus dem Laden trat. Draußen vor der Fensterscheibe betrachtete er sein Spiegelbild und merkte nicht, dass ich ihn beobachtete. Der Blick, mit dem er sich selbst begegnete, war der eines Salsatänzers, dem die Schuhe drücken. Woran dachte er? Sicher an meine Mutter. Oder vielleicht auch nicht.

Am Kopf des Bahnsteigs blieben wir bei den Mülltonnen stehen und schauten der Wespenschnauze des ICE zu, die immer näher kam und schließlich, ohne den Stachel ausgefahren zu haben, zum Stillstand kam. Anna sprang direkt aus dem ersten Waggon auf den Bahnsteig. Als sie meinen erhobenen Arm sah, lächelte sie und winkte uns zu, als wäre sie in Seenot. An ihrem Koffer baumelte eine hässliche pinkfarbene Maus mit langen Beinen. Mein Vater, der neben mir stand, drehte sich um, um zu prüfen, ob tatsächlich wir gemeint waren und nicht etwa jemand hinter uns. «Ui», sagte er und zog die Luft zwischen den Zähnen ein wie bei einem stechenden Schmerz, «ui ui ui.» Damit war alles gesagt.

Im Auto wechselte er kein Wort mit ihr. Zu mir aber meinte er: «Nun, mein lieber Sohn, unterhalte dich mal angeregt mit deinem Gast.» «Das hier ist das Museumsquartier», sagte ich nach einer Weile und klopfte gegen die Autoscheibe, «Klimt und Kokoschka hängen hier.» «Noch nie gehört», murmelte Anna alles andere als verlegen und schaute lächelnd einer pinkfarbenen Stretchlimo hinterher, die uns überholt hatte. Pink war wohl eine ihrer Lieblingsfarben. Wir hatten für sie ein Zimmer in einem kleinen Hotel im 2. Bezirk gebucht, aus Rücksicht auf ihre Psyche. «Sie bei uns einzuquartieren würde für Sie nur Stress bedeuten», meinte mein Vater, während er ihren Trolley wie einen kleinen Kühlschrank über die Schwelle des Hotels trug, «wissen Sie, wir leben ja ganz für uns und haben einen strengen Tagesablauf», sagte er später am Rezeptionstresen, «ich weiß von Kaspar, dass Sie nur Pflanzen essen. Wir hingegen haben viel mit Pferden zu tun, die wir nicht zimperlich behandeln. So etwas ist nichts für junge zarte Damen.» Anna warf einen wirren Blick auf ihn und begann, ihr Formular auszufüllen. Ich schaute ihr über die Schulter und erkannte ihre Schrift wieder. Es war unheimlich, sie so nah vor mir zu haben und ihr beim Schreiben zuzusehen. Herausgeschält aus ihrem flach-postalischen Dasein, nahm sie eine Form an, die alles Poetische verdrängte. Da musst du durch, dachte ich, auf ihre Schrift starrend, schließlich ist sie deine erste Freundin. Damals ahnte ich bereits, dass ich nie wieder einen Liebesbrief an jemanden schreiben würde. Diese Zeit war schon vorbei.

«Willst du mit mir schlafen?» Ihre Frage überraschte mich nicht im Geringsten. Nach dem Gang durch die Albertina, wo viel nacktes Fleisch zu sehen gewesen war, aber auch eine Menge Madonnen mit Mandelgesichtern und wollüstigen Blicken, nach einem Zwischenstopp in einem Café bei einer heißen Schokolade mit einer Sahnehaube, deren Form mich zweimal hinschauen ließ, und nach dem Besuch einer romantischen Komödie, in der ein alleinerziehender Vater von einem älteren Mann verführt wird – nach all dem wunderte mich gar nichts mehr. Ich nickte und bekam ein Lächeln zur Antwort. Plötzlich glaubte ich, Anna wolle damit sagen: Ich gehe jetzt schlafen und schlage dir vor, dasselbe zu tun, getrennte Wege also. «Ich habe Erfahrung, bin keine Jungfrau mehr», flüsterte sie, obwohl im Saal außen uns beiden keine Menschenseele war. «Du?», fragte ich und wurde rot wie der Kinosessel. «Hässliche Mädchen haben keine Komplexe und mehr Fans. Du hast mich doch deswegen nach Wien eingeladen, oder?» Ich verneinte und wurde zum wiederholten Mal an diesem Tag knallrot. Auf dem Weg zum Hotel schob Anna ihre Hand in meine Hosentasche. Es war noch unbeholfener, noch lächerlicher als der Kuss des glatzköpfigen Schuldirektors im Film und deshalb so unangenehm, dass ich im Dunkeln mein Gesicht verzog. Für diese Sache, von der ich nur vom Hörensagen eine Ahnung hatte, ließ ich mich also wie ein Hund an der Leine durch die halbe Stadt führen, und die Sterne schauten zu, die stolzen, erhabenen Sterne, von denen ich bereits als Knabe immer geglaubt hatte, sie würden entweder große oder niedere Taten beleuchten. Auf mich traf wohl Letzteres zu. Ich war kein Romeo. Zu Hause wartete Vater, der sicher, was sein erstes Mal anbelangte, eine romantischere Geschichte vorzuweisen hatte. «Zieh das Ding an, wenn es dazu kommt», hatte er am Vorabend des großen Besuchs gesagt und mir mit einer mitfühlenden Miene eine Kondompackung in die Hand gedrückt. «Heute werdet ihr alle so früh erwachsen.» Irgendwann musst du sie küssen, dachte ich, oder sie umarmen, und sie küsst dich dann selbst. Hauptsache, ihr nicht in ihre Karnickelaugen schauen, befahl ich mir.

Und später, als ich dem unlustigen Gesicht hinter der getönten Zugscheibe zuwinkte, dachte ich: Eine größere Erleichterung als den Abschied von einem Menschen, den man verachtet und dem man gleichzeitig dankbar für einen Gefallen ist, gibt es wohl nicht auf dieser Welt. Auf Nimmerwiedersehen, Annerl!

VII

Meine zweite Freundin, die beschämend lange auf sich hatte warten lassen, gefiel meinem Vater sehr viel besser. Betty konnte sich wirklich sehen lassen. Zehn Jahre älter als ich, zählte sie zu jener Sorte Frauen, die der Wiener «Schneggn» nennt. Ganz gleich, ob sie Tee einschenkte oder einen Handspiegel aufklappte – jede ihrer Bewegungen war, wie man so schön sagt, seelenvoll. Seitdem ich im Augenblick einer gehobenen romantischen Stimmung in Schillers «Anmut und Würde» hineingeblättert hatte, hatte ich einen anderen Blick auf die Frauen. Was die Anmut anbelangte, so reichte es mir, wenn das Mädchen oder die Frau sich harmonisch und ihrem Körperbau und Temperament gemäß bewegten. Eine Ruhige durfte nicht hetzen, und wenn doch, dann nur, wenn sie um ihr Leben rennen musste. Eine Heißblütige durfte andererseits nicht in Lethargie verfallen oder statisch dastehen. Von anmutigen Frauen erwartete ich eine Flinkheit, die nicht übertrieben sein durfte, sondern neckisch wie der Huf eines verspielten jungen Wallachs. Was Anmut war, hatte Schiller in eine goldene Regel gefasst, die ich auch in den Pferden verkörpert sah. Ohne Spieltrieb keine Intelligenz, ohne Intelligenz keine Muße, ohne Muße keine Anmut.

Ich traf Betty vor dem Gelsenbar-Imbiss an einem Sonntag im Frühherbst. Von der übrigen Freizeitgesellschaft und den Joggern, die sich sonntags im Prater herumtrieben, unterschied sie sich dadurch, dass sie weder joggte noch schlafmützig vor sich hinlatschte. Mit einem zigeunerhaft langen Blumenrock sowie einem geflochtenen Korb über dem Arm gehörte sie zu den seltenen Praterbesuchern, die einem bestimmten Ziel zusteuern. Als ich sie sah, war sie gerade dabei, sich über das dunkle Fensterloch des Kiosks zu beugen. «Ein Cornetto-Eis bitte», hörte ich sie mit einer rauchig warmen Stimme sagen. Ich schielte in ihren mit einer weißen Serviette bedeckten Korb und entdeckte eine ungarische Salami. Schön unvegan, dachte ich und fühlte mich sofort zu ihr hingezogen. Kaum hatte sie ein paar Schritte zum Plastikeimer gemacht, um ihr Eis von der Packung zu befreien, grüßte mich die Stimme aus dem Fenster: Wie immer? Betty drehte sich zu mir um. Sie betrachtete mich von Kopf bis Fuß, bevor sie mich ansprach.

Man kann sagen, dass auch diese Frau mich geschnappt hat, ohne sich wirklich Mühe zu geben. Ziemlich bald erzählte sie mir, dass sie als Flugbegleiterin arbeite und fünf Tage die Woche für das Wohlergehen reicher Männer auf ihren Privatflugzeugen sorge. Viel Zeit könne sie deswegen nicht in eine Beziehung investieren, und so könnten wir uns nur samstags treffen. Sonntag sei für sie selbst reserviert, zum Detoxen. Etwas an ihrem Tonfall verriet mir, dass sie wenig Achtung vor ihren Brotgebern hatte.

Jeden Samstag besuchte ich sie in ihrer Wohnung im obersten Stock eines typischen Franz-Josephs-Altbaus, zwei Zimmer, Küche und ein Riesenbad mit Blick in den von ähnlichen Häusern umstellten Innenhof. Die Wohnung platzte vor lauter Möbeln aus allen Nähten. Wie grimmige

Patienten, die in einem Wartezimmer auf ihren Aufruf warten, so schaute mich ihr Glumpad an, wenn ich in der Tür erschien. Was habe sie mit all diesen Möbeln vor, fragte ich einmal. «Ich lebe mit ihnen zusammen, was für eine dumme Frage! Frag mich lieber, was ich mit dir vorhabe, mein Junge», forderte sie mich auf, mit ihren puppenhaften Wimpern klimpernd. Dieses Klimpern zeigte sie oft und gerne und mit so einer bedächtigen Langsamkeit, dass ich jedes Mal an eine meiner Lieblingsbeschäftigungen aus früher Kindheit denken musste. Im Sommer, wenn das Herumtoben und Um-die-Ställe-Schleichen allmählich immer weniger Vergnügen bereitete, setzte ich mich unter einen Buddlejastrauch, erstarrte zu einer Statue und wartete darauf, dass ein Zitronenfalter oder Admiral auf meinem Gesicht oder einem meiner Körperteile Platz nahm, was auch früher oder später zumeist geschah. Bettys Wimpern, pelzige Schmetterlingsbeine, zuckten. «Hast du etwas mit mir vor?», fragte ich in Vorahnung dessen, was mich Samstag für Samstag auf die Klingel an ihrer Tür drücken ließ. «Vernaschen oder verarschen, das ist hier die Frage. Was ist dir lieber?»

In der kurzen Zeit, in der ich sie kannte, wurde ich Zeuge mehrerer Verwandlungen in dieser Wohnung. Es kamen, was ich für unmöglich gehalten hätte, immer noch mehr Möbel hinzu. Im Schlafzimmer konnte man sich nicht bewegen, ohne gegen ein Nähtischen oder einen Biedermeierstuhl zu stoßen. Eines Tages stellte ich fest, dass diese hübsche Frau, die mich «Junge» nannte, in ihren vier Wänden zu verwahrlosen begann. Zwischen den zarten Beinen eines ovalen Kaffeetischs entdeckte ich einen Haufen schrumpeliger Orangenschalen, die unter einer gehäkelten Tischdecke hervorleuchteten, und machte sie darauf aufmerksam. Sie legte mir die Hand auf die Stirn, als prüfe sie, ob ich Fieber habe: «Wo du hinschaust, mein Junge, schau mir lieber in die Augen.» Sie deutete auf ihre Brüste. In einem Winkel des Raums brannte eine Stehlampe, das machte den Raum aber nicht heller, sondern ließ das Dunkel der Möbel öliger erscheinen. Jede Lichtquelle schimmerte hier trüb wie eine von Waldhonig verschmierte Tasse, und die Sonne selbst war bei Betty ein seltener Gast. Als sie mir ihren wahren Beruf beichtete, war mir der Grund dafür klar.

Wer sich im Zustand tief empfundener Scham befindet, meidet bekanntlich das Sonnenlicht, so wie alles Grelle, Leichtlebige, Ausgelassene. In diesem Fall kann ein Opernbesuch unerträglich sein, bei dem man mitten im Lüsterglanz an sein eigenes Elend erinnert wird. Der schöne Schein lenkt nicht ab, sondern vertieft das Grübeln. Unerträglich kann der Blick in die vorwurfslos traurigen Augen eines nahestehenden Menschen sein, der weder richtet noch tröstet, sondern einfach nur verständnisvoll blinzelt. So zog Betty tagsüber schamvoll die Gardinen zu, und während ich abends als braver Informatikstudent ein Buch über die ersten Programmiersprachen las, ging sie aufwendig geschminkt und frisiert aus. Das, was sie mir als Flugbegleitung verkauft hatte, war in Wirklichkeit etwas ganz anderes. Betty verdiente ihr Geld als Escort-Girl und hatte sogar einen Spitznamen, Bea.

«Ich hoffe, du verurteilst mich nicht», schloss sie.

«Wie bist du dazu gekommen?», fragte ich nach langem Schweigen erschüttert.

«Durch eine Freundin. Sie hat das eine Zeit lang gemacht und sich damit ihr Studium finanziert und später eine Wohnung. Beste Lage. Bodenheizung. Wir gehen oft gemeinsam Dessous kaufen.» Ich verspürte einen immer drängenderen Juckreiz unter meinem Pullover. Ich fühlte regelrecht, wie die Mottenlarven an meiner Haut schlüpften.

«Du hast es also unter der Woche, die ganze Zeit, seitdem wir uns kennen …»

«Mach mir bloß kein schlechtes Gewissen», sagte sie. «Habe ich dich jemals meinen Eltern vorgestellt?» Ich verneinte.

«Aber ich, ich habe dich meinem Vater vorgestellt. Der Arme war sogar charmiert…»

«Das ist deine Angelegenheit, wie du unsere Beziehung deutest. Was mich angeht, so habe ich niemals von dir als von meinem Freund gesprochen. Du warst immer der Kaspar. Der Kaspar von der Gelsenbar!» Sie lachte. «Nein, im Ernst, Junge, ich bin doch nicht so blind, um auf ein Zusammenleben oder Zusammenziehen, auf so etwas wie eine Personalunion mit dir zu hoffen. Studiere du mal zu Ende und suche dir ein Bauernmädchen zum Heiraten. Das Leben kann so einfach sein.»

An diesem Abend erfuhr ich die Geschichte ihres beruflichen Werdeganges, beginnend mit der Zeit, als sie noch in einem Kosmetiksalon und später im Altersheim gearbeitet und herumnörgelnde Greise von einer Seite auf die andere gerollt hatte. Wie Schnitzel, sagte sie, als würde man Schnitzel panieren. Sie machte eine Bewegung und ächzte künstlich über das unnachgiebige Fleisch. Betty war 30 km von Wien entfernt in einem Dorf aufgewachsen, wo nach wie vor mehr Traktoren über die Hauptstraße fuhren als Autos. Als einziges von drei Geschwistern habe sie Abitur, danach eine Lehre als Kosmetikerin absolviert. Alternde Frauen voller seelischer Probleme zu verschönern würde sie nach dieser Erfahrung niemandem empfehlen, der jung ist und die Liebe idealisiert. Oft heulten die Frauen mitten in der Behandlung, gerade wenn sie, mit einem Wohlfühl-Ginseng-Energizer gegen Falten eingecremt, auf der Pritsche lagen und sich entspannen sollten. Wie nackte traurige Aale schluchzten sie reglos vor sich hin und schimpften auf ihre Männer, die sie regelmäßig betrogen und dazu noch demütigten, indem sie ihre Eskapaden mit der fortschreitenden Lustlosigkeit der Ehepartnerin rechtfertigten oder, wenn das nicht der Fall war, mit dem unfassbaren Satz: *Mein Sexualtrieb ist stärker als ich.* Betty konnte diese Frauen nie verstehen und fand sie sogar verachtungswürdig für ihre Schwäche. Für sie waren sie vom selben maroden Holz wie ihre Ehemänner. Mangelndes Rückgrat, Selbstbetrug, Feigheit, Konformismus. Warum lassen Sie sich nicht scheiden?, fragte sie ihre Kundinnen. Das sei alles nicht so einfach, erklärten diese mit einem Mal gefasst und fast schnippisch. Baue du mal gemeinsam mit dem Mann ein Haus und ziehe die Kinder groß. Wie soll man das alles von heute auf morgen aufgeben? Lieber so, als zum Gespött des Dorfs zu werden.

Bald merkte sie, dass diese Gespräche, die in jedem Frisiersalon eine Selbstverständlichkeit waren und gerade in der Kosmetikbranche zur Therapie gehörten, sie belasteten. Sie zog einen Schlussstrich und beschloss, sich mit Anfang zwanzig neu zu orientieren. Da sie bereits ihre Erfahrungen mit Körpern gesammelt und keine Berührungsängste hatte, dachte sie an die Altenpflege. Sie hoffte, dass die Alten nicht so geschwätzig waren, und wenn, dann rechnete sie damit, mit wirklich unlösbaren Problemen, die die Wucht von antiken Tragödien hatten, konfrontiert zu werden. Ihnen, den Vergessenen und an die Ufer der Zivilisation gespülten Muscheln, wollte sie ihr Gehör verleihen, um Nutzen zu bringen. Nutzen, dieses Wort ließ sie immer wieder fallen, wenn sie über ihre Zeit im Altersheim sprach. Hunde im Haus – eine nützliche Idee, gerade wenn der Gast Demenz hat, so wie Musik, die berührt die Seele, ganz gleich, wie verkalkt man ist. Eine nützliche Sache. Völlig nutzlos war dagegen der Pfleger, der die vergesslichen Alten immer wieder verwirrte, indem er ihnen oberlehrerhaft reinen Wein einschenkte: *Nein, Ihre Mutter kann nicht kommen, wie denn auch, Herr Gruber, rechnen Sie mal selbst, wie alt Ihre Mutter sein müsste, wenn Sie 92 sind. Wie? Sie wissen nicht, wie Rechnen geht? O.k. Dann rechnen wir gemeinsam. Wenn Ihre Mutter Sie mit 25 Jahren geboren hat, dann muss Sie jetzt 117 sein. Ein bisschen viel für ein Menschenleben, nicht?* Als Betty ihr erstes Jahr in der Pflege hinter sich hatte, konnte sie auf viele makabre Begegnungen mit Patienten, einige Abschiede, aber auch auf mehrere Hexenschüsse zurückblicken. Die Angst vor einem Bandscheibenvorfall hatte ihre Bewegungsabläufe geprägt, so dass sie sich nie wieder, und sei es nur, um eine Blume zu pflücken, unbeschwert bücken konnte.

Mit einem orthopädisch gut versorgten Rücken begann sie schließlich als Escorteuse an den Bartheken der nobelsten Hotels zu arbeiten, sich Champagnergläser von Männern füllen zu lassen, die sie vorher über ihre Agentur

«Little Sinners» gebucht hatten. Entweder gingen sie dann in ein schummriges Restaurant, wo sie über die obligatorischen Probleme des Mannes im Beruf und mit der Ehefrau redeten, oder sie blieben gleich im Hotelzimmer, wo es nach einer mehr oder weniger gelungenen Charmeoffensive seitens des Kunden unweigerlich zur Sache ging. Gefiel ihr ein Kunde beim näheren Kennenlernen noch weniger als zuvor, fühlte sie sich immer frei, auf ihr Honorar zu verzichten und einfach wieder zu gehen. Es gab aber auch hin und wieder einen, der wirklich nur reden wollte. In der Branche «Redner» genannt, handelte es sich dabei zumeist um gescheiterte Künstler, unentdeckte Genies oder unverstandene Wissenschaftler aus gutem Hause, die alle außer einem kleinen Dachschaden noch eine Gemeinsamkeit hatten: Sie alle waren ehemalige Ministranten. Mit der Zeit lernte Betty, kein schlechtes Gewissen zu haben, dass sie schon für das bloße Zuhören Geld bekam. Sie dachte daran, dass ihre Anwesenheit gerade in solchen Ausnahmefällen einen Nützlichkeitswert hatte, wenn auch einen letztlich folgenlosen. In Wirklichkeit war den Rednern nicht zu helfen. Kaum stiegen sie anschließend in den Hotelaufzug, verpuffte der Effekt. Nähe und Geborgenheit ließen sich eben nicht kaufen und waren, davon war Betty überzeugt, in erster Linie in einem selbst zu finden. So wie das Glück. Dennoch bevorzugte sie Männer mit Machoallüren und lüsternem Blick, gewöhnliche Angeber und Spießer, die sie wenigstens aus tiefstem Herzen verachten konnte. Verwöhnt wurde sie eigentlich nicht, nur mit gutem Essen, nennenswerte Geschenke bekam sie nicht, hin und wieder gab es ein Parfüm, «Bibergeil» in der Fachsprache, das sie sofort auspacken und ausprobieren musste, damit beschenkten sich die Männer nur selbst. Ein ordinärer Spaziergang im Park, Baden im See oder Eisessen im Freien kamen so gut wie nie vor. Opernbesuche oder eine Kreuzfahrt – davon konnte sie nur träumen. «Nicht einmal zum Skifahren wollten mich die Geizhälse einladen», schimpfte sie und schob dann sofort nach: «Mit den meisten hätte ich solche Dinge sowieso nicht unternommen, wo es schön ist, da soll es auch schön bleiben.»

«So, das wollte ich dir heute eigentlich aus zwei Gründen erzählen. Ich will mich nicht mehr vor dir schämen. Und ich will nicht, dass du zum nächsten Opfer romantischer Illusionen wirst. Ich bin sowieso viel zu alt für dich», schloss Betty und strich verlegen über die Velourspolster ihres Sofas. Mit einem grauenvollen Muster aus den Siebzigerjahren bezogen, erinnerte es mich jedes Mal von Weitem an einen auf dem Boden zerschellten Teller mit Bohneneintopf. Eine Weile schwiegen wir. Plötzlich neigte sie ihren Kopf, als versuche sie mich zu einem Spiel zu bewegen. «Komm her», sie schlug auf die hallenden Sprungfedern, «würde ich dich nicht mögen, hätte ich dich bis zum Jüngsten Gericht im Glauben gelassen, ich arbeite als Flugbegleitung für die Besitzer von Privatflugzeugen. Was hatten wir denn für eine Beziehung mit unseren Treffen einmal pro Woche? Sag mal was, stehst du unter Schock, hallo?», rief sie und klopfte erneut auf das Sofa, das ihr ächzend antwortete. «So verdienst du also dein Geld?», gab ich schließlich von mir, den Blick auf den Gardinenspalt gerichtet. Ich hätte sie genauso gut nach einem Hustenbonbon fragen können, um anschließend mit einer kleinen

Wölbung in der Wange nach Hause zu gehen und diese Frau nie wieder zu sehen. Wie aufgezogen sprang sie auf und beugte sich über mich. «Ich tue das, um mein Leben finanzieren zu können», zischte Betty, «ich brauche mehr Platz, eine große Wohnung, am besten ein Haus. Irgendwo muss ich all diese Möbel unterbringen, siehst du das denn nicht? Schau in diese Glasschränke, sie sind leer, keine einzige Tasse, nichts. Weil hier nicht gelebt wird. Dafür spare ich, um eines Tages leben zu können, all diesen Erbstücken gerecht zu werden. Hast du eine Ahnung? Du hast doch noch nie einen Cent verdient, du, du ...» – und dann sagte sie es: «Muttersöhnchen!» Ich musste lachen. Ich schrie und quiekte vor Lachen. Tränen tropften mir aus den Augen, und bald waren es keine Lachtränen mehr. Ich wischte sie weg, und sie kamen wieder. Ich schloss die Augen, doch es half nicht. «Was ist denn los?», fragte Betty und setzte sich zu mir. «Weißt du», sagte ich, nachdem ich mich ein wenig beruhigt hatte, «es wäre zu schön, wenn das mit dem Muttersöhnchen stimmen würde.»

«Jetzt verstehe ich, warum du nur Saft trinkst», sagte sie nach einer langen Pause. «Mein Onkel ist ähnlich gestorben. Januar. Krachende Kälte, Glatteis. In der Nähe seines Stammheurigen lag er blutend auf den Scherben der Marillenbrand-Flasche, die er für die Nacht gekauft hatte. Im Morgengrauen hat man ihn gefunden, doch es war bereits zu spät.» Betty wechselte das Thema. Früher glaubte sie noch, dass ihr eines Tages bei einem ihrer Kundentermine der Hauptgewinn über den Weg laufen würde, ein griechischer Gott, der sie schon nach dem ersten Blickkontakt um ihre Hand bitten würde. Das seien romantische Illusionen gewesen, sagte sie, den Blick auf den Boden gerichtet, da, wo sie die Illusionen vermutete, nun wisse sie, dass Männer, die sich Frauen kaufen, es immer tun werden, auf jeden Fall bis zum ersten Herzanfall. Ich muss andere Nischen erkunden, wenn ich einen Mann fürs Leben finden will, sagte sie und zeigte bei dem Wort *Leben* auf das Sofa, auf dem sie inzwischen wieder Platz genommen hatte. Etwas schüchtern muss er sein, so wie du, und doppelt so alt wie du, akademisch gebildet und am besten Junggeselle mit einer kleinen Genießerwampe. «Da wünsche ich dir viel Glück, Betty», sagte ich schließlich. Ich wollte an die frische Luft und dieses waldhonigbraune Zimmer mit vertrockneten Orangenschalen auf dem stumpfen Parkett hinter mir lassen. «Wie verbleiben wir jetzt?», fragte ich in der Tür. «Als Freunde, hoffe ich», sagte Betty und schickte mir äußerst würdevoll und anmutig einen Luftkuss.

VIII

In dem darauffolgenden Monat fühlte ich mich in der menschlichen Gesellschaft genauso wie eines von Bettys Möbeln inmitten ihres Sammelsuriums. Ich war fehl am Platz, allein mit der Epoche, die ich repräsentierte, noch dazu unvorteilhaft ins Licht gerückt. Es war ein Wunder, dass ich nicht über mich selbst stolperte. Meine Beziehung zu Betty hatte sie selbst sehr trefflich als romantische Illusionen bezeichnet. Je mehr ich darüber nachdachte, umso weniger verstand ich mich selbst. Warum hatte ich mich überhaupt auf Betty eingelassen und mit den Samstagen begnügt? Ich war schon ein ziemlich kläglicher Geber und ein noch kläglicherer Nehmer. Wenigstens einmal hätte ich sie fragen können, wie sie ihre Zukunft sähe und wie lange sie noch als Flugbegleiterin zu arbeiten vorhabe. In Gedanken hatte ich Betty meine Freundin genannt, allerdings nur in Gedanken. Bei ihr war es sicher nicht anders gewesen. An blauen Blumen riechend, hatten wir uns nicht getraut, die Dinge beim Namen zu nennen, aus Angst, einmal niesen und aufwachen zu müssen. Als Mann hätte ich ihr das abnehmen und ein Gespräch mit ihr führen sollen. Kein romantisches Samstagsparlando im Bett, sondern ein erwachsenes Gespräch, von mir aus auch im Bett. Dass ich jedoch schon mit meiner bloßen Gegenwart, nicht einmal mit der Teilnahme an ihrem Leben, Scham in ihr weckte — das schmerzte mich am meisten. Das war ähnlich schlimm wie die Vorstellung, was Betty wohl mit den anderen Männern trieb. Dachte ich daran, so wollte ich mich blutig scheuern. Doch bald quälte mich nur die Frage nach Bettys Gagen. Die Zeit verging in vollkommener Funkstille. Allmählich ging es mit meiner Konzentrationsfähigkeit im Studium bergab. Oft schlief ich in den Vorlesungen ein; die Hand auf Kapitänsart an die Stirn gelegt, klappte es ziemlich gut. Gedanklich war ich über alle Berge. Ich stellte mir vor, ich würde nach Krakau gehen und mit Onkel Ernest zusammen die Straßen fegen. Frische Luft und Bewegung würden mir die Flausen aus dem Kopf vertreiben. Oder ich könnte zu den Jesuiten ins Kloster gehen, aber als was? Als Küchenhilfe zum Beispiel. Gemüse putzen ginge noch, mehr aber nicht.

In dieser Zeit plante mein Vater seine Teilnahme am ersten Traditionsfahrturnier im französischen Örtchen Cuts, und unsere abendlichen Gespräche drehten sich nur noch um die Frage, ob er sich in der Anspannungsart Zweispänner oder, um endlich mal etwas Flotteres auszuprobieren, als Tandem registrieren lassen sollte. Zweispännig zu fahren war für ihn wie abendlicher Wein, in der fremden Umgebung müsste er nur etwas besser aufpassen und beim Passieren der Zuschauer die Leinen fester annehmen. Tandem galt dagegen als echte Herausforderung. In England des 19. Jahrhunderts betrachtete man die Männer, die zwei Pferde voreinander an einen zweirädrigen Dogcart oder Gig spannten, als verrückte Selbstmörder, und nicht selten endeten ihre effektvollen Ausfahren tatsächlich im Graben. Ähnlich wie ein Sportwagen von heute war der Dogcart mit Absicht etwas härter beschaffen und deutlich spärlicher gefedert als ein Stadtwagen – das Unbequeme sollte den Reiz des Sportlichen vermitteln. Es verlangt eine besondere Kunstfertigkeit vom Kutscher, das Vorderpferd auf der geraden Linie zu führen, vor allem im Schritt, ohne dass das Tier auf den Gedanken käme, abzubiegen oder gar nach hinten zu blicken. Im Unterschied zum hinter ihm angespannten, zwischen den Scherbäumen gehenden Kollegen ist das Vorderpferd nur durch sein Geschirr eingeengt. Es braucht nur stehen zu bleiben, auf der Stelle zu tänzeln und sich umzudrehen, und schon bekommt es ein Bild zu sehen, das ihm das letzte Fünkchen Pferdevernunft ausbläst. Halali und frohe Jagd! Mein Vater schwankte also zwischen einer von ihm seit Jahrzehnten erprobten und einer für ihn neuen, zwar todschicken, aber auch lebensgefährlichen Anspannungsart. Er entschied sich schließlich für das Tandem. Einen Dogcart habe er ohnehin schon in der Remise stehen, erläuterte er. Es störte ihn auch nicht, dass der einachsige Wagen nur ein paar Mal einspännig gefahren worden war, ebenso wenig wollte er daran erinnert werden, dass er nach diesen Fahrten, von ihm «Schuckelei» genannt, jedes Mal mehrere Tage mit entsetzlichem Muskelkater im Bett verbracht und gescherzt hatte, er hätte mit so vielen Knochen in seiner alten Karkasse gar nicht gerechnet.

Bei diesen Vorbereitungen für das Traditionsfahren in Cuts hätten für mich damals schon die Alarmglocken läuten müssen. Mein Vater, der gemütliche Sonntagskutscher, wollte endlich mal etwas Aufregenderes. «Du bist aber kein Sonnyboy mehr, Papa», sagte ich in der Vorahnung, was mir blühte: als Groom verkleidet, hinten auf der harten Bank sitzen und immer wieder nach vorne laufen zu müssen, um dem Vorderpferd in die Leinen zu greifen, bevor es über alle Berge war. Er wolle möglichst bald mit der Ausbildung beginnen, verkündete der Vater, dafür sei er bereit, sich von einem Fahrlehrer im Tandemfahren unterrichten zu lassen. «Ist mein einziger Sohn mit dabei?» Ich seufzte. «Was bleibt mir anderes übrig?»

Jeden Morgen um neun Uhr kam der Fahrlehrer, ein Engländer, der seit mehreren Jahrzehnten in Wien lebte und genauso wie mein Vater in seinen 70ern stand. Als ein mild gereifter Junggeselle lebte er vom Fahr- und Reitunterricht und vom Handel mit handgemachten Peitschen und Gerten, deren Griffe in Sterlingsilber, Horn oder edlen Holzarten gefasst waren.

Exklusiv aus England in Wien, finest quality, according to centuries old traditions, stand auf seiner Klappvisitenkarte. Wäre Colonel Kelly nicht ausdrücklich von der Hofreitschule empfohlen worden, hätte ihn Vater nicht genommen, und wenn Kelly der einzige Spezialist fürs Tandemfahren in Wien gewesen wäre. Von einem Gleichaltrigen ließ er sich ungern etwas sagen, schon gar nicht in dem bellenden Tonfall, den sich der Tandemspezialist in den Jahren seines Umganges mit den Österreichern angeeignet hatte – offenbar als Reaktion auf das larmoyant launige Wienerisch.

«Das mag auf die Wiener wirken, mich hingegen macht es nur aggressiv», bemerkte Vater, als Colonel Kelly sich kurz auf die Toilette verabschiedet hatte. An diesem Vormittag wurden zwei Wallache aus unserer Herde als Tandempaar festgelegt. Nach zwei Testrunden auf der Rennbahn meinte Colonel Kelly, dass die Pferde zwar brav und gut eingefahren seien, jedoch ohne Feuer im Hintern. Flott vorwärtsschreiten tue hier keines, soweit er den Bestand beurteilen könne. «Wieso denn nicht? Die Pferde laufen doch alle willig», rief der Vater beleidigt. Willig sei nicht flott, konterte der Engländer und zeigte einen flotten Schritt. «Das ist flott, sehen Sie», rief er, uns umrundend, «hier stecken Spaß und Überzeugung drin. Und das ist ein flotter Trab», sagte er, vom Schritt in einen münzklirrenden Hopak wechselnd, «so macht man das, wie eine Nähmaschine, schauen Sie auf mein Mienenspiel, ich habe Spaß am Laufen, am Wind in meiner Mähne, ach, es ist herrlich zu laufen, wenn man dem Kutscher vertraut, schauen Sie, schauen Sie nur, meine Leichtigkeit habe ich dem Kollegen zu verdanken, der mir in den Hintern atmet, der zieht schließlich den Wagen und nicht ich.»

«Sie haben also kein einziges Pferd als flott identifizieren können», resümierte mein Vater pikiert. «Wir versuchen es mit dem Ersten und dem Letzten von heute Morgen.»

«Ich habe da meine Bedenken, die beiden sind nicht gerade befreundet, und außerdem passen sie farblich nicht zusammen.» Der Engländer winkte ab.

«Habe ich gesehen, der eine ist mehr kaffeebraun, der andere hat eine Farbe von kalt aufgegossenem Kaffeepulver. Stehen die beiden nebeneinander, sieht es übel aus, das gebe ich zu, voreinander gespannt, hat das aber Klasse.» Mein Vater belebte sich.

«Fährt man bei Ihnen auf der Insel wirklich so?»

«Bei uns auf der Insel, Herr Nieć, fährt man Auto.» Er lächelte uns an. «Das war übrigens ein Beispiel für den englischen Humor, meine Herren. Ha-ha-ha, na ja, tja.» Als er sich beruhigt hatte, nickte ihm der Vater zu.

«Hier lacht der Clown noch selbst, was?» Herr Colonel zog die Augenbrauen zusammen.

«Das ist so eine Redewendung», beeilte ich mich, ihn zu beruhigen, «ein Beispiel für den kontinentaleuropäischen Humor.»

«Vorne geht also der Hellere, hinten der Dunkle, wir arbeiten mit dem Ausgangsmaterial», verkündete Herr Kelly zum Abschied, «bis morgen neun Uhr.»

Mein Vater, der Herrn Kelly bis ans Tor begleitet hatte, kam kurz danach, eine schiefe Melodie pfeifend, die Treppe hoch. Er wirkte zufrieden. «Das hat Klasse, wie schön, eine Melange, ein großer Brauner. Großartig!» Summend ließ er sich auf das Buch *Tandem, zwischen Spielerei und Herrensport* fallen, das immer noch auf dem Sofa lag. Nach dem Frühstück hatte er es aufgeschlagen, um sich auf seinen ersten Unterrichtstag mit Herrn Kelly einzustimmen. «Schön», wiederholte er, die Hände hinter dem Kopf verschränkend. In diesem Moment kam ich mir auf eine elementare Art älter als mein Erzeuger vor. Ich war neidisch auf seine Freude, auf die unschuldige Ehrfurcht vor der Herausforderung und die bedeutungsvolle Schwere, mit der er sich auf das Sofa hatte fallen lassen. Selbst darauf, dass es ihn nicht störte, auf einem gebundenen und nicht gerade dünnen Buch zu sitzen, war ich neidisch. Wann habe ich das letzte Mal so verträumt die Hände hinter dem Kopf verschränkt? Das war lange her.

«Weißt du, was er mir beim Abschied gesagt hat? Es findet es herrlich, zwei derbe Bergpferdchen vor einen eleganten Wagen zu spannen, noch dazu als Tandem. Er hat recht, der Colonel.» Mein Vater richtete sich auf und blickte mich verschlafen an, «wieso nennen wir ihn eigentlich Colonel? Was ist das überhaupt für ein Titel?» «Sicher etwas Wichtiges», antwortete ich, «Er hat bestimmt etwas mit den britischen Kolonien zu tun gehabt, vielleicht hat er den Lehrstuhl für die britische Kolonialgeschichte an einer Universität innegehabt und schmückt sich nun außeramtlich mit dem alten Titel?» «Auf jeden Fall ist er ein Angeber», brummte Vater nicht ohne Anerkennung. «Als ich mit ihm telefoniert habe, fragte er mich nach der Pferderasse, der ich diese Anspannungsart zugedacht habe. Huzulen sind das, sagte ich, die weltberühmten Ponys aus den Karpaten. Noch nie gehört, weder von den einen noch von den anderen, meinte er, gefällt mir trotzdem. Die Kombination mit Tandem ist eigentümlich. Es ist so, als würde eine hübsche Frau einem alten unbedeutenden Mann einen eleganten Blumenstrauß schenken. Ein netter Kerl ist dieser Kelly.»

Ziemlich bald bestand für mich kein Zweifel mehr, dass Herrn Kellys Herzlichkeit meinem Vater gegenüber durch Vaters Herkunft bedingt war. Wäre er gebürtiger Wiener gewesen, hätte ihr Umgang miteinander zu jeder Zeit eine rein professionelle Note gehabt, Herr Kelly hätte niemals bei uns zu Abend gegessen oder mit dem Vater eine Flasche Wein getrunken. Sie siezten sich zwar, aber ihre Blicke waren voller Schalk. Unser Finanzverwalter Herr von Grubinger, der ohnehin nach dem Tod meiner Mutter seine Aufgabe einem jungen Assistenten überlassen hatte und uns nicht mehr besuchte, hatte nicht einmal in seiner Rolle als Trauzeuge auch nur einen Funken dieser Herzlichkeit ausgeströmt, wenn man den alten Fotos Vertrauen schenkte. Es war klar für mich, wie der Vater mit seinen Huzulenponys und der fixen Idee, Tandemfahren zu lernen, einen Mann wie Kelly für sich hatte gewinnen können. Er war eben kein Wiener. Offenbar hielt Herr Kelly von den Wienern noch weniger als von den Polen. Mir gegenüber benahm er sich jedenfalls so, wie ein Wiener es offenbar in seinen Augen verdiente – mit einer gesunden Portion Schmäh, dieser mythischen, aber auch ziemlich profanen Geisteshaltung, einer Mischung aus Charme und Frechheit, die er sich in all den Jahren hier mit Erfolg angeeignet hatte. Damit konnte ich gut leben. In einer touristisch bedrückenden Atmosphäre aufgewachsen, war ich es gewohnt, Klischees vom echten Wiener zu befriedigen. Alles Wienerische an mir halte ich deshalb für die Spiegelung der Erwartungen anderer.

Das Traditionsfahren in Cuts rückte immer näher, die Pferde und mein Vater wurden Tag für Tag immer besser. Herr Kelly zeigte uns bei jedem kleinen Fortschritt immer mehr von seinem Hafergebiss. Auf dem Rasen stehend, rieb er sich die Hände, während der Tandemzug an ihm im Schritt vorbeizog. «Fein, sehr fein, schön gerade bleiben, wackeln Sie nicht mit der Peitsche, das spürt der Vordere doch, sehen Sie, wie er den Rücken wegdrückt? Schön ruhig mit der Hand. Peitsche in den Korb, wenn Sie Tremor haben, verdammt noch mal! Und schön mit durchhängenden Strängen vorauslaufen, da vorne. Den Dicken hinten mehr rannehmen!»

Dann hieß es stehen bleiben, während der Colonel mit listig tippelnden Schritten vorausging, um den Zug von vorne in Augenschein zu nehmen. «Wer fischt da so fleißig im Wind?», rief er meinem Vater zu, wieder auf die Peit-

schenhaltung anspielend. «Selbst ich höre das Klappern bis
hierher. Was machen Sie da? Nein, was ist das? Sind wir im
Strickclub *Tante Motte*? Wie halten Sie die Leinen? Halleluja
im Paradies! Nicht so hart, nicht so hart! Und jetzt gravitä-
tisch an meiner rechten Schulter zum Stillstand kommen.
Keinen Huf weiter, hören Sie? Wunderbar. Das war nicht
schlecht, mein lieber Nieć.» Er klatschte. Allerdings richtete
sich sein Beifall an die beiden Pferde. «Schön schusssicher,
Freunde», murmelte er, während er immer noch klat-
schend den Wagen umrundete. «Klatschen Sie mit, was sitzen Sie da herum, junger Mann», fuhr er mich an. «Der
Groom ist der Erste, der klatscht.» Widerwillig stieg ich aus
und klatschte hinter dem Wagen stehend, der sich nicht einen Zentimeter vorwärtsbewegte. «Jetzt üben wir noch das
Trinken. Darf ich bitten?» Herr Kelly zeigte auf einen weißen Punkt am Ende der Rennbahn, «das Tischlein ist gedeckt.»

«Steigen Sie auf», sagte mein Vater mürrisch. Für die
traditionelle Aufgabe, die er zu bewältigen hatte, nämlich
in einhändiger Fahrt ein Sektglas zu leeren, konnte er sich
nicht erwärmen. Auf dem Dogcart saß er noch höher als
sonst. Um an das Glas zu kommen, musste er sich tief aus
dem Wagen beugen, bevor er dann die Hälfte des Glasin-
halts auf dem Weg zum Mund verschüttete.

«Wissen Sie, ich habe schon viel gesehen, Herr Nieć, Sie
mit Ihren dicklichen Huzulen, das ist schon wirklich etwas
Besonderes auf einem ernsten Turnier.» Mein Vater strahlte
über das ganze Gesicht. «Wenn ich mich nicht irre, hat die
Queen auch eine Menge Ponys in ihrer Sammlung, Ihre
Hoheit besitzt alle möglichen Pferdekuriositäten.» «Kurio-

sitäten? Frechheit. Das sind meine Freunde. Ach übrigens, kennen Sie die Queen? Persönlich, meine ich.» Herr Kelly lachte aus vollem Hals. «Ich habe ihr mal die Hand gedrückt. Ihre Hoheit kam mich auf der Arbeit besuchen», hustete Herr Kelly mit Lachtränen in den Augen. Nur er selbst wusste, worüber er so lachte. Eine Weile fuhren wir schweigend. «Sprechen Sie das Vorderpferd an, Herr im Himmel», rief Herr Kelly plötzlich, mit beiden Handflächen nach vorne deutend. «Es weiß schon seit Stunden nicht mehr, was Sie mit Ihrer Rumeierei hier vorhaben!» «Was soll ich ihm sagen?» «Von mir aus, dass Sie es lieben, irgendetwas. Sie sind der Kutscher.» «Brav, Morena, braves Mädchen!», lobte der Vater das Pferd, das wir inzwischen wegen seiner Fellfarbe Melange nannten. Die vor dem großen Braunen laufende Melange schien das Lob angenommen zu haben, senkte um eine halbe Handbreit den Kopf und legte sich ein bisschen mehr ins Zeug.

Beim Abschied kam er von allein auf den royalen Händedruck zu sprechen. «Im Alter Ihres Sohnes war ich in den königlichen Marställen tätig», sagte er und winkte dem Taxi, das auf der anderen Seite des schmiedeeisernen Tors mit ausgeschalteten Scheinwerfern wartete. Ich warf einen Blick durch die Gitterstäbe auf die dunkle Praterhauptallee. Ein Jogger drehte in weiter Ferne mit seinen Leuchtschuhen einen sinnlosen Kreis mitten auf dem Weg, torkelte und bog an der Gelsenbar ins Gebüsch. «Wenn Sie die Queen in einer ihrer Prachtkutschen in London erlebt haben», fuhr er fort, «so werden Sie wissen, dass der Wagen meist vom Pferd aus gelenkt wird. À la daumont (er sagte à la domont), wie der Franzose sagt.» Er nahm seine karierte Mütze ab und strich sich über seine leuchtende Halbglatze. «Bei jeder Festlichkeit war ich als Kutscher mit dabei. Einmal ist einer der eskortierenden Lakaien gestolpert. Aufgedonnert in seinem Livree, ist er gleich neben mir vor den Wagen gefallen. Hätte ich nicht schnell genug reagiert, so hätte ihn ein Museumexponat überfahren. Ein Skandal wäre das gewesen. So kam es später zum Händedruck mit Ihrer Majestät.» Es war bereits stockdunkel, trotzdem sah ich, dass Vater der Mund vor Staunen offen stand. Als ich ihm gegen Mitternacht Gute Nacht wünschte und auf mein Zimmer ging, hätte ich schwören können, dass er in Gedanken bereits dem Geist meiner Mutter erzählte, sein Fahrlehrer habe der Queen die Hand gedrückt. Nun sind wir im Hochadel angekommen, Spatzerl, hörte ich ihn sagen, wer die Queen kennt, ist selbst halbe Queen.

Ungefähr auf gleicher Höhe mit meinem Zimmer hebt sich auf der gegenüberliegenden Seite der Rennbahn im Hochsommer eine Gruppe von hochgewachsenen Pappeln von dem öden Grün der anderen Bäume wie eine früh ergraute Schläfe ab. Im Herbst scheinen die Pappeln von Tausenden Zitronenfaltern beklebt, die beschlossen haben, vor einer weiten Reise kurz zu rasten. Gerade im Herbst fällt es mir schwer, die Pappeln in der wilden Farbmasse zu erkennen, so dass ich eigentlich nur wegen meiner Aussicht von ihnen weiß. Hinter diesen Pappeln entdeckte mein Vater bei einer seiner Trainingsausfahrten mit Herrn Kelly mehrere Bienenstöcke, die jemand ohne Erlaubnis und, wie es schien, seit langer Zeit auf unserem Grundstück stehen hatte. Allerdings waren die Bienenstöcke ungepflegt und verwaist. Einige standen nur noch auf drei morschen Beinen oder waren komplett zusammengebrochen. Das sei sicher ein Versteck der Drogenkuriere, meinte Vater und schaute in den Kästen nach. Aber er fand bloß altes, glitschiges, in eine Ecke gedrängtes Laub.

Einmal klopfte er bei mir an. Da drüben, er zeigte über meinen Kopf hinweg in Richtung des Baumkranzes, habe er sie entdeckt. Ohne Bienen. Ich hatte gerade für eine Klausur gelernt und spürte nun, wie sich meine Konzentration bei jeder Silbe immer mehr verabschiedete, wie sich die Anordnung von frisch erfassten Zusammenhängen wieder auflöste. Diese Leere in den Kästen sei ein schlimmer Anblick gewesen, fuhr er fort. Da habe er sich gedacht, ohne einen Blickfang würden die beiden Huzulen vor dem kleinen Wagen trist wirken. Ich klappte das Buch zu und sagte: «Zieh etwas Feines an, wirf dich in Schale.» Er schüttelte den Kopf. Das würde nicht reichen. Jeder werfe sich in Schale für so ein Traditionsturnier. «Schmücke in diesem Fall den Wagen mit Blumen, Blumen ran an die Gaslaternen!» Der Vater winkte ab, das sei nicht stilecht, und außerdem fahre er keine Hochzeit. Er setzte sich auf mein Bett und starrte mich listig an. «Sag mal, bist du immer noch mit dieser hübschen jungen Frau befreundet? Mit dieser Elisabeth? Ich würde sie gerne als Beifahrerin haben, ein übertrieben großer Hut, ein hübsches Dekolleté, ein Hund auf dem Schoß, du weißt ja, wie diese Wettbewerbe ablaufen, so ein Tandem ist sinnlos ohne eine Frau, die Frau fehlt, das ist es.»

Es war lustig zu sehen, wie er seinen welken Hals streckte und meine Notizen im aufgeschlagenen Heft zu entziffern versuchte. Seine Neugier hatte nichts von lebendiger Anteilnahme, sie wurzelte in der aufregenden Phase, als er der große Erfinder war, anfällig für alles Schlüssige, Prägnante und alles, was nach geistiger Arbeit aussah. Da es um die Java-Syntax und die imperative Programmierung ging, konnten all diese Zeichen meinem Vater, einem Ingenieur aus dem vorigen Jahrhundert, wenig sagen. Dennoch wiegte er verständnisvoll und anerkennend den Kopf. Es war lange her, dass er sich über seine Bremsen Gedanken gemacht hatte, sich dabei die Haare zerzausend. Schon lange musste er sich nicht mehr behaupten noch seinen Ehrgeiz stillen, noch Geld verdienen. Seine Erfindungen, die er jahrelang als Sperrpatente an konkurrierende Groß-unternehmen verkauft hatte, arbeiteten für ihn. Meine Beziehung zu diesem Menschen auf meiner Bettkante war darum schmarotzerhaft und, als ich das vor nicht allzu langer Zeit begriffen hatte, noch schwieriger geworden. Von einer Vater-Sohn-Freundschaft als verbindendes Element wären wir beide ohnehin nie ausgegangen. Es war bloß eine Partnerschaft. Er brauchte mich als Groom, als Hilfe beim Ausleben seiner Kutschenträume. Und ich brauchte ihn als Geldgeber, solange ich studierte. Aber auch nach dem Studium, das ich inzwischen hasste, ahnte ich, würde ich nach wie vor auf ihn angewiesen sein. Wir waren beide bequem. Nur war er dabei der Überlegene.

Betty hatte ihre Haare in mehreren Victoria-Rolls um den Kopf drapiert. Die Frisur ließ für jeden, der sie so sah, keinen Zweifel daran, dass eine klassische Schönheit vor ihm stand. Die grüne Chiffonbluse, die sie trug, spannte ein wenig an ihren runden Schultern. Ihre Wohnung hingegen sah kahler aus, wie ein ausgedünnter Wald mit lichtdurchlässiger Krone. Einige Möbelstücke fehlten. Was übrig geblieben war, hatte seinen Platz gefunden und wuchs sozusagen nicht mehr im Schatten des anderen. Seitdem ich mein Kommen am Telefon angekündigt hatte, war eine Stunde vergangen. Diese Veränderungen hatten also schon lange vorher stattgefunden, unabhängig von mir und wohl völlig im Einklang mit Bettys persönlicher Geschichte, in der sie wirklich Alleinherrscherin war, das musste ich jetzt anerkennen. Und ich Tölpel war so selbstsicher gewesen zu glauben, sie hätte sich extra für mich schön gemacht, sich und ihre bescheidene Behausung.

«Mein Lieber, ich dachte mir schon, du bist mir böse», sagte sie, mit ihrer Bluse raschelnd, so dass ich einen Augenblick lang überlegte, ob die Bluse aus Chiffon war oder doch aus Polyester, «mein Schweigen war unverzeihlich, ich weiß. Wie oft habe ich mir gesagt, du musst den Jungen anrufen. Wie geht es deinem Vater?» «Gut danke, er lässt dich herzlich grüßen.» Betty strich sich ein unsichtbares Haar aus dem Auge. «Das ist aber allerliebst.» Ich spürte, wie mir eine Menge Blut ins Gesicht strömte. «Er... wir bitten dich um einen Gefallen. Du erinnerst dich sicher an unsere Pferde?» «An das tolle Haus und das ewige Grün vor allem», sagte Betty, mit den Quasten an ihrem Blusenkragen spielend. «Mein Vater hatte nämlich die Idee, an einem Traditionsfahrturnier teilzunehmen. Er dachte an dich als das gewisse Etwas», fuhr ich noch mehr errötend fort. «Nein, ich drücke mich falsch aus. Du sollst einfach als Begleitung mitkommen und fein angezogen ein paar Stunden auf einem harten Kutschbock aushalten. Ganz normale Begleitung, mein Vater ist Pensionist.» Als ich das sagte, brach sie in schallendes Gelächter aus. Dann zupfte sie wieder an ihrer Bluse und bemerkte, die meisten ihrer Kunden seien Pensionisten. Das seien die Besten. Was solle sie noch so machen, außer auf einem harten Bock zu sitzen, fragte sie, ein Lachen unterdrückend. «Einen Hut tragen, lächeln, winken», zählte ich auf, «ach ja, einen Schoßhund werden wir dir auch organisieren. Du mit dem Hund bist unser Wagenschmuck.» Betty kam ganz nah an mich heran. «Wenn das alles ist, bin ich gerne dabei. Ich nehme 300 Eier pro Stunde.» Sekundenlang fiel ein großer Schatten auf den Fußboden. Im Haus gegenüber, vermutlich in einem höher gelegenen Stockwerk, hatte wohl jemand ein Fenster geöffnet oder geschlossen. Dann legte Betty ihre Hand auf meine. Ich betrachtete sie stumm, und sie zog sie wieder zurück. «Was macht die Kundschaft?» «Ich schlage mich tapfer», erwiderte sie selbstbewusst. «Du, ich mache mich langsam auf den Weg, Betty», sagte ich und richtete mich auf. Während ich, schon in der Diele, meine Mütze in den Händen knetete, kam sie nochmals ganz nah an mich heran. Jetzt kommt es, jetzt küsst sie mich, schoss mir durch den Kopf. Ich spürte, wenn sie mich jetzt küsste, nicht auf die Wange, sondern voller Hingabe auf den Mund wie an einem ihrer Samstage, wenn sie mir jetzt ihre Zunge in den Mund schob, wenn die Zähne dabei an einanderstießen, dann wären wir quitt. Wir wären von nun an wirklich befreundet und irgendwann zwei Fremde. Ich schloss die Augen. Sekunden vergingen. Bettys Atem entfernte sich und blühte wieder an meinem Hals auf, verschwand und tauchte wieder auf. Und plötzlich kletterte er höher. Dann waren wir quitt.

IX

Der Ausdruck von Entzücken verlieh dem Gesicht von Herrn Kelly geradezu etwas Weinerliches, während er Bettys geschickt gedrehte Hand zu seinen gespitzten Lippen führte. «Für die Testfahrt soll es reichen, finden Sie nicht?» Der Vater zeigte auf Bettys Hut, eine höchst ungünstige Kombination von Lampenschirm, Indianerfolklore und Minimalismus. Herr Kelly, immer noch bei Bettys Hand verweilend, rollte mit den Augen und beendete seine Begrüßungszeremonie. Ich stellte mir vor, dass er in seinem kleinen Peitschen- und Gertenladen im 1. Bezirk die feinen Reiterinnen der Wiener Gesellschaft auf eine ähnliche Art und Weise bezirzte, und indem ich ihn so vor seinem Tresen sah, fühlte ich mich selbst geschmeichelt und von seinem Schnurrbart gekitzelt. «Bei so einem hübschen Gesicht kann man einen Papierkorb auf dem Kopf tragen, das tut Ihrer Grandezza keinen Abbruch, Frau Elisabeth.» «Der Queen hätten Sie so einen Eimer nicht auf ihren Airbag aufgesetzt», protestierte mein Vater. «Am besten hole ich den Leihhund», murmelte ich, und als ich mit dem Hund zurückkam, fuhr Vater bereits durch das Tor Richtung Rennbahn. Betty und Herr Kelly schritten hinter dem Wagen her und unterhielten sich ausdrucksvoll gestikulierend. Was hat die mit der alten Rotzbremsn zu besprechen, dachte ich, den Hund an der Leine hinter mir herzerrend. Der kleine Kläffer war einer der Familienersatzhunde, die sich die Stallknechte aus Ungarn früher oder später anschaffen und gerne aus Versehen mit der Mistgabel aufspießen. Obwohl mir der stark alkoholisierte Ungar den Namen des Tiers hinterhergelallt hatte, hatte ich ihn prompt wieder vergessen.

Die Menschen, die sich keinen schöneren Zeitvertreib als die Teilnahme an einem Traditionsfahrturnier vorstellen können, waren für mich immer schon ein Rätsel. Rätselhaft blieb darum für mich auch mein Vater, der Menschenansammlungen hasste, allerdings ausschließlich als Fußgänger. Vom Kutschbock sah die Welt jedoch anders für ihn aus. Die Gruppen von Gaffern bei solchen Turnieren machten ihm nichts aus. Manchmal schimpfte er auf die Freizeitgesellschaft (genauso gut konnte er auf die Menschheit schimpfen), wenn jemand aus der Menge heiter mit den Händen fuchtelte oder einfach unfassbar dick auf einem Faltstuhl wie ein Ölgötze dasaß. Das jage den Pferden Angst ein, raunte er je nach Stimmung mehr oder weniger laut. In den meisten Fällen handelte es sich bei den Zuschauern um ahnungslose Bürger, die ihr Wochenende damit krönten, dass sie, mit Regenschirmen bewaffnet und in knallbunte Plastiksäcke gehüllt, sich an Kreuzungen und Weggabelungen aufstellten, an denen schmucke Gespanne mit Menschen in der Reisebekleidung des 19. Jahrhunderts vorbeirollten. Die wenigen Fahrturniere, an denen mein Vater im Lauf seines Lebens teilgenommen hatte, unterschieden sich für mich als Kind kaum voneinander. Die Gespanne, die Pferde, die Geschirre und Wagen konnten mich nach dem zweiten und spätestens nach dem dritten Mal nicht mehr überraschen. Obwohl ihr Anblick das Auge erfreute und das Hufklappern fröhlich stimmte, drehte sich in meinem Kopf ein lähmendes Bilderkarussell von Zylindern, Kutschern, Melonen, Strohhüten der Damen und Stulpenstiefeln der Lakaien, die in der Regel die Kinder der Kutscher waren, unmündige Sklaven wie ich. Bleich und schmalbrüstig, fuhren sie gegen die Fahrtrichtung, trotzten den Elementen und schwankten auf ihren harten Sitzen wie Ähren im Wind. Die Herausbringung der Gespanne und Fahrgäste war variabel und immer abzusehen. Fuhr jemand mit Schimmeln, dann zwang das ästhetische Empfinden den Kutscher, falls vorhanden, seine Kopfbedeckung der Farbe seiner braven Vierbeiner anzupassen. Fuhr er mit Rappen, so trug er einen schwarzen, seidenen Zylinder, unter dem er mal freundlich, mal mürrisch oder gar angespannt dreinschaute. Immer die gleichen Gesichter, die gleichen Gesten und Handgriffe. Wie oft brach mir der Angstschweiß aus, wo es bergab ging, im flotten Trab an den Hängen vorbei, und vor allem wenn wir uns einem Rondell mit flatternden Fahnen näherten, einer Blaskapelle, die uns mit lautem Karacho begrüßte, und den Bewohnern der umliegenden Dörfer, die, ausgerechnet wenn wir kamen, klatschen mussten. Was meinem Vater scheinbar großes Vergnügen bereitete, war Stoff für meine zukünftigen Albträume. «Herrlich, es gibt nichts Schöneres als eine kleine Landpartie», behauptete er, leicht zu mir gedreht. In der Tat, lautete meine Antwort, die ich meist mit geschlossenen Augen hervorbrachte. Mit der Zeit gewöhnte ich mich aber an die Angst als meinen ständigen Reisebegleiter. Ich kann sagen, ich lernte Gottvertrauen.

Bei seinem dritten oder vierten Fahrturnier irgendwo in Süddeutschland wurde der Vater als einer der Gewinner der goldenen Peitsche, einer Auszeichnung für gute fahrerische Leistungen, von einem lokalen Fernsehsender um ein Interview gebeten. Offenbar kann ich mich deshalb an so viele Einzelheiten erinnern, weil ich meinen Vater zum ersten Mal aufgeregt erleben durfte. Für mich als Sohn war es schön und beschämend zugleich zu sehen, wie dieser fast vollständig ergraute Mann mit großen roten Flecken im Gesicht etwas von der Ehre stammelte, im Fernsehen zu sein. Lässigkeit mimend, stand er an den Kotflügel seines Wagens gelehnt, die Fußspitze auf der Radnabe, um seine hochgewachsene Figur möglichst gut zur Geltung zu bringen. Er sei ein Fahrsportenthusiast ohne sportliche Ambitionen. Was ihm an solchen Veranstaltungen gefalle? Dass es nicht um Bestzeiten gehe, sondern um das Fahrvergnügen im schönen Ambiente, in der Gesellschaft von Gleichgesinnten. Wie oft er das mache? Eher selten, alle zwei, drei Jahre. Und dann tat er etwas, was beim Journalisten für Irritation sorgte. Mit solchen Concours d'Elegance entgehe man für ein Wochenende der Hässlichkeit da draußen, sagte mein Vater und zeigte auf eine Gruppe Zuschauer, lauter Einheimische, die sich auf ihrem Terrain befanden und dennoch vor dem anachronistischen Hintergrund der Veranstaltung völlig fehl am Platz schienen, im Übrigen wie das gesamte Kamerateam selbst. Ich muss zwölf oder dreizehn gewesen sein und ahnte nicht, dass das Peinlichste mir noch bevorstand.

Zum Convours International d'Attelage de Tradition de Cuts fuhr ich in bedrückter Stimmung. Es war mir nicht recht, dass Vater sich nicht mehr mit der uns beiden vertrauten und selbst für mich inzwischen harmlosen Umrundung des Sternberger Sees oder den Tagen des eleganten Ponys im deutschen Schwarzwald begnügen wollte. Ich ärgerte mich, dass ich ihn in meinem Alter immer noch wie ein bleiches Lakaienkind begleiten musste, und überhaupt, dass ich immer noch von ihm abhängig war. Es passte mir nicht, dass er sich ein Ziel gesetzt hatte und sich ihm nun langsam annäherte, dass er überhaupt Ziele hatte. Ganz gleich, welche es auch waren, erinnerten sie mich mit ihrer bloßen Existenz daran, dass ich ziellos vor mich hinlebte. Was hatte ich schon vor? Zu Ende studieren und dann? So weit wollte ich gar nicht denken. Aber gerade das behagte mir nicht. Besonders unglücklich war ich darüber, dass Betty mitgekommen war und sich in der Rolle der Wagenzierde sehr wohlfühlte. Offenbar war sie zu dumm, um auf einem wackeligen Tandemcart Angst zu haben. Meine größte Sorge galt dem Hund des ungarischen Stallknechts. In der Fremde zeigte der kleine Kläffer immer wieder Anfälle beißwütiger Schwermut, er fletschte die Zähne, wenn meine Hand in seine Nähe kam. Auf Bettys Schoß saß er steif wie eine chinesische Winkekatze und drohte immer wieder auf den Boden zu rutschen.

Dass wir am ersten Turniertag beim Präsentieren des Wagens auf der Freitreppe des Schlosses von Cuts einen alten Freund erkannten, war ein Schock für uns alle. Als einer der honorigen Männer in Regencapes und mit Notizblöcken in der Hand, gehörte Herr Kelly zur Jury, die die Teilnehmer zu beurteilen hatte.

«Überraschung, Ihr Lieben», sagte er so, dass nur wir es

hören konnten, während er den Wagen umrundete, von dem ihm Betty einen (ich hätte schwören können) verliebten Blick zuwarf. Er tat so, als würde er uns nicht kennen. «Die Dochte in den Laternen sind nicht angebrannt, da purzeln die Punkte, leider.» Mit seinem Regenschirmgriff deutete er auf den Hund, dem Betty ein kariertes Tuch um den Hals gebunden hatte. «Bezaubernd und durchaus angebracht, allerdings passt das Tuch nicht zur Kniedecke der Dame. Zwei unterschiedliche Karomuster zeugen nicht gerade von gutem Geschmack», schloss Herr Kelly und übergab das Wort an den anderen Richter, der die Aufschirrung der Pferde beurteilen sollte.

Nach der Gespannkontrolle hieß es für alle Teilnehmer eine 20 km lange Ausfahrt im schnellen Trab zurückzulegen. Eine Weile rollten wir hinter einer Victoria her, die mit zwei wunderschönen Isabellponys in kostbarem Geschirr aus geprägtem Leder bespannt war und von einer älteren Dame gelenkt wurde. Im nebelverhangenen Park schimmerten die beiden Pferdchen wie zwei Karamellbonbons mit einer leichten rosa Glasur. Es war ein prachtvoll herausgebrachter Zweispänner, dem ich allein wegen der anmutigen Ponys den ersten Preis gegönnt hätte. Kaum hatten wir das Schloss und den Park mit seinen in geometrischen Figuren geschnittenen Buchsbaumhecken hinter uns gelassen, begann der Vater auf Herrn Kelly zu schimpfen. Was denke der sich überhaupt? Monatelang verliere er kein Wort darüber, dass er hier die Gespanne beurteile. Betty bemerkte, die Überraschung sei gelungen und die Reise habe sich für sie persönlich allein schon deswegen gelohnt. «Seine guten Ratschläge kann er wieder zurückha-

ben, Gott sei Dank waren wir nicht per Du, Gott sei Dank!»,
wiederholte mein Vater etwas lauter, so dass die vor dem
Wagen trabende Melange und der große Braune ihre Ohren spitzten.

Durch die wenigen Dörfer auf unserer Strecke fuhren
wir vorsichtshalber im Schritt. An den Steinmauern der
Häuser vorbeirollend, konnte ich von oben in die Gärten
der Franzosen blicken. Diese Gärten warteten mit einem
Sammelsurium der prächtigsten Blumen auf. Im milden
und niederschlagsreichen, ozeanischen Klima der Picardie
waren eine Menge Exoten gediehen. Zweige mit quasimo-
doartig verwachsenen Birnen und Apfelquitten ragten über
die Zäune hinaus. Auf den schmalen Gehsteigen war kein
Fallobst zu sehen, dafür aber hier und da ein klebriger
Quittenschatten, über dem Wespen und Fliegen kreisten.
Auf einer Haustreppe bemerkte ich eine alte Französin mit
Kopftuch. Die Hände in die breiten Hüften gestemmt,
folgte sie uns mit ihren Blicken.

Abends kam Herr Kelly in unser Fahrerlager und bat den
Vater um Entschuldigung, dass er das mit Cuts nicht schon
am Anfang erwähnt hatte. Der Wunsch, seinem Freund einen Streich zu spielen (wenn ich nicht irre, sagte er *seinem
lieben Freund*), sei einfach zu stark gewesen. Er habe sich köst-
lich amüsiert und hoffe, der Vater grolle ihm nicht dafür.
«Papperlapapp», antwortete mein Vater. Zornig funkelten
seine Augen dabei. Eine Weile saßen wir angeregt plau-
dernd an unserem Klapptisch, den wir zwischen einem
fremden und unserem Anhänger aufgebaut hatten. «Haben
Sie den Pionier des modernen Fahrsports gesehen?», fragte
Colonel Kelly, an seinem Wein nippend, als wäre es heißer

Tee, «den alten Herrn vor Ihnen bei der Gespannkontrolle? Als Sie vorgefahren sind, wendete er gerade.» Vater schüttelte den Kopf. Mir jedoch war der elegante Schimmel vor dem breitachsigen Zweiradwagen mit schmalen, scherenschnittähnlichen Rädern nicht entgangen, genauso wenig wie sein Lenker mit seinen zahlreichen Leberflecken im Gesicht. Die Lässigkeit, mit der er auf seinem Sitz saß, die Peitsche hielt und den Hut zog, ließ sein hohes Alter vergessen. Von Weitem hätte ich den Pionier des Fahrsports für einen Gleichaltrigen gehalten. Da ich ihm zugewandt saß, hatte ich einen Moment Zeit, seine Bekleidung zu bewundern, das lindgrüne Jackett, die sandfarbene Weste, den Zipfel eines Tuchs in der Seitentasche und das Bemerkenswerteste: die Seidenkrawatte im schillernden Ton eines im Aufblühen begriffenen Narzissenkopfs.

Herr Kelly sprach weiter: «Baron Jean Casier ist inzwischen 98 und seit Jahren unser ältester Teilnehmer.» Bei den letzten Worten verzog der Vater sein Gesicht. Nun fühlte er sich frei, die Frage zu stellen, die ihn bereits seit mehreren Stunden quälte. «Sind Sie noch woanders als Richter tätig?» Herr Kelly starrte in sein Glas, steckte den Zeigefinger in den Wein und fischte etwas Unsichtbares heraus, was er an seiner dunklen Cordhose abwischte. «Beim Coaching Marathon auf der Royal Windsor Horse Show, wenn Ihnen das etwas sagt.» «Windsor, nie gehört», murmelte Vater. «In Windsor steht das größte noch bewohnte mittelalterliche Schloss der Welt, es ist wirklich sehenswert.» «Windsor – so kann nur ein Hund heißen!», sagte Vater und schenkte Herrn Kelly nach. Der Engländer hatte eindeutig bei ihm einen Stein im Brett. Ich war mir sicher, es lag weniger daran, dass Kelly ein netter Kerl war, als dass er aus England kam, das die schlichte und praktische Eleganz, den sportlichen Geist und die Kunst des Tandemfahrens nach Europa gebracht hatte. Ist unsere Zuneigung einem Menschen gegenüber andererseits nicht überhaupt ein Tribut an etwas Größeres, was wir in ihm verkörpert sehen? Eine Art Carte blanche? Bald lachten die beiden über den Vorfall, und mein Vater gestand, noch nie in seinem Leben solch große Augen gemacht zu haben wie vor der Schlosstreppe. Herr Kelly fragte nach Betty. Sie sei im Gasthof im Ort, erklärte der Vater. Hier im Anhänger sei nur für zwei Platz. Die beiden redeten bis spät in die Nacht über die Stärken und Schwächen der anderen Gespanne, über die Kleidung und Leinenführung der Teilnehmer. Mehrmals hörte ich, wie das Wort «stilecht» fiel. Gehüllt in Pferdedecken und halb im Schlaf, hörte ich diesem Gespräch durch die Wand des Anhängers zu, und irgendwann glaubte ich, in einer klaren Winternacht auf verschneiten Gleisen zu liegen, das Surren der Stromdrähte über mir und das ratternde Nahen eines Zuges … Lachten die beiden, so klang es scheppernd dumpf, und ich wachte jedes Mal auf. Dann drehte ich mich auf die andere Seite, meine Pritsche wurde allerdings trotzdem nicht weicher.

«Der kaugummikauende Amerikaner auf seiner Mailcoach, tja, sieht man vom Kauen ab, macht er eine gute Figur», sagte Herr Kelly. «Mit dem Dominozug, Rappe und Schimmel übers Kreuz angespannt. So kennt man ihn. Ein Milliardär, der keine Ahnung hat. Das tut weh, sage ich Ihnen, Herr Nieć. Das tut richtig weh. Hat die hässlichsten Frauen am Wagen, dafür aber die schönsten Vierspänner.

Viele machen einen anderen Fehler und fahren einen Vierspänner vor einem mickrigen Wagen, das erinnert mich immer an die frisierten Riesenauspuffe unserer balkanischen Mitbürger in Wien. Auffallen um jeden Preis.» «Peinlich, peinlich», pflichtete ihm Vater bei. «Dagegen sind Sie ein Waisenknabe, Herr Nieć, mit Ihrem Ponytandem. Nur die wenigsten wissen heutzutage, was Stil ist. Ich als Richter wundere mich nur über die Leute. Den meisten kommt das Geld ja wieder aus den Ohren raus, Sie wissen, wovon ich rede. Ein bisschen Bildung in Stilfragen kostet aber nun wirklich nicht die Welt. Immer kriegt einer dieser banausischen Teilnehmer es hin, aus einem eleganten Stadtwagen eine Jagdmelodie zu blasen.» «Uns hat heute eine Victoria überholt, vollkommen überladen, hinten standen zwei in Soldatenuniform aus der Bismarck-Zeit. Der eine hat sogar eine Pickelhaube getragen», sagte Vater eine gefühlte Stunde später. Ich fuhr zusammen. Die Decke drohte mir auf den Boden zu rutschen. An diesen Wagen konnte ich mich sehr gut erinnern. Die Pickelhaube war nichts gegen den dürren, mit einem zerknitterten Frack bekleideten Pseudo-Oscar-Wilde, der, auf dem tiefen Einstieg der Victoria stehend, im Vorbeifahren den Zylinder zog und die einstudierte Verbeugung eines Höflings vollführte.

«Überholt, die haben Ihren Wagen überholt?», schrie Herr Kelly. «Das ist aber verboten.» «Auch die Ungarn», seufzte mein Vater. Ich hörte, wie er keuchte und mit einem Flaschenöffner herumhantierte. «Mit diesen Fransen sehen die Pferde immer so ungepflegt aus, finden Sie nicht?» Herr Kelly begann von den Wirtschaftsgespannen zu erzählen, die seine heimlichen Lieblinge waren. Wo der

Arbeitsalltag gezeigt werde, da lache sein Herz, sagte er und lachte, dass mir schlecht wurde. «Ein Feuerwehrspritzenwagen, ein Milchwagen, ein Leichenwagen letztendlich …» «Wissen Sie, warum ich so an diesen Tieren hänge?», unterbrach ihn Vater. Ich spitzte die Ohren. Herr Kelly musste genickt haben, denn Vater sprach ermutigt weiter. «Weil sie Tausende von Jahren auf Schlachtfeldern dahingemetzelt wurden, in Kriegen, mit denen sie nichts zu tun hatten. Zweifach sinnlos ist der Krieg, wenn das Pferd dabei ist. Ein unschuldigeres Opfer als dieses Tier kann es gar nicht geben.» «Sie sind rührend, Herr Nieć. Was sind Sie für ein Jahrgang?» «1941. Die Hungergeneration.» Herr Kelly schwieg eine Weile. «Tja, der Krieg, ich wurde geboren, als einige Städte in Europa ziemlich platt waren. Und die Russen standen bereits vor den Toren Berlins.» «Warum waren Sie nie verheiratet?» «Aus demselben Grund, aus dem Sie geheiratet haben, verstehen Sie das, wie Sie wollen», rief Herr Kelly, als ich gerade wieder einschlief.

X

Wenige Wochen nach dem Traditionsfahren in Cuts flanierte ich durch die Stadt. Ich hatte kein bestimmtes Ziel und klapperte die Eckpunkte meiner gewohnten Taugenichts-Route ab, die mich am Hotel Sacher vorbei Richtung Albertina führte, vorbei auch an den Fiakern, die ich inzwischen nach der Art meines Vaters mit dem Lüften des Huts grüßte. In meinem Fall war die Kopfbedeckung allerdings unsichtbar. Irgendwann erreichte ich die Albertina, vor der ich etwas länger verweilte und an die Pfarrerstochter Anna dachte. Dabei schüttelte ich immer den Kopf und sagte mir: Sei froh, dass du keine 16 mehr bist. Dass die zölibatäre Alternative, die ich inzwischen lebte, eine viel größere Schmach war als mein ungeschicktes Turteln von damals, daran durfte ich gar nicht denken. Bei der Hofburg bog ich über den Kohlmarkt in Richtung Graben. Hier versäumte ich es nicht, nach meinem mir auf Schritt und Tritt folgenden Spiegelbild in den Schaufenstern zu schauen. Verloren zwischen Verkäuferinnen in Erwartung von Kundschaft und strengen, an das Nichtstun gewöhnten Wächtern, schickte mir mein Doppelgänger einen flehenden Paparazziblick. Vor den Läden mit viel Andrang, wo die Verkäuferinnen keine Zeit hatten, gelangweilt aus dem Fenster zu schauen, blieb ich stehen und nahm mein Spiegelbild genau ins Visier. Es war für mich nicht einzusehen, warum ich, was

Frauen anging, ein Problemfall war. Selbstkritik mag nie meine Stärke gewesen sein, doch ich schloss nicht aus, dass meine konservative Erscheinung eine Spur zu gepflegt war und die Damenwelt auf kratzigere Typen stand. Andererseits war ich, was mein Interesse an Mädchen und Frauen anbelangte, noch nicht in Verzweiflung geraten. Hin und wieder sprach ich auch jemanden an, in der U-Bahn, im Supermarkt, auf dem Campus. Während ich noch die ersten Worte sagte, brach ich schon wieder ein. Und begann mein Gegenüber, auf meinen Kontaktversuch positiv zu reagieren, so drehte ich mich immer gleich wieder erleichtert um und ging meines Weges. Niemand konnte Anna in puncto Hässlichkeit oder Betty in puncto Anmut das Wasser reichen. Ich hatte das immer im Kopf, trauerte jedoch weder der einen noch der anderen nach. Über meine Lage war ich nicht allzu besorgt, denn es gab etwas anderes, was mich noch unglücklicher machte. Ich hatte kein Ziel. Mein Vater hatte Ziele für sich und seine Pferde. Mit jugendlichem Elan klapperte er Punkt für Punkt eines Programms ab, das sich ganz natürlich aus seiner ruhigen und zurückgezogenen Lebensführung ergab. Er trainierte für Turniere, lernte Tandem fahren und strebte Perfektion an. Perfektion schwebte ihm als logischer Abschluss seines Lebens vor. Und was hatte ich? Ich hatte ihn als ein leuchtendes Beispiel vor Augen, das mich beschämte. Und dann gab es noch diese Geldgeschichten, die mich inzwischen auf andere Art und Weise bedrückten als in meiner Kindheit, als ich nach dem Besuch bei meinem Klassenkameraden Joseph mit dem Privatierdasein des Vaters nicht mehr einverstanden gewesen war und eigentlich Fiakersohn sein wollte. Auch ohne besonderen Ehrgeiz machte es mir trotzdem etwas aus, ein Schmarotzer zu sein und meinen Vater ständig um Geld bitten zu müssen. In meinem Alter habe er bereits den ölfreien Kompressor entwickelt, murmelte er gewöhnlich, wenn ich wieder einmal unschuldig lächelnd und gleichzeitig todernst vor seinem Schreibtisch stand. Ich brauchte nichts zu sagen. Der Vater wusste Bescheid. «Wie viel?», seufzte er. «Fünfhundert?» sagte ich mit dem Anflug einer Frage. Seufzend, mit zusammengepressten Lippen ging er ins Bad, wo sein Safe in einen Schrank montiert war. Ich hörte, wie er sich ächzend auf den Marmorfußboden kniete. Als polnisches Millésime des Jahres 1941 misstraute er dem Konzept des abstrakten Geldes auf einem noch abstrakteren Konto und hob regelmäßig hohe Summen ab. Die Aussicht, als sein Alleinerbe eingesetzt zu werden, war nie etwas, was mich mit Jubel und Freude erfüllte. Vielleicht wurde mir zu wenig Nonchalance in die Wiege gelegt, aber ich wusste bis vor Kurzem wirklich nicht, was ich mit dem vielen Vermögen hätte anfangen sollen. Mir fehlte eine Schlüsselerfahrung: Ich kannte den Wert des Geldes nicht.

Ich begann zu frieren, beschleunigte meine Schritte, mied den Blickkontakt mit mir selbst in den Schaufenstern, die am Graben, je teurer die Läden, immer leerer wurden. Es war kurz vor sechs, ich wollte zum Burgtheater und beschloss, einen Umweg über die Freyung zu machen. Am Anfang der Naglergasse bot mir eine braun gebrannte Großmutter ein *Büscherl* Veilchen zum Kauf an, sie drückte mir die Blumen ins Gesicht, ihre Finger mit den dreckigen Nagelrändern lugten aus fingerlosen, grob gehäkelten Handschuhen heraus. Sie sprach ein falsches Deutsch mit wienerischem Dialekt und einer für Bettler typisch einstudierten Wehleidigkeit, die mich immer daran gehindert hat, spontan wohltätig zu werden. Kaum macht der Bedürftige den Mund auf, um mir sein *Danke Bittää* entgegenzuschleudern, bin ich über alle Berge. Irgendetwas an mir wird dem alten Blumenmädchen imponiert haben. Als ich es schon passiert hatte, überholte es mich und versuchte mir sein *Büscherl* in die Brusttasche zu stecken. «Hier, nix kostn bittä.» Ich schaute sie fragend an und nahm sogar meine Hände aus den Taschen. Einige Passanten drehten sich nach uns um und lächelten. Die Veilchen müssen mir gestanden haben. Warum nicht, dachte ich, in dieser dunklen Jahreszeit sind Blumen im Knopfloch genau das Richtige für einen jungen Mann ohne Bodenhaftung. «Warten Sie», rief ich ihr hinterher und holte zwei Euro aus der Tasche. Die Alte betrachtete die Münze in ihrem Handschuh wie ein totes Insekt. Sie spuckte zur Seite, so dass ich erschrak. «Fünf Euro kostn, ich hier in Kälte stehen, kalt, Hunger, Blumen holen, noch früher aufstehen, harte Arbeit alle Zeit, und was ist das?» «Zwei Euro», sagte ich und wurde rot. Die Großmutter murmelte etwas in einer Sprache, die ich nicht verstand, und warf die Münze einem an uns vorbeihumpelnden Bettler in den Rücken. Sie traf ihn nicht, die Münze flog klirrend und hüpfend einige Meter weiter, ein Koch, der im Bediensteteneingang des Restaurants Zum Schwarzen Kameel rauchte, bückte sich danach. Bevor ich meinen Weg fortsetzte, sah ich, wie er die Münze dem plötzlich schneller gewordenen Bettler in die Hand drückte, als dieser ihn endlich erreicht hatte.

Ich finde, im Dunkeln strahlen einzelne Menschen eine

sympathische Milde aus, auf beleuchteten Straßen zu einer späten Stunde hatte ich ihre Gesellschaft schon immer als angenehm empfunden. Ich genoss es, ihnen eine Weile zu folgen, an ihrer Seite zu gehen und ihren flüchtigen Blicken zu begegnen oder mich vom Klappern ihrer Schuhe einholen und dann von ihnen selbst überholen zu lassen. An der Art, wie jemand abends seine Füße aufsetzte, konnte ich sein Alter, sein Geschlecht und seine Verfassung bestimmen sowie eine Menge anderer Faktoren erahnen, etwa ob jemand eine Last trug, ob er diese Last schon eine Weile mit sich herumgeschleppt hatte und ob ihm das Gehen schwerfiel. Ebenso konnte ich sagen, wie bequem sein Schuhwerk war. Bei Frauen hörte ich bereits von Weitem heraus, ob das Klappern zu einem gequälten Schlachtross oder einer unermüdlichen Gazelle gehörte. Bei einem schlurfenden Gang war es nicht so einfach zu entscheiden, ob er echt oder gespielt war. Jeder kann mit wenig Mühe das Opfer einer Kinderlähmung imitieren. Schlurfen ist heikel, weil es ein Geräusch ohne Tiefe ist. Ich weiß, dass viele alte Menschen zu mancher List bereit sind, um, ohne sich anstellen zu müssen, bedient zu werden oder einfach um Aufmerksamkeit zu erregen. In einer größeren Menschenmenge werden sie oft langsamer und bahnen sich mit künstlichem Ächzen den Weg. Wehe aber, wenn sie einen Dieb erwischen, der ihnen gerade die Brieftasche stehlen wollte. Nicht umsonst galten früher die Schläge alter Lehrer als die schmerzvollsten.

Die alte Blumenverkäuferin stimmte in sicherem Abstand zu mir von Neuem ihr Klagelied an, ich befreite die Veilchen von der Folie, steckte sie, so wie sie waren, tatsächlich in meine Brusttasche und ging die Teinfaltstraße in Richtung Burgtheater hinunter. Da bemerkte ich eine weibliche Gestalt, die mit einem Blumenstrauß die Straße von rechts hochkam. Es war Betty. Es war seltsam, sie außerhalb ihrer honigfarbenen Wohnung in einem Mantel, mit Pelzmütze und vor allem so energisch zu sehen. Sie eilte dem Café Landtmann zu. Ich konnte die perlmuttschimmernde Reihe ihrer Zähne erkennen. Sie wird jemanden im Café treffen, vielleicht einen Kunden. Der Gedanke daran gab mir einen Stich. Ich folgte ihr mit dem Blick in das Innere des Landtmanns; für ein Café neben dem besten Theater im deutschsprachigen Raum war es eindeutig viel zu schwach beleuchtet, wie übrigens so viele Wiener Cafés, die mit dezentem Streulicht den alternden Touristinnen zu schmeicheln versuchen. Dafür, dass die Nasen nicht röter und die Falten nicht noch tiefer erscheinen, sorgte auch das gnädige Licht der Deckenleuchten im Landtmann. Als Betty nach links zu den Nichtrauchern abbog und kurz aus meiner Sicht verschwand, löste ich mich von meinem Platz auf der Straße und trat näher ans Fenster. Nun sah ich sie wieder. Sie lief an den plaudernden Touristen, an den Ich-bin-so-kreativ-Typen mit aufgeklapptem Laptop vorbei und direkt auf eine hübsche junge Frau zu. Nach einer überschwänglichen, herzlichen Begrüßung hielten die beiden einander eine Weile an den Ellbogen, bestaunten sich gegenseitig und fielen sich immer wieder in die Arme. Eine Kollegin, dachte ich. Irgendwann beruhigten sie sich, Betty warf ihren Mantel auf einen Stuhl. Auf der anderen Seite saß ein junger Mann im grob gestricktem Rollkragenpullover direkt vor dem Fenster mit dem Rücken zur Straße vor seinem

aufgeklappten Laptop. Ich trat, den Mantelkragen hochge-
schlagen, noch näher und entdeckte auf dem Bildschirm ein
Gedicht, an dem er offenbar gerade arbeitete. *Herbstmelancholie in Moll* lautete der fett hervorgehobene Titel. Bettys Freundin wühlte einige Tische weiter in ihrer Handtasche, sie
schien eigentlich gar nicht nach etwas zu suchen, vielleicht
war sie in Verlegenheit und versuchte sie so zu verbergen.
Frauen meditieren oft auf diese Art und Weise, hat mir
Betty einmal als Belehrung mit auf den Weg gegeben, als
ich sie einmal fragte, was sie in ihrer Tasche eigentlich suche. Nichts, sie suche nichts, sie wühle nur herum.

Eigentlich könnte ich jetzt weitergehen, dachte ich. Ich
musste die Zeit bis zum Abendessen totschlagen, sicherlich
gab es Fisch. Als ich am Nachmittag das Haus verlassen
hatte, hörte ich, wie Frau Strunk in der Küche einen Fisch
entschuppte. Andererseits hätte sie auch hobeln können.
Dann fiel mir ein, was für ein Tag es war. An Freitagen gab
es immer Käse zum Abendessen. Das hieß, es würde zum
Mittagessen am nächsten Tag Fischsuppe oder am Abend
Fisch als Hauptgericht geben. Ich warf einen Blick zum
Burgtheater hinüber. *Ibsen, Gespenster.* Langweilig. Ich überlegte, ob ich vielleicht eine Karte kaufen sollte oder am besten gleich zwei in einer Loge, für Betty und mich, solange
sie noch im Landtmann saß, konnte ich sie fragen, ob sie
am Sonntag mit mir in ein Stück gehen wolle. Rein freund-
schaftlich, versteht sich. Ich würde niemals mehr diesen
Körper begehren, der für eine größere Wohnung und mehr
Platz für die geerbten Möbel sparte. Betty konnte mir aber,
indem sie ruhig an meiner Seite saß, gelassen atmete, während sich ihr Busen hob und senkte und sie mitunter einen

verträumten Blick in meine Richtung warf, helfen, sie als ganz normale Frau in Erinnerung zu behalten. Nein, ich sollte lieber direkt nach Hause gehen. Da warteten Stallarbeit und Lernen für die nächste Klausur auf mich, das heißt für die letzten, die ich nicht bestanden hatte.

Ich warf noch einen letzten Blick in das Café. In diesem Moment stand Betty auf und begann sich wieder anzuziehen. Während sie sich zuknöpfte, lächelte sie ihre Freundin zärtlich an, ich hatte den Eindruck, dass Tränen in ihren Augen schimmerten. Plötzlich riss sie den Mund ganz weit auf, wie zum Gähnen, doch sie gähnte nicht, sie lachte tonlos und anhaltend. Auch die Freundin grinste und bedeckte immer wieder ihr Gesicht mit den Händen, als versuche sie sich davon abzuhalten, Obszönitäten zu brüllen. Schließlich verabschiedeten sie sich auf die gleiche Art, auf die sie sich begrüßt hatten. Mich machte diese Küsserei nervös, bald hätte ich einen Stein ins Fenster geworfen, an dem kreativen Kopf mit seiner Herbstmelancholie in Moll vorbei. Stattdessen sprang ich zur Litfaßsäule und bereitete mich vor, Betty zu ihrem nächsten Rendezvous zu folgen. Sicherlich hatte sie noch etwas vor, dachte ich in seltsamer Vorfreude auf etwas, was mir, wie ich dunkel ahnte, möglicherweise einen großen seelischen Schmerz zufügen konnte. Kein Schmerz kann allerdings so arg sein wie diese Langeweile, beschloss ich.

Nun trat Betty endlich ins Freie. Minutenlang starrte sie zur sandfarbenen Fassade des Burgtheaters hinüber, so dass ich dachte, sie hätte meine Gedanken gelesen und wollte jetzt zwei Karten für uns besorgen. Aber nein, sie bog nach rechts und schritt rasch auf mich zu, ich ging sofort in die

Hocke und lehnte mich an die Litfaßsäule. Betty ging an mir vorbei, wohl in der Annahme, ich sei ein Bettler. Aber wahrscheinlich hatte sie mich im Dunkeln gar nicht bemerkt. Ich fasste mir an die Brusttasche. Die Veilchen steckten immer noch drin.

Während sie den Mölker Steig herunterlief, ging ich eine Weile hinter dem einen oder anderen Passanten her, bis er entweder abbog oder zu langsam wurde. Manchmal wechselte ich die Straßenseite oder blieb vor Zigarettenautomaten stehen, eine Hand in der Luft, unschlüssig, welchen Marke ich als Nichtraucher wählen sollte. Betty drehte sich kein einziges Mal um, wurde allerdings, als sie in die Schottengasse bog, langsamer. Schließlich blieb sie stehen, wickelte das Papier vom Blumenstrauß ab und trat seltsam dicht an ein Haus heran und so unvermittelt, dass es so aussah, als wäre sie ohnmächtig geworden und in eine Vitrine gefallen. Das Licht im Laden, der sich dort befand, ging augenblicklich an. Obwohl ich auf der anderen Straßenseite stand, hörte ich, wie der Schlüsselbund im Ladeninneren kräftig gegen den metallenen Türrahmen stieß, während jemand den Schlüssel im Schloss umdrehte. Nun trat sie in den Laden und näherte sich, den Mantel ausziehend, einer olivfarbenen und wie in einem Schusterladen ziemlich hohen Theke – mit einer Selbstverständlichkeit, als wäre das ihr Zuhause. Und in der Tat erinnerte mich die klebrige Bräune der Wände an ihre vollgestellte Wohnung, in der das Sonnenlicht ein seltener Gast war. Ich dachte sogar für einen Moment, dass sie umgezogen sein musste, doch dann sah ich, dass das Braun des Ladeninneren nicht vom gesammelten Mobilar stammte, sondern von den braun getäfelten Wänden. Als sie die Blumen in eine Glaskaraffe stellte, trat ihr niemand anderes als Herr Kelly entgegen und nahm die Karaffe in Empfang. Deutlich erkannte ich sein Profil im Lichtkegel des Leuchters. Auch er bewegte sich mit einer irritierenden Selbstverständlichkeit. Ohne ein Zeichen von Rührung auf seinem Gesicht, als hätte er eben eine kostenlose Zeitung entgegengenommen, schien er nach einem geeigneten Platz für die Blumen zu suchen. Schließlich stellte er sie an einen Platz, wo ich sie nicht mehr sehen konnte. *Peitschen- und Gertenladen* las ich, als ich den Blick hob, auf dem schmiedeeisernen Schild vom Geschäft. In diesem Moment erkannte ich den Laden wieder, die hohe Theke, hinter der Herr Kelly in einem wunderschönen Ledersessel mit sternförmigen Noppen seine Bücher zu lesen und seinen Earl Grey zu trinken pflegte. Ein zweiter Sessel dieser Art stand gegenüber der Theke neben der Bauerntruhe, auf die er die Blumen gestellt haben musste. Das war er, das war sein Laden, in dem ich ihn einmal aus Höflichkeit besucht hatte. Herr Kelly trat händereibend auf Betty zu, die ihm ihr rundes Gesicht wie eine Sonnenblume entgegenhielt.

Bevor er sie küssen konnte, drehte ich mich um und lief davon. «Nach Hause, nichts wie weg von hier», sagte ich, als der Taxifahrer mich nach der gewünschten Adresse fragte. Er murmelte, nach Hause sei etwas allgemein. «Fahren Sie ans Ende des Praters», bat ich und schloss die Augen. Ich fühlte mich, als hätte man mich auf die Größe einer Ameise geschrumpft und lebend vor dem Caféhaus Landtmann mit Erde zugeschaufelt. Und ich läge in dieser grobkörnigen, lockeren Erde voller Steinchen, Glassplitter und fadendünner Silberspucke von Spinnen, mit dem Geruch von Zwiebeln und Wunderbaum in der Nase und dem Klagen einer arabischen Sängerin im Ohr. Als ich die Augen öffnete und auf das Taxameter schaute, standen 19,20 Euro darauf, wir fuhren bereits über den Handelskai, und die behaarten Finger des Taxifahrers trommelten auf dem Lenkrad eine Melodie, die mit dem Lied, das eben im Radio zu hören gewesen war, nichts zu tun hatte.

XI

Meine Schilderung dessen, was ich in Kellys Laden gesehen hatte, entlockte Vater nur ein mattes Lächeln, doch dann veränderte sich innerhalb von Sekunden sein Gesichtsausdruck. Wenn man ein menschliches Gesicht auf der Skala der Erosion beurteilen müsste, so war es, als bröckelte an diesem Morgen eine gewaltige Eisplatte von seinem Gletscher ab und driftete unwiederbringlich und geräuschlos in die Weiten des Ozeans, mit Folgen, die damals noch nicht abzusehen waren.

«Eine junge Frau, die einem alten Bock Blumen schenkt», sagte er gedankenverloren und goss etwas Kaffee in sein Wasserglas, so dass ein paar Tropfen wie Erdnussschalen auf die Tischdecke fielen. «Sehr eigentümlich, deine Mutter hat mir einige Male am Anfang unserer Beziehung Blumen geschenkt. Immer zweifarbig, weiße Chrysanthemen und rosa Nelken. Niemals Rosen. Rosen haben wir beide für zu gekünstelt gehalten. Nur Kletterrosen haben wir gemocht. Kletterrosen am alten Gemäuer.» Er lächelte in die Ferne, wo er das alte Gemäuer mit seinen Rosenranken vor sich sah. Ich erinnerte mich, dass Mutter immer mit vollen Taschen vom Markt nach Hause kam, zu dem sie samstags mit unserem Chauffeur Goran fuhr, und dass aus diesen Taschen oft ein Lauchstängel, eine Salami oder ein Baguette hervorlugte. Nur keine Blumen. Für Blumen im Haus sorgte

Herr von Grubinger. Wenn er kam, so immer mit einem Blumenstrauß. Als Trauzeuge durfte ausschließlich er meine Mutter auf diese Art hofieren. Niemals standen bei uns Blumen von einer anderen Farbe als Weiß in den Vasen, nach seinem Besuch, den ich meist verpasste oder eingeschlossen in meinem Zimmer zur Kenntnis nahm. Der erste Blick in die Bibliothek am nächsten Morgen erweckte in mir das Gefühl, als habe es draußen gescheit. Meine Mutter liebte es, den Blumenstrauß von Herrn von Grubinger auf mehrere Vasen zu verteilen, so dass einem in jeder Ecke des Raums etwas Weißes ins Auge stach. Und dann wich der letzte Rest des Schlafs meinem Appetit, ich hielt Ausschau nach Essensresten und freute mich über die Unaufmerksamkeit von Frau Strunk, die beim Aufräumen eine Schale mit gerösteten Macadamianüssen oder hauchdünnen, vornehm bleichen Käsekeksen in einem Bücherregal übersehen hatte. Auf die Partys meiner Eltern, ganz gleich, wie aufwändig sie waren, konnte ich mich immer verlassen. Als hätten sie sich untereinander abgesprochen, kultivierten all unsere Gäste den gleichen Tick: Immer blieb etwas in den Schalen oder auf den Servierplatten übrig. Es galt als unfein, die letzte Nuss, das letzte Canapé, die letzte Praline vom Teller zu nehmen. Von solchen Abendeinladungen profitierte ich in meiner gefräßigen Phase sehr. Offiziell im Bett, aber faktisch in der Küche, nahm ich bis in die späten Abendstunden die Reste in Empfang, die mich besonders interessierten, während die Lohnkellner mit wehenden Schößen vorgewärmte Platten ins Esszimmer trugen. Meist konnte ich am Morgen danach an den minimalen Verschiebungen der Sitzmöbel oder aus den Regalen entfernten Lexikonbänden ablesen, ob es ein bequemer, feuchtfröhlicher oder ein kultivierter und eher steifer Abend gewesen war. So oder so hätte ich mich unter den Erwachsenen zu Tode gelangweilt – auf eine viel grausamere Art als mit mir selbst in meinen vier Wänden. Wenn ich mir eingestehen musste, dass mir gerade sehr fad war, so standen mir mehrere Alternativen zur Verfügung, wie ich mich langweilen konnte. Mit den Gästen meiner Eltern war die Langeweile alternativlos. Da war ich eine Obstfliege im Spinnennetz, zu mager, um weiter beachtet zu werden, und trotzdem festgeleimt bis zum Zeitpunkt, an dem ich nach meinem Berufswunsch gefragt wurde. Ich zuckte dann mit den Schultern. Sofort bissen mir die Gäste ein Glied nach dem anderen ab, allerdings erst, nachdem mir der eine oder der andere Beruf ans Herz gelegt worden war. (Ein Jurist, aus dir wird ein guter Jurist, du hast diesen ehrlichen Blick, weißt du, das mögen die Menschen.) Jemand bekam das Prachtstück – meinen Kopf, der noch etwas von den Fußstapfen des Vaters hörte, bevor er wie eine trockene Hülsenfrucht zwischen zwei kräftigen Kiefern zerbarst. Mein Glück war, dass ich nur in seltenen Fällen das Abendessen mitmachen musste. Es wurde erwartet, wenn hochbetagte Gäste kamen, ein großes Geschenk überreicht wurde oder wenn ich einem entfernten Verwandten der Mutter präsentiert werden musste. Wie wandelte sich da mein Geschmackssinn! Die Delikatessen, die ich mir sonst mit zittrigen Händen in der Küche in den Mund zu stopfen pflegte, verloren unangetastet und frei verfügbar jeglichen Reiz für mich, sobald ich auf meinem Stuhl saß und mit Besteck zu hantieren hatte. Wie quälten mich solche Mahlzeiten! Zum Glück hatte meine Mutter

Nachsicht und drückte ein Auge oder manchmal auch beide zu, so dass ich bereits nach dem Hauptgericht verschwinden durfte. Den Nachtisch bekam ich selbstverständlich von der alten Strunk, unserer Haushälterin, in der Küche serviert. Hätte meine Mutter damals geahnt, was aus mir werden würde, nämlich eine runde Null, rund in jeglicher Hinsicht, wäre sie strenger mit mir umgegangen. Doch sie konnte das nicht, offenbar erinnerte ich sie zu sehr an sich selbst. Ich glaube auch nicht, dass sie mich übermäßig liebte. Sie schätzte mich als einen Teil von ihr, so wie Menschen eine Unternehmung schätzen, die sie mit sehr viel Mühe auf die Beine stellen, sie hing ohne Zweifel an mir, allerdings ähnlich wie an einem Gemüsebeet, das das Ergebnis ihrer Hände Arbeit und Zeit zur Schau stellte. Ich wundere mich: Wenn der Mensch eine andere Vorstellung von Zeit hätte und sie als weniger kostbar empfände – es reichte nur eine winzige Verschiebung in der Wahrnehmung –, wäre er dann mit einem anderen Bukett von Gefühlen ausgestattet? Womöglich gäbe es dann darin keine Blume der Reue, keine Blüte der Trauer, aber auch kein berauschendes Kraut der Zuneigung und keine bittere Wurzel des Hasses. Stürbe jemand, dann hieße es im engsten Familienkreis bloß: «Oh, das verblüfft uns aber» oder «Das hätte er nicht tun sollen.» Das Wort «schade» würde seinen Sinn verlieren. Man könnte es dann durch das Wort «seltsam» austauschen. Und mein Vater? Dass er etwa in einer besonderen Weise an mir hinge, hatte er mir nie zu verstehen gegeben. Dasselbe konnte ich auch über mich sagen. Mehr schlecht als recht erfüllten wir unsere Rollen als Vater und Sohn, die uns eine Neurose namens Pflichtgefühl vorgeschrieben hatte. Man konnte Gift darauf nehmen, dass sowohl im Vater als auch in mir ganz andere Gefühle schlummerten, wie bei einer Blechbüchse, auf der Baldrianwurz steht und in der in Wirklichkeit eine mumifizierte Schlange aus einer Vorkriegsapothekenvitrine steckte.

«Auch Herr Kelly wird mir den Rücken kehren, jetzt, wo er seinen zweiten Frühling erlebt, bin ich mit meinen Huzulen das Letzte, woran er denkt.» Mein Vater biss in seine Scheibe Graubrot, schiefmündig, die Nase gerunzelt. Die bleiche Ziegenkäsescheibe rutschte etwas zur Seite. «Kelly, dieser Lustmolch.» Er konnte nicht einsehen, dass der fast gleichaltrige Engländer Augen nicht nur für alte Kutschen, sondern auch für junge Frauen hatte. Beides zusammen passte einfach nicht in sein Konzept vom Altern in Würde. Dabei hatte er selbst mit Anfang vierzig eine 19-Jährige zum Altar geführt. Mir hingegen schien es normal, dass man von den Menschen keine Beständigkeit erwarten konnte. Man sollte lieber gar nichts von ihnen erwarten. Auf jeden Fall nichts Gutes. Wenn man dann doch angenehm überrascht wird – ist dem auch nicht zu trauen. Ein anderer Blickwinkel, und schon verwandelt sich das Antlitz der Güte in eine Fratze des konventionellen Anstands, der Beliebigkeit und des Unvermeidlichen, wie auf einer 3-D-Stereo-Postkarte, die mal eine Venus im Pelz, mal eine bucklige Alte zeigt. All das leuchtete Vater nicht ein. Es war so, als hätte Herr Kelly mit seiner Amour fou einen Fächer vor seiner Nase auseinandergeklappt und ihm damit eins übergebraten.

«Und, hast du ihn noch mal im Laden besucht?», fragte er immer wieder, und jedes Mal gab ich zur Antwort, dass ich da nicht mehr hinginge. «Was macht dein Studium?», war die nächste Frage, die auch schon wieder das Ende seiner Aufnahmefähigkeit einläutete. Meine Klage über schleppende Erfolge hörte er sich nur noch mit halbem Ohr an. Darüber, dass ich seit Jahren studierte, konnte er nur noch milde lächeln, so wie über das Memoirenbuch eines alternden Sängers.

An einem Wochenende kam Herr Kelly unangekündigt vorbei. Er hatte sich stark einparfümiert, frisch rasiert und trug eine Krawatte, die jugendlich locker um seinen nicht mehr ganz strammen Hals gebunden war. Eine winzige, dreizackige Spur eingetrockneten Bluts zierte seinen Hals. Als er sich mit einem Glas Cognac im Sessel zurücklehnte, sah ich sie. Eine Amsel hatte mit ihrer Kralle nach einem Körnchen gelangt, das Herrn Kelly hinter den Hemdkragen gerollt war – nur so ließ sich diese Wunde erklären.

«Schön, Sie gesund und munter zu sehen», sagte Herr Kelly, dem Vater zuprostend.

«Es ging mir gar nicht gut in letzter Zeit», antwortete dieser.

«Sie sehen aber frisch aus, wie aus dem Ei gepellt, gehen Sie heute Abend aus?»

«Ich gehe nie aus, die Menschen kommen zu mir.»

«Eine sehr kluge Einstellung, die noch dazu funktioniert», sagte Herr Kelly, «so kann man alt werden.»

«Bin ich auch», sagte mein Vater verdrießlich und winkte Frau Strunk zu, sie solle bitte das Knoblauchbrot mit Streukäse in den Ofen schieben.

«Für mich bitte ohne Knoblauch», rief ihr Herr Kelly hinterher. Er räusperte sich und wurde im selben Moment knallrot. «Meine Lebenspartnerin kann Knoblauch nicht riechen», sagte er, «ich muss Ihnen übrigens danken, Kaspar», er drehte sich zu mir, so dass seine Halswirbel knackten, «für die Bekanntschaft mit Frau Talbacher.» Ich starrte ihn verständnislos an. Eine Frau Talbacher kannte ich nicht, obwohl mir der Name vertraut vorkam, aber nur in diesem Moment. Wie eine Szene aus einem Traum, die einem unter bestimmten Umständen am nächsten Tag wieder einfällt, kam mir der Name immer fremder vor. Er dünnte sich aus, verwitterte, je länger ich ihn in Gedanken wiederholte. Talbacher. Talbacher …

«Wir wohnen jetzt auf dem Land, hier ist meine neue Visitenkarte», er reichte meinem Vater einen schmalen Kartonstreifen entgegen. Dieser nahm ihn zwischen zwei Finger und verstaute ihn stumm in seiner Tasche. Herr Kelly begann auf seinem Stuhl hin und her zu rutschen. «Elisabeth hat so viele Möbel von Verwandten geerbt, dazu kommen noch meine Sachen, um ein Haus kommt man da nicht herum. Sie sind beide zur Einweihungsparty ganz herzlich eingeladen.»

«Danke, das ist lieb», sagte der Vater, «werden Sie jetzt heiraten?»

«Wir werden sehen, ich denke aber schon. In meinem Alter wird es auch langsam Zeit.» Er lachte. Mein Vater lachte mit. Frau Strunk brachte eine Platte mit mehreren runden Brotscheiben, auf denen eine unappetitliche, schlierige Masse vor sich hindampfte. Die Brote mit Knoblauch waren wegen der geschmolzenen Käseschicht nicht auszumachen. Ein Petersilienblatt trennte sie von den vier anderen Scheiben, die für Herrn Kelly bestimmt waren. Er streckte seine Hand aus, zögerte und griff mit einer koketten Bewegung nach der Petersilie.

Seitdem machte ich um die Schottengasse und den Peitschenladen einen großen Bogen. Eine Einladung zur Hauseinweihung kam nie bei uns an. Mit seinem Besuch, den Parfümwaden und dem gockelhaften Outfit hatte Herr Kelly offenbar einen Schlussstrich unter seine Freundschaft mit Vater gezogen, der einfach nicht mehr in sein Leben passte. Es war grausam, aber auch ehrlich. Kein Firlefanz. Kein menschliches Höflichkeitsgetue. Obwohl mein Vater schwer daran zu knabbern hatte, drückte ich Herrn Kelly in Gedanken die Hand. Von einem Pferdemenschen erwartete ich nichts als Konsequenz. Mit Betty als Mittelpunkt seines Lebens, nicht als Randerscheinung wie bei mir, war sein Glück vielleicht so umfassend, dass er niemanden außer Betty um sich haben musste, es konnte aber auch sein, dass sie ihre Hand im Spiel gehabt und Kelly vorgeschickt hatte, um von dieser kurzen Episode ihrer jüngsten Vergangenheit, also von mir, Abschied zu nehmen. Ich hätte gerne gewusst, ob sie ihrem neuen Herzblatt Kelly ihre Vergangenheit genauso gründlich gebeichtet hatte wie mir damals. Dass ihre Möbel jetzt gut aufgehoben waren, war ein befriedigender Gedanke für mich. Jetzt, wo sie ein unbeschwertes Leben auf dem Land führte, in gut durchlüfteten hellen Räumen von Schrank zu Kommode wanderte, barfuß im Gras lief und Heumilch von glücklichen Kühen in ihren Kaffee schüttete, Eier von begeisterten Hennen köpfte, hätte ich sie gern noch einmal getroffen. Wieder vor der Gelsenbar mit einem Picknickkorb. Sie sollte sich noch einmal in mich verlieben. Dafür müsste ich aber ein anderer sein. Ein neues Gesicht, ohne Babyspeck. Kein Eis, sondern ein derbes Bier würde ich vom Kioskbesitzer verlangen und sie mit meinem Bieratem männlich und unwiderstehlich anhauchen. Hallo. H-h-hallo mit einem dumpfen, aus dem Rachen kommenden polnischen H. Ich stellte mir vor, wie sich der zwei Köpfe kleinere Kelly gerade an ihren Busen schmiegte, sich mit dem Ohr daran rieb ... das Rascheln ihrer Chiffonbluse, das Kratzen seines Stoppelbartes und dazwischen ihr sanftmütiges und geduldiges Herzklopfen, und es tat mir nicht weh. Es war vielmehr eine rührselige Ruhe, die ich bei dieser Vorstellung empfand, und ich hätte heulen können – vor Mitleid mit der gesamten Menschheit und am meisten mit mir selbst.

An einem Sonntag meldete Frau Strunk, dass Herr Nieć erst im Morgengrauen nach Hause gekommen sei. Ich ließ beinahe meine Teetasse fallen. Die alte Frau Strunk blinzelte oft mit ihren geröteten Augen, als wollte sie damit zeigen, sie nehme von dem Gesagten Abstand. «Haben Sie deswegen die ganze Nacht nicht geschlafen?» Sie senkte den Blick und strich sich die Schürze glatt. So kannte ich sie seit dem ersten Tag ihrer Anstellung vor mehr als zehn Jahren: immer das gleiche Bewegungsrepertoire für Stolz, Sorge, Ehrfurcht, Unruhe. Wenn Frau Strunk sich die Schürze glatt strich, hieß es, so ein reines Gewissen, wie sie es habe, wünsche sie jedem. «Ich schlafe insgesamt schlecht, seitdem Herr Nieć in seinem Zimmer nachts herumtrampelt», sagte sie, ohne den Blick zu heben. Scheinbar gab ihr diese Position Halt und Kraft, mit mir über den Vater zu reden, über den sie sonst nie ein kritisches Wort verlor. Sie hielt viel von ihm, warum auch immer. Besonders freundlich

Frau Strunk gegenüber hatte ich ihn noch nie erlebt. Die alte Strunk gehöre zu der Sorte von Frauen, die sich ohne Knute über Zucker nicht freuen können, hatte Vater beim letzten Besuch Herrn Kellys gesagt, als die Haushälterin, mit dem leeren Tablett in der Hand, gerade das Zimmer verlassen hatte. Auf die Knoblauchbrote deutend, hatte er daraufhin noch ein fragwürdiges Gleichnis zum Besten gegeben, eine alte Geschichte aus seinem eigenen Leben. Er habe einen Rentnerwallach auf der Koppel stehen, mit dem er am Anfang der Ausbildung vor zwanzig Jahren die größte Mühe gehabt habe. Tritte und Bisse habe er von ihm bekommen. Einmal sei er sogar im Krankenhaus gelandet. Schienbeinbruch. Beim ersten Malheur sei er ärgerlich gewesen, beim zweiten ehrgeizig, dem Pferd Vernunft beizubringen, beim dritten Mal habe er nach einer kurzen Schockstarre den Rowdy ins Herz geschlossen. «Und beim vierten Mal?», hatte Herr Kelly gefragt. Ein viertes Mal habe es nicht gegeben, hatte Vater geantwortet. Es sei ein tolles Pferd geworden, das Beste in der ganzen Herde. Er selbst sei deswegen ein wenig wie Frau Strunk – eine Stute braucht die Knute.

«Das Trampeln hängt sicherlich damit zusammen, dass mein Vater die neuen Schritte vom Tanzkurs im Zimmer noch einmal in Ruhe durchgeht», sagte ich zu Frau Strunk und bat um Entschuldigung für diese Unannehmlichkeiten.

«Ich habe nicht gewusst, dass Herr Nieć Tanzunterricht nimmt», sagte sie, immer noch die Schürze zwischen ihren Händen knetend.

«Und dass er so spät nach Hause gekommen ist, liegt wohl daran, dass er bei seinem abendlichen Rundgang im

Stall eingeschlafen ist. Tanzen ermüdet.» Frau Strunk hatte Bedenken und demonstrierte dies, indem sie abschätzig prustete. «Möchten Sie mir Gesellschaft leisten?» Ich deutete auf den leeren Platz neben mir.

«Herr Kaspar», begann Frau Strunk, ohne Platz zu nehmen, «ich weiß, dass es mir nicht zusteht, mich in Ihre Familienangelegenheiten einzumischen, doch ich arbeite schon seit vielen Jahren in diesem Haus, Sie waren noch ein halbes Kind, als ich mein Vorstellungsgespräch bei Ihrer Mutter hatte, mein Gott, wie die Zeit vergeht!» Sie wirkte mit einem Mal ganz ernst. «Es geht darum, Herr Kaspar, dass ich nicht mehr schweigen kann. Ihr Vater trampelt da oben nicht nur – er singt.»

«Ist doch wunderbar, dass er singt. Lassen Sie den alten Witwer doch singen. Ich verstehe nicht, was Ihnen daran nicht passt.»

«Herr Kaspar», sagte sie mit einer Intonation, die mich auf die Palme brachte, «ich habe Verständnis dafür, dass Sie als junger Mann andere Sorgen haben und sich mit Ihren Computern beschäftigen (sie sprach es Com-puter aus, ohne j, stolz darauf, das Wort zu kennen). Aber ich kann nicht mehr schweigen. Wenn Sie es nicht sehen, dann muss Ihnen jemand doch die Augen öffnen. Als Frau hat man da Antennen, wissen Sie, eine Intuition für Veränderungen in der Atmosphäre.» Beim Wort Atmosphäre wurde es mir zu viel, und ich bat sie, endlich zur Sache zu kommen. Frau Strunk hüstelte und warf einen Blick zur Esszimmertür. Diese war nach wie vor fest verschlossen, und wenn Vater sich nähern würde, hätten ihn das Knarren der Dielen und das Wackeln des Geschirrs im Glasschrank verraten. Unbemerkt konnte man sich in diesem Hausflügel nicht bewegen. Daran hatte sich Frau Strunk auch in zehn Jahren ihrer Tätigkeit als Haushälterin nicht gewöhnt, obwohl sie genau aus diesem Grund die Suppenteller nur halb voll servierte.

«Er tanzt, er singt, und das ist noch nicht alles, Herr Kaspar», raunte sie, mich unwillkürlich anspuckend. «Er hat sich neue Unterwäsche und neuerdings einen Frack gekauft. Das teure Ding hängt im Anzugkoffer in seinem Schrank.» Ich musste lachen.

«Frau Strunk, mein Vater wollte tanzen lernen, es ist peinlich, aber ich kann das auch nicht ändern, zum Tanzen braucht man einen Frack, das ist doch klar. Vielleicht will er später auf Bälle gehen, dann hat sich die Investition gelohnt.»

«Herr im Himmel, Sie verstehen immer noch nichts», sagte sie kopfschüttelnd. Allmählich ärgerte ich mich wirklich über sie und schielte selbst zur Tür in der Hoffnung, sie könne mich einsaugen und durch das Schlüsselloch nach draußen befördern. Es gibt Pferde, die sich ähnlich benehmen. Haben sie an einem bestimmten Ort etwas Schönes erlebt, bleiben sie immer wieder an dieser Stelle stehen und sehnen mit Blicken ins Leere das einst Erlebte herbei. «Ihr Vater hat ja schon einen Frack. Ich kenne seine Garderobe, jedes Paar Socken kenne ich, wer macht denn die Wäsche im Haus?», sagte Frau Strunk gequält. «Sie verstehen immer noch nichts?»

«Nein», antwortete ich, obwohl mir die Sache mit dem neuen Frack immer weniger gefiel. Allzu gut kannte ich die Loyalität Vaters alten, unverwüstlichen Kleidungsstücken gegenüber, wie Hüten, Mänteln und Maßanzügen. Sein alter Frack, in dem er meine Mutter geheiratet und sein letztes großes Fest zum 60. Geburtstag gefeiert hatte, gehörte sicherlich zu den Dingen, denen er die Treue halten sollte. «Vielleicht passt er nicht mehr in den alten Frack?»

«Ihr Vater orientiert sich gerade neu. Hören Sie auf mich, Herr Kaspar, Sie sind jung und unbeleckt, ich hingegen wurde vom Leben schon ordentlich durchgeschüttelt. Als mehrfach betrogene Ehefrau weiß ich, wovon ich rede. Etwas Ähnliches habe ich schon mal mit meinem Mann mitgemacht. Eines Tages hieß es, Schnucki, ich glaube, ich bin zu dick, dann fing er an, Marathon zu laufen. Zuerst Minimarathon, dann Halbmarathon, dann einen ganzen, und irgendwann ist er zum Triathlon nach Ungarn gefahren, an diesen See da.»

«Balaton», kam ich ihr zu Hilfe. Frau Strunk hatte den Faden verloren.

«Marathon, Triathlon, Balaton. Wieso erzähle ich das jetzt?»

«Sie haben Ihren Mann mit meinem Vater verglichen», sagte ich, einen Gähnkrampf unterdrückend, und knurrte dabei ein wenig.

«Ja, ich möchte Ihnen einen Rat geben, von Frau zu Sohn sozusagen, wenn ich Sie sehe, muss ich immer an Ihre liebe Frau Mutter denken, Herr Kaspar. Was ich Ihnen sage, hätte ich auch ihr empfohlen.» Sie neigte sich über die Tischplatte, so dass sie mit ihren Brüsten meinen Tellerrand streifte. «Lassen Sie ihn, lassen Sie ihn einfach, und er kommt zurück. Auch mein Mann ist zurückgekommen, wahrscheinlich spürte er, dass ihn bald der Schlag treffen würde. Und so war es auch. Gestorben ist er im trauten

Heim. Mit schiefem Mund hat er mir noch gedankt.» Die letzten Worte kamen heulend heraus. Frau Strunk weinte. Ich überlegte, wie ich sie trösten sollte, da krachte es bereits im Gebälk. Sofort sprang sie auf und begann den Tisch abzuräumen, obwohl ich mein Frühstück noch nicht beendet hatte. Ich hinderte sie nicht daran. Mein Vater betrat das Esszimmer.

«Einen wunderschönen guten Morgen», sagte er und schlurfte zielstrebig zum Geschirrschrank. Frau Strunk warf mir einen Na-sehen-Sie-Blick zu und verzog sich in die Küche. Mit einer Silberschale in der Hand ging auch Vater an mir vorbei zur Tür. «Zum Üben», sagte er und presste sich die Silberschale auf den grauen Scheitel, so dass Haar und Schale für einen Augenblick miteinander verschmolzen. Anschließend wackselte das Esszimmer wieder, zuerst allgemein, dann nur der klirrende Kronleuchter, was bedeutete, dass mein Vater gerade über mir in seinem Kabinett tanzte. Ihn zu fragen, wo er die Nacht verbracht hatte, verbot mir die Angst vor seiner Antwort. Und so sollte ich ihn in den nächsten Wochen und Monaten stumm mit meinen Blicken begleiten, jedes Mal, wenn er sich im Morgengrauen nach Hause zu kommen bequemte.

XII

Zuerst weigerte ich mich zu glauben, Vater könnte, vom Verlangen getrieben, Herrn Kelly zu übertrumpfen, nach dem Tanzkurs einen Abstecher ins Bordell machen und mit dem Charme eines Altkavaliers mit irgendwelchen Rumäninnen auf die internationale Freundschaft anstoßen. Wenn man aber der Statistik über die Zahl der Bordellgänger in Österreich Vertrauen schenkt, so war es durchaus möglich, dass er zu dem überwältigenden Drittel dieser Frauenversteher gehörte. Mein Vater! Ich weigerte mich, ihm solch eine Sinnkrise zuzutrauen. Bei einem Pferdemenschen wie ihm schienen mir all die zivilisatorischen Hirngespinste wie Selbstfindung, das Hausfrauengerede über Loslassen, Neinsagen und Grenzerfahrungen inkompatibel zu sein. Das wäre so, als würde jemand, an der Quelle sitzend, verdursten. Ein Pferdemensch schöpft aus dem Vollen.

Es war bitter, doch ich musste mir eingestehen, dass mein Vater nicht mehr der Alte war. Er vertrieb sich den Stallgeruch damit, dass er tanzen ging, sich die Brust rasierte und möglicherweise noch woanders hinging. Das alles war enttäuschend, aber bei Weitem nicht so schlimm wie die Tatsache, dass er Einladungen von Menschen annahm, die er früher wenig geachtet hatte. Es war ihm auf einmal sehr wichtig, bei jenen alten Wiener Familien ein und aus zu gehen, die mit ihren Namen Schmuck und

Zierde von Boulevardzeitungen bildeten, in peinlichen Kochsendungen ihren Senf zur Weltpolitik dazu gaben und in geselliger Runde sagen konnten: Ich lache mich tot, ohne auch nur zu lächeln. Immer mehr Hiobsbotschaften kamen von Frau Strunk (Herr Nieć schläft angezogen und mit Schuhen im Bett, Herr Nieć hat sich den Körper rasiert und mit den Haaren die Badewanne verstopft). Immer seltener ließ er sich im Stall blicken, und wenn, dann nur, um seinen Lieblingspferden auf den Po zu klatschen. Da wusste ich, dass meine Chance gekommen war, um den Befreiungsschlag zu wagen. Ich brach das Informatikstudium ab und bat Vater um eine Anstellung als Stallknecht. Ich argumentierte damit, dass ich mich doch mit einem schlichten Leben an der frischen Luft, wie er selbst es bis vor Kurzem geführt habe, anfreunden könne. Frische Luft, Pferde, sagte ich, das wäre doch ein menschenwürdiges Leben, außerdem könne ich als Stallknecht allmählich die Geschäftsführung übernehmen, selbstverständlich ohne auf mein Erbe zu schielen. «Erbe? Schiele du nur!» Er lachte, zur Decke starrend, so dass ich eine Gänsehaut bekam. «Kein Problem», sagte ich, «wenn du mich nicht gebrauchen kannst, lasse ich mich bei einem Fiaker ausbilden und fahre für ihn die Touristen.» Mein Vater, der starke Gefühle für den Fiakerberuf hegte, horchte auf. Wäre er nicht so ein Snob gewesen, hätte er längst Touristen durch Wien fahren und sie mit erfundenen, aber dafür schönen Geschichten unterhalten können. Was ihn davon abhielt, war mangelnde Nächstenliebe. Weder Wien allgemein noch speziell seine beigen Sitzpolster hätte er je einem amerikanischen Rentnerehepaar in Turnschuhen oder einem mit seiner Kamera verwachsenden Japaner gegönnt. Er willigte ein, und ich wurde offiziell als Stallknecht angestellt. Wir setzten sogar einen Arbeitsvertrag auf. 500 Euro im Monat, die Summe, die ich mir früher in peinlichen Szenen zu erbetteln pflegte. Ich tat die gleiche Arbeit, die ich vorher kostenlos und unregelmäßig getan hatte, nur hatte ich jetzt doppelt so viel zu tun.

In den ersten Wochen meiner Berufstätigkeit war ich so begeistert, dass ich in meine Taufkirche, die Peterskirche, ging, um eine Kerze anzuzünden. In Gedanken machte ich einen Kniefall vor dem Altar, was ich in Wirklichkeit nie gewagt hätte, ebenso wie zur Kommunion zu gehen. Diese Scheu wurzelt, davon bin ich überzeugt, in meiner Kindheit, in der ich oft Zeuge des Spottes der Mutter auf ihre katholische Religion geworden war. Wo bei einem anderen Kind Ehrfurcht vor der Autorität gelehrt wurde, wurde bei mir durch Mutters spitze Zunge genau das ausgerottet, was Frau Strunk Antennen nannte. Eine Autorität konnte ich in der Masse anderer Größen nur mit Mühe ausmachen. Solange meine Mutter am Leben war, schimpfte sie auf die Zustände im Vatikan. Nur sie allein wusste, was sie darunter verstand. Hin und wieder nahm sie mich mit zur Kommunion, um mir nach der Messe draußen vor der Kirche mit einem Tuch über den Mund zu wischen. «Lass es dir nicht zu gut schmecken», sagte sie. Das bleibt haften. Ich meine, wie soll man dieses hastige Rubbeln mit dem Tuch aus dem Kopf kriegen? Später erfuhr ich zu meinem Entsetzen aus ihrem Tagebuch, dass sie manche Male im Jahr zur Beichte zu gehen pflegte, jedoch nicht um ihr Gewissen zu erleichtern oder dem göttlichen Mittler ihr Herz auszuschütten. Sie betrat den Beichtstuhl voller Verachtung für den Priester, der, von ihr durch ein Flechtwerkgitter getrennt, dasaß und ihr Parfüm einatmete und dabei an weiß Gott was dachte. «Ich beichte, um den Priester in Versuchung zu führen», stand in so einem Tagebucheintrag. «Ich lüge schamlos und räche mich für die intimen Fragen, mit denen mir Pater W. in der Unterprima und Pater U. vor der Firmung die Schamesröte ins Gesicht getrieben haben. Kaum zu glauben, dass ich immer noch an diesem unwürdigen Verein hänge.» Es war Hassliebe, die meine Mutter in die Kirche gezogen haben muss. Darin glich sie meinem polnischen Onkel Ernest, dem Straßenfeger von Krakau, der liebend gern angefaulte Früchte aß (vermutlich wegen der Gärungsprozesse) und sich anschließend darüber beklagte. «Wenn es nicht schmeckt, dann lass es doch einfach», empfahl ihm Vater, als sein Bruder einmal bei uns zu Besuch war. «So einfach ist das nicht, mein Lieber», sagte Ernest.

Ich fiel also gedanklich auf die Knie angesichts der günstigen Fügung der Umstände, die mich auf einen wunderbaren Gedanken gebracht hatten, möglicherweise auf eine der besten Entscheidungen meines Lebens. Vor Erleichterung kamen mir ein paar Tränen, durch deren Schleier ich zum Nepomuk-Altar hochblickte. Der heilige Nepomuk stürzt an dieser Stelle der Peterskirche vor den Augen der Gläubigen seit über 300 Jahren in die Tiefen der Moldau. Es ist ein dramatischer Anblick, dennoch wirkt das tröstliche Palmengrün in der Hand des herbeieilenden Engels wie eine olympische Fackel, die ein Athlet dem anderen reicht.

Es war sieben Uhr abends, Zeit für das unter Touristen

so beliebte kostenlose Orgelkonzert. In der Peterskirche braute sich gerade eine fromme Stimmung zusammen. Am Rand einer Bank sitzend, hätte ich in diesen Minuten gehen können, schließlich war ich kein Müßiggänger mehr, und zu Hause wartete noch Stallarbeit auf mich. Im Stall Nr. 13, wo unsere Oldies untergebracht waren, Nachtheu verteilen und Tränken auffüllen. Nach meiner Anstellung musste der ungarische Stallknecht, der uns seinerzeit den Schoßhund für Betty ausgeliehen hatte, dran glauben, so dass ich ordentlich was zu tun hatte. Ich teilte mir die Stallarbeit mit einem alten Serben. Meine Schicht war am späten Abend und in der Früh.

«Entschuldigung, dürfte ich vorbei?» Der dicke Mann mit der Wollmütze rechts von mir war in seine Andacht vertieft. Ohne mich zu beachten, hob er seine gefalteten Hände zum Mund und küsste mit einem madonnenhaften Lächeln seinen Fingerknöchel. Ich empfand das als eine versteckte Drohung. Nach einem Blick auf seine Füße, die er fromm auf die Gebetsbank abgestellt hatte, wurde mir klar, dass ich die vierzig Minuten des Orgelkonzertes über mich ergehen lassen müsste. Die vielen Plastiktüten vor den Füßen des Mützenträgers wären nur unter lautem Rascheln zu bewegen, und das war mir nicht recht. Nach links konnte ich auch nicht ausweichen, denn dafür hätte ich vier südamerikanische Matronen aufscheuchen, sich an ihren Bäuchen und Busen reiben und mitten durch die Kirche gehen müssen. Also blieb ich auf meinem Platz sitzen. Über die Schulter warf ich einen Blick ins Publikum. Die ersten heiseren Töne von der Orgelempore wirkten bereits auf die Menschen. Die Ehepaare und selbst die verliebten jungen

Pärchen beendeten ihre geflüsterten Gespräche und das Streicheln. Die einen senkten ehrfürchtig den Kopf, die anderen blickten mit entzückten, teilweise wahnsinnigen Blicken zum Kuppelfresko. Nur die wenigsten wussten, was sie da sahen, Marias Krönung im Himmel. Trüb wanderten die Blicke von Apostel zu Engel, von Erzengel zu Putte und richteten sich schließlich auf den Hochaltar oder den Katakombenheiligen in seinem geheimnisvoll glitzernden Schrein. Jene, die sich bereits zu langweilen begannen, drehten sich nach hinten zum Orgelbalkon um und fotografierten verstohlen die Spitzen der Orgelpfeifen.

Es gibt nur eines, was mich gleichzeitig amüsiert und anwidert. Menschen, die Musik fotografieren. Im Unterschied zu denen, die im Restaurant ihr Essen für das Fotoalbum ablichten, zelebrieren die Musikjäger nie den Moment, in dem sie ihr Foto schießen. Weder befeuchten sie sich die Lippen, noch lächeln sie genießerisch. Nur die Großmütter sind vor lauter Altersmilde so abgebrüht, dass sie sich ihrer Peinlichkeit nicht mehr bewusst sind. Lächelnd fummeln sie an ihren Kameras auf der Suche nach dem richtigen Fokus herum. Wann der richtige Zeitpunkt für sie ist, Bachs *Herr Gott, nun schleuss den Himmel auf* zu fotografieren, werden sie wohl selbst nicht wissen. Haben sie das Pech, in der kurzen Pause zwischen zwei Orgelstücken auf den Knopf zu drücken, verfliegt ihr Lächeln. Betrübt und beleidigt schauen sie vor sich hin im schmerzlichen Gefühl, ein Nichts fotografiert zu haben. So eine Expertin, allerdings bei Weitem nicht so alt, saß schräg vor mir bei der Kapelle der Heiligen Familie. Eben hatte sie sich der Quelle der Musik zugedreht und ein Foto geschossen, gerade als

Bachs *Herr Gott, nun schleuss den Himmel auf* verklang und Mozarts *Ave Verum* noch nicht begonnen hatte. Vor Verlegenheit schaute sie nach oben zum Kuppelfresko. Ich konnte mir gut vorstellen, dass sie die Taube des Heiligen Geistes in der goldschimmernden Kuppellaterne für eine Motte hielt. Dummheit steht ihr ins Gesicht geschrieben – diesen Spruch mochte ich noch nie. Bei der aufgetakelten Frau mit der Kamera wäre mir selbst nichts anderes eingefallen. Aber nur in diesem Moment. Als ich ein zweites Mal nach ihr blickte, hatte sie die Augen geschlossen und ließ die Orgelmusik tiefer auf sich wirken. Eine ausgesprochen hübsche Frau, dachte ich und schien mit dieser Meinung nicht allein zu sein. Der Inder neben ihr, der offenbar nicht zu ihr gehörte, musterte sie in einer derart unverschämten Art und Weise, dass ich am liebsten aufgestanden wäre, um ihm seinen Turban zurechtzurichten.

Als ich sie draußen im pietätsvollen Abstand zur Kirche ansprach, erschien sie mir weniger schön. Mit aufgemalten Augenbrauen, die deutlich höher rangierten als von der Natur zugelassen, stand sie vor mir und lächelte mich großporig an. «Darf ich Sie zum Kaffee einladen?» «Ich drinken nur Milch. Am abends», fügte sie lächelnd hinzu. «Ich habe Sie in der Kirche gesehen, wie Sie die Musik fotografierten. Das war sehr süß, und ich dachte, wenn wir schon ein musikalisches Erlebnis geteilt haben, so könnten wir auch ein Stück Kuchen teilen.» «Kuchen? Dann werden ich so dick wie du.» Sie lachte, «Sorry, das sagen. Ein Scherz. Du sehen aus wie ein richtiges Mann. Viel Mann.» Ihr Akzent erinnerte mich an meinen Onkel und seine Art, mit den jungen Bedienungen in Restaurants zu flirten, wenn er uns alle paar Jahre besuchen kam und wir ins alte Jägerhaus oder ins Lusthaus um die Ecke gingen. Das Empörende an seinem Deutsch war das Selbstbewusstsein, mit dem er es sprach. Nach dem Motto, ein blindes Huhn trinkt auch mal einen Korn, parlierte er wild drauflos und schien sich weder um seine Phantasiegrammatik noch um die Reaktion seines Gegenübers zu kümmern. Er merkte nicht einmal, dass ich rot wurde, mein Vater verlegen unter den Tisch schaute und so tat, als hätte er dort etwas Hochspannendes entdeckt. Wenn keiner seiner Scherze wirkte und die Kellnerin immer noch nicht lächeln wollte, deklamierte er, was ihm aus drei Jahren Deutschunterricht haften geblieben war: Ich bin Peter, und du bist Paul, ich bin fleißig, du bist faul. Bei den Wörtern Peter, Paul, fleißig und faul versäumte er es nicht, auf sich oder auf die junge Kellnerin zu zeigen. Der fleißige Peter vermochte auch damit die Bedienung nicht für sich zu gewinnen. «Kommen Sie aus Polen?» «Ungarn», sagte sie und zeigte in die Richtung, in der sie den Osten vermutete. «Sorry, Schatz, ich gleich arbeit muss.» Dann drehte sie sich um und ging. Als sie den knienden Kaiser Leopold an der Pestsäule fotografierte, sprach ich sie wieder an. Was ich von mir gab, muss so schlecht gewesen sein, dass ich ihr Mitleid erregte. «O.k. Schatzi», seufzte die Ungarin. «Komm zu meine Arbeit, und wir essen Gulasch dort, o.k.?» Ich nickte, mehr beschämt über meine eigene Bedürftigkeit als glücklich über den Erfolg.

«Wohin fahren wir?», schnaubte der Taxifahrer. «Zum Exzess», sagte die Ungarin und nannte die Straße. «Gentlemen's Club», fügte sie katzenhaft hinzu, während sie sich umdrehte und mich unter ihren Bleistiftbögen anblinzelte. «Alles klar», sagte der Taxifahrer, und ich war froh, dass er mich in diesem Moment nicht im Rückspiegel anblickte. Während der gesamten Fahrt schwieg er auf eine wohltuende Weise, so dass mein Schweiß trocknen und mein Gesicht wieder seine gewöhnliche Farbe annehmen konnte. Auch die Ungarin schwieg. Obwohl sie vorne saß, sah ich von der Rückbank, wie ihre rechte Wange ab und zu runder wurde, durch ein Lächeln, das mir und nicht nur mir galt, als würde sie durch meine Person die Wurzel ihres Tages ziehen. Es war alles falsch. Ihre Augenbrauen, ihr blauer Pelzkragen, der durch eine viel zu große Kunstdiamantenbrosche zusammengehalten wurde, ihre Fingernägel mit dem quadratischen und milchig weißen Rand. Ich selbst war fehl am Platz wie selten in meinem Leben. Die beiden da vorn hätten wenigstens untereinander ein Gespräch führen können, ich fing schon an zu glauben, sie wären Komplizen und ich würde gleich ausgenommen werden wie eine Weihnachtsgans. Im gelben Licht der Ampel glitzerten die Ohrringe, die Haarnadeln und der Mund der Ungarin wie der Katakombenheilige im Schrein der Peterskirche. Sprang es um auf Grün, und der Wagen fuhr an, so glaubte ich zu hören, wie sich zum Klappern des Falschgolds das Knirschen der Knochen und Gelenke des heiligen Gerippes gesellte. Diese Frau war mir unheimlich.

XIII

Nach der Lektüre eines Romans, in dem ziemlich oft Wörter wie Wendung, Schicksal und Fügung vorkamen, erhob sich für mich immer wieder die Frage, ob wir wirklich die handelnden Personen in unserem Leben oder bloß Spielbälle sind, die seit Urbeginn der Welt ein Zufall dem anderen zuwirft. Millionen meinesgleichen werden nach einer Rechtfertigung für diese oder jene Belanglosigkeit in ihrem Leben gesucht haben, nach einem Sinn, einer höheren Aufgabe, nach einem geheimnisvollen und den Alltag adelnden Mehr. Während eine Hausfrau vor dem Fernseher, an der Seite ihres schnarchenden Mannes sitzend, an ihren Geliebten, den Installateur, eine heiße SMS schickt («Du bist mein Seelenpartner, Schatz, ich weiß das jetzt»), während ein junges Liebespaar ein Kofferschloss mit der Inschrift «Teddy + Gaby forever in love» am Brückengeländer des Pont des Arts anbringt und während ich selbst beim Lesen einer Vampirsaga mit den Tränen kämpfe, ist an etwas anderes als an Sinn und Ordnung im Universum schwer zu glauben – so muss es sein und nicht anders. Schade eigentlich. Ein Chaoskonzept als von der Gesellschaft akzeptiertes Weltbild wäre eine angenehme Erfrischung. Intime Bande wären nicht so erdrückend, auf die Religion könnte man endlich verzichten und stattdessen ein Produkt der ungezügelten Phantasie unter die Leute bringen, die noch Lust auf fromme Verschönerung des Alltags verspüren. Ein Spielball der Zufälle will ich nicht sein und bin es doch, seitdem mein Vater auf meine Mutter geklettert ist und sie geschwängert hat. Jede Entscheidung, die ich treffe, erscheint mir unter solchen Umständen erzwungen. Deswegen widert mich das Gerede vom freien Willen so an. «Nur im Freitod seien wir frei und im wahrsten Sinne human», sagt der greise und lebenssatte Ritter Olwimar im Finale der hirnerweichenden und von mir heiß geliebten siebenbändigen Vampirsaga *Ruhm den Helden*, bevor er sich sein Schwert in den Bauch rammt. Wegen solcher Weisheiten war ich vom Gamer zum Leser geworden.

In der Zeit, in der ich noch im Glauben lebte, meine Mutter wäre im Gardasee ertrunken, dachte ich besonders viel über das Schicksal nach. Als Teenager erschien es mir absurd, einen See für ihren Tod verantwortlich zu machen. Ich haderte lange damit, keinen Schuldigen ausmachen zu können. Meiner Mutter selbst die Schuld zuzuschieben weigerte ich mich, ebenso einem der Steine, gegen die sie beim Tauchen mit dem Kopf geprallt sein sollte.

Bei einem der Besuche von Onkel Ernest in Wien kam das Gespräch wieder auf den Unfall. «Selber schuld, wer betrunken schwimmen geht», murmelte Ernest, der meine Mutter nicht anders als angeheitert erlebt hatte. Wir saßen in einem mittelmäßigen und teuren Restaurant, das auf die typische Wiener Küche spezialisiert war. Eine Kapelle spielte, die aus lauter Repräsentanten der Provinzen des altösterreichischen Vielvölkerstaates bestand. Ungarische Edelmänner in Husarentracht mit Hüten aus Polyestertigerfell waren darunter, Serben mit schwarzen urnenförmigen

Filzhüten und kindisch gemusterten Socken und Ruthenen in speckigen Schafspelzen, die ihren Gestank bis zu unserem Tisch verbreiteten. In den Räumen herrschte ein Lärm wie in der Hölle. Mein Vater, der an einen dekorativen Kachelofen gelehnt dasaß, brüllte seinen Bruder quer über den Tisch an: «Du sollst kein dummes Zeug reden.» Dabei rollte er in meine Richtung mit den Augen, wie um zu sagen: Vergiss nicht, wer neben dir sitzt. Da die Beziehung zwischen den beiden eine Zeit lang nicht sonderlich innig war, nehme ich an, dass Ernest mit der offiziellen Version des Todes seiner Schwägerin vertraut war.

«Schmeckt dir dein Zigeuner-Gulasch?», fragte Vater, um auf ein anderes Thema zu kommen. Onkel Ernest schüttelte den Kopf und deutete auf die Kapelle. «Die da, die spielen extra so laut, um die Sinne der Touristen überzustrapazieren. Bei dem Lärm stumpft ja jeder ab. So merkt man nicht, wie schlecht das Essen ist. Was dem Inder die Schärfe im Gammelfleisch ist, ist dem Wiener offenbar seine Kapelle», fügte Ernest hinzu und aß sein Gulasch trotzdem auf, im Unterschied zu seinem Bruder, der die serbischen Kräuterrouladen leicht zerwühlt auf dem Teller zurückließ.

Dennoch denke ich in Dankbarkeit daran zurück. Mein Onkel hatte das Kind beim Namen genannt, indem er der Toten die Schuld an ihrem Tod gegeben hatte. Sie hätte nicht betrunken schwimmen sollen. Sie hätte nicht trinken sollen. Sie hatte keinen Grund, zu trinken und unglücklich zu sein … Mein Gott, wie einfach kann doch das Leben sein! Obwohl ich ihn an diesem Abend hasste, waren seine Worte eine Offenbarung für mich. Und es ist sein Verdienst, dass ich meine Mutter als aktive Gestalterin ihres Lebens und Todes sehe, ebenso wie den Rest der Menschheit.

Für mich ist es ein Fakt, dass ich in jedem Augenblick meines Lebens unbewusst oder bewusst folgenschwere Entscheidungen treffe. Jeder Schritt wird auf die Goldwaage gelegt. Ich laufe nie bei Rot über die Straße, auch nicht bei Gelb, ich fahre kein Auto, ich nehme ab 18 Uhr keine Aufzüge, um nicht stecken zu bleiben. Werden Nüsse als Snack in einer Schale zum Sekt angeboten, so benutze ich immer den Teelöffel, weil ich mir zu schade bin, einem lächerlichen Bazillus zum Opfer zu fallen. Böse Zungen würden mich einen Angsthasen nennen. Manche sogar einen Hanswurst. Ich hingegen sehe mich als einen vorsichtigen Menschen, der niemals leichtsinnig sein wird, auch wenn ihm die schönsten Aussichten zuwinken, denn Leichtsinn ist gegen meine Natur.

Mein Benehmen außerhalb der Peterskirche konnte ich mir selbst nicht erklären. Wie in Trance ließ ich mich durch die halbe Stadt chauffieren. Ich handelte völlig gegen meine innere Stimme, die mich zu Vernunft und Vorsicht aufrief. Mein trotziger Wunsch, die Unbekannte kennenzulernen, war längst durch einen starken Widerwillen abgelöst worden. Dennoch verbot mir etwas, an einer roten Ampel auszusteigen, ein anderes Taxi zu nehmen und nach Hause zu fahren.

Da saß er im aufgeknöpften Hemd, mit seiner in die Brusttasche gestopften Krawatte an der Bartheke und studierte die Getränkekarte, während sich direkt über ihm eine Tänzerin im Nonnenkostüm mit dem Hintern an einer Feuerwehrstange rieb, als hätte sie ein Ekzem. Ich traute meinen Augen nicht und blickte mal auf sie, mal auf den Vater, der sich, ins Lesen vertieft, die Lippen leckte. Die Nonne lüftete gerade ihre Robe, als er den Blick hob. Wir müssen uns eine Ewigkeit lang angeschaut haben. «Was drinkst du, Schatzerl», hörte ich die Ungarin neben mir sagen, «erster Drink gehe auf Haus. Jin tonic, Congnac, Mojito?» Sie krallte sich an meinen Arm und zerrte mich zur Bartheke, die als rosig erleuchtetes U in der Mitte des Raums aufragte. Die Insel der Glückseligen. Nun saß ich Rücken an Rücken mit dem eigenen Vater. Nachdem sie mir mein Begrüßungsgetränk organisiert hatte (was das war, weiß ich nicht mehr), befahl sie mir, nach oben zu schauen – zur Schutzmantelmadonna, wie ich die Tänzerin im Nonnenkostüm getauft hatte. Den Moment ihres Verschwindens hatte ich nicht bemerkt. Mit dem Rücken horchte ich gleichsam hinter mich. Mit den Augen war ich bei der Nonne, die inzwischen ihr Gewand abgelegt hatte und nun auf Rodeoart mit ihrem Rosenkranz wedelte.

«Kitsch kann manchmal richtig bezaubernd sein, nicht wahr», sagte Vater, der plötzlich mit einem milchig trüben Cocktail neben mir stand. Er blickte zur nächsten Nackten hoch, die hüftschwingend die Nonne abgelöst hatte und mit mehr Drama als Geschick um die Stange zu kreisen begann. «Hast du mir nachspioniert?» In der kargen Beleuchtung fiel mir sein Gebiss unangenehm auf. Es war strahlend weiß, nicht einmal porzellanbeige oder elfenbeinfarben, wie es sich für einen alten Elefanten gehörte. Er hat sich seine Zähne bleachen lassen, dachte ich, blickte nochmals zum Vater und bekam einen Schweißausbruch. So breit hatte er noch nie gelächelt. Und überhaupt passte das alles nicht zu ihm. Wie oft hatte er Witze über seine gleichaltrigen Bekannten aus der Wiener Gesellschaft gemacht, lauter geschniegelte und braun gebrannte Herren in quietschbunten Hosen, die selbst beim Zuhören ihre Zähne bleckten. So saß ich neben ihm und wartete, bis er aufhörte zu grinsen. Onkel Ernest kam mir dabei in den Sinn, der bei einem seiner letzten Besuche den Chefkellner in einem Restaurant so trefflich beschrieben hatte. Gute Zähne seien die Rolex des kleinen Mannes, man könne sie nicht oft genug zeigen.

Bald begann die Blondine, seltsame Verrenkungen zu vollführen, die komplizierteste war allem Anschein nach das Schnippen der Schere, das sie mit ihren Beinen imitierte, während sie fast waagerecht an der Stange hing. Mit zusammengebissenen Zähnen schnippte sie mit ihren dünnen Beinchen in Richtung einer Gruppe junger Männer, die alle das gleiche T-Shirt trugen und bis auf einen von ihnen alle kugelrund waren. Don´t feed the models lautete die Inschrift.

«Wenn du mich jetzt fragst, warum ich hier sitze, so erlaube mir bitte in diesem Fall eine Gegenfrage. Warum hast du nicht zu Ende studiert?» Mir fiel nichts ein, und ich zuckte nur mit den Schultern. Eigentlich interessierten mich, jetzt, wo ich neben ihm saß, seine Gründe wenig. «Du hast dich doch als Kind für Computer interessiert», fuhr er fort. «Für Computerspiele», fiel ich ihm ins Wort. «Und eines hast du selbst sogar entworfen. Wer hat deinen Ministand auf der Cebit vor ein paar Jahren finanziert?» «Du», sagte ich. «Ich war so stolz auf dich!» «Ist leider nichts daraus geworden. Kluge Spiele sind wohl für die Dummen zu anstrengend und für die Klugen zu langweilig», antwortete ich und ergänzte: «Informatik ist nichts für mich. Ich habe mich zu Tode gelangweilt.» «Siehst du, siehst du!», rief er aus. «Ich habe mich auch gelangweilt, darum haben wir uns auch hier getroffen.» «Und deine Pferde? Waren sie nicht dein Ein und Alles?», stammelte ich. «Nein», sagte Vater und wandte sich mir zu. «Ich liebe meine Pferde. Doch sie können deine Mutter nicht ersetzen. Du wunderst dich sicher, warum ich erst jetzt zu dieser Erkenntnis gekommen bin?» Ich nickte. «Herr Kelly hat mich daran erinnert. Trinken wir auf ihn. Und auf die junge Frau Elisabeth.» Die Eiswürfel klirrten. Ohne anzustoßen, trank jeder von uns sein Getränk. «Kannst du rechnen?», fragte er lächelnd. «Dann ist dir wohl klar, dass ich in meinem Alter zu alt für eine Midlife-Crisis bin. Die hatte ich, als ich dich gezeugt habe. Ich hole einfach etwas vor dem Tod nach», er zeigte auf die blonde Akrobatin, die die Tanzfläche kurzfristig verlassen hatte, um einen der Jungs im provokanten T-Shirt mit ihren Brüsten zu ohrfeigen. Damit endete ihre Nummer auch. «Schau dir die Mädels an. Sie haben noch ihr ganzes Leben vor sich. Es gibt einige, die aus einer Art Nächstenliebe heraus, nun, du weißt schon, ihre Reize verkaufen.» «Nehmen sie dafür kein Geld?», fragte ich. «Sicher nur pro forma, um den Kunden nicht zu verletzen. Solche Frauen sind die Ausnahmen. Zum Beispiel das Engelchen in der Kunststoffjacke, mit dem du dich unterhalten hast, Jessi oder Teffy heißt sie, wenn ich mich nicht irre, sie ist so ein Fall. Eine Mutter Teresa. Als ich dich mit ihr in der Tür sah, habe ich Angst bekommen. Ich dachte, dir ist etwas passiert. Sie ist ja für die Behinderten zuständig, die Einzige in Wien, die Männer ohne Beine oder Arme …» – er suchte nach Worten – «bedient. Rollstuhlfahrer und so weiter. Bewundernswert.» Wir schwiegen, und ich begann in Vorahnung dessen, was ich noch zu hören bekäme, ganz leise den Kopf zu schütteln. Doch es kam nichts Schlimmeres. Auch Teffy oder Jessi, die mich hierhergebracht hatte, ließ sich unten nicht mehr blicken.

XIV

«Ich habe eine Idee», sagte ich. Vater blickte auf. Vergnügt
saß er mir gegenüber am Frühstückstisch, wie am vorigen
Tag im Perlhuhnlicht der sich langsam drehenden Discoku-
gel. Wir hatten das letzte Mal an seinem Geburtstag vor wenigen Monaten gemeinsam gefrühstückt, und ich wusste,
er hatte das nicht mir, sondern der Tradition zuliebe getan.
Mit einer Die-Mutter-hätte-sich-gefreut-Miene hatte er sich
von Frau Strunk bedienen lassen, bevor er mit seiner kleinen Reisetasche für zwei Tage verreist war, nach Mailand,
wie wir später erfahren hatten. In die Scala. Als wären frü-
here Kommentare bloß heiße Luft gewesen: Kunst sei völlig überschätzt oder, auf Aquarelle und Pastellmalerei ge-
münzt: schade um die Bäume. Mit einem Gemälde, das
weder repräsentierte noch Archivierungszwecken diente,
tat er sich immer schwer. Was Musik anbelangte, so hatte
ich Vater bislang nur beim Hören von Marschmusik ent-
spannt erlebt, ohne dass er gleich die Nase rümpfte. Als ich
ihn fragte, warum es aus den Lautsprechern auf den Pferde-
koppeln ein paar Stunden am Tag so laut scheppere, erklärte er mir, dies sei Marschmusik. Er liebe Marschmusik,
weil die Pferde sie lieben, dies habe er noch in Polen bei
den Militärparaden erkannt, wenn die sonst so schläfrig
matten Pferdeaugen aufleuchteten, sobald die Kapelle auf-
spielte. Da sei Rhythmus drin, sagte er, der ewig wieder-

kehrende, gleiche Rhythmus, der klar und geradlinig dahinfließe und die Tätigkeit unterstütze wie ein Korsett. Und was brauchten Pferd und Mensch? Tätigkeit. Eine Aufgabe. «Welche Aufgabe? Die Pferde stehen nur herum, und zu deiner Marschmusik haben Millionen von Soldaten jahrhundertelang einander und dazu ihre Pferde niedergesäbelt und abgeschossen», spottete Mutter, die selbst regelmäßig die Annenpolka zu summen pflegte, ohne sich daran zu stoßen, wer alles zu diesen Klängen gestorben war. Vater winkte ab. Genießen sei auch eine Aufgabe. Seitdem wusste ich, warum bei uns unter den Bäumen Parade-, Sturm- sowie Hochzeitsmärsche liefen und die Stallknechte spaßeshalber, wenn sie sich unbeobachtet fühlten, ihre Mistkarren im Marschschritt vor sich herschoben.

«Du und Ideen, da bin ich aber gespannt», sagte er. Draußen zerfloss alles im Nebel. Nicht einmal das Gitter des Verandabalkons war noch zu sehen. Hinter dem Haus klackerte eine Gartenschere, die der Buchsbaumhecke ein letztes Mal in diesem Herbst einen perfekten Nachtkastenschnitt verpasste. In der Ferne jaulte eine Motorsäge. «Als ich mich heute früh angezogen habe», begann ich, «habe ich an dieses Mädchen gedacht, das Jessi oder Teffy und in Wirklichkeit sicher Ildikó oder so heißt, und dass es ein großes Herz haben muss, wegen der Sache mit den Behinderten, die sonst an keine normale Frau herankommen. Sind Behinderte keine Menschen? Natürlich sind sie es, auch sie wollen Liebe und haben Lust. Die meisten leben und sterben unter Garantie als Jungfrauen. Rein und raus, entschuldige, dass ich das bei Tisch so sage, wie soll das gehen ohne ein barmherziges Wesen an deiner Seite, wenn du in deinem Rollstuhl nur mit den Ohren wackeln kannst? Jedes Bordell sollte behindertengerecht sein und ein paar Spezialistinnen für besondere Gäste haben. Breite Türen, niedrige Betten, ein Kran am Whirlpool ...», ich geriet ins Schwärmen. Ein bordeauxrotes Gewölbe mit wandernden Perlhuhnpunkten schien in diesem Moment versöhnlich auf mich herabzuschauen. «Exzess. Hier bist du Mensch. Hier darfst du es sein. Als Hure würde ich mich bei einem Behinderten besser fühlen als bei dir zum Beispiel. Nimm es mir nicht übel. Beim Behinderten hätte ich das Gefühl, etwas Gutes zu tun, eine Hilfeleistung fast. Ja, es muss ein gutes Gefühl sein, Menschen mit einem körperlichen Defekt zu helfen, damit sie sich ein bisschen dreckig fühlen können inmitten all der anrüchigen und verbotenen Früchte, ein wenig wie echte Freier. Auf jeden Fall leben die Behinderten wie die Huren am Rande der Gesellschaft. Sie müssen sich schon allein deswegen gut verstehen. Die Aussätzigen treffen auf das fahrende Volk.» Mein Vater lachte. «Du hast von einer Idee gesprochen», sagte er schließlich. «Wäre das nicht ein Geschäftsmodell – ein Bordell für Spastiker und Querschnittsgelähmte, für Kleinwüchsige und Blinde? Eine gute Location sollte es sein, am besten in der Nähe einer Privatklinik oder einer evangelischen Kirche, ein nettes, solides und nicht allzu breites Haus, um die Jahrhundertwende gebaut, vor den Augen der gutbürgerlichen Nachbarschaft, so dass jeder sehen kann: Hier wird denen fachmännisch geholfen, die mit ihrem Rollstuhl nicht in jede Bäckerei hineinfahren können, um sich eine Semmel zu kaufen. Eine Vorzeigeeinrichtung also. Von außen dürfte sie aber nicht allzu steril sein. Etwas

Rotes sollte schon die Aufmerksamkeit erregen. Ein rotes Kreuz wäre ideal, doch leider ist das Logo schon besetzt. Ein Herz im Rollstuhl? Könnte nach einem Defibrillator aussehen. Eine rote Rose in einem Rollstuhlrad? Ich stelle es mir sehr schön als ein im Wind schwingendes Aushängeschild vor. Was sagst du dazu?»

«Schlechte Idee. Abgelehnt», sagte er. «So ein Behindertenbordell ist eine fragwürdige Sache. Was ist denn mit den Mädchen? Als Puffvater würdest du sie im selben Stil melken wie jedes andere Bordell und ihnen das ohnehin marode Fundament ihrer Zukunft noch mehr untergraben.» Mein Vater hatte recht. Ich gab es ungern zu, musste es aber zugeben. Die staunend, beinahe ungläubig gehobenen Augenbrauen der Ungarin schwebten mir vor. Vielleicht hatte ich ihren stupiden Gesichtsausdruck in der Kirche mit großer Müdigkeit verwechselt? Wahrscheinlich hatte sie ihre Augenbrauen absichtlich so hoch gemalt, um die Enttäuschung über ihr Leben hinter dem ewigen Staunen zu verbergen.

«Ich habe eine andere gute Idee», sagte ich wenige Tage später. Mein Vater blickte auf. Metallgrau hob sich die Iris vom geröteten Augenweiß ab. Wenn er böse schaute, und das tat er in diesem Augenblick, schimmerte in seinem Blick seine heimliche Berufung auf, von der er wohl nichts ahnte, nämlich die zum Metzger. «Was, schon wieder?», fragte er und klingelte im selben Moment mit dem Silberglöckchen. Frau Strunk erhob sich von ihrem Platz am Kachelofen. «Sie haben gerufen?» Mein Vater drehte sich mit verzerrtem Gesicht um. «Sie sind nicht in der Küche?» Ich wechselte einen langen Blick mit der Haushälterin. «N-n-nein, Herr

Nieć, ich bin hier.» Der Vater rieb sich verlegen die Hände, «Ich wollte Sie um ein ... um einen Orangensaft bitten.» «Die Karaffe steht ja vor dir, Papa.» Ich lachte. Der Vater lachte mit. Frau Strunk setzte sich und schlug wieder das von ihren Ölfingern scheckige Kronen-Blättchen auf. Über den Zeitungsrand hinweg glitt ihr Blick jedoch zur Karaffe auf dem Tisch, um sich nochmals zu vergewissern, dass dies kein Traumgebilde war. «Also. Ich hatte so eine Idee», fuhr ich fort. «Unser gemeinsamer Ausflug zu deinem ... Tanzkurs hat mich ein bisschen nachdenklich gemacht.» Vater warf mit rollenden Augen einen flehentlichen Blick auf Frau Strunk. Diese saß immer noch hinter ihrer Kronen-zeitung und schien zu lesen. Sie wollte sich die Gelegenheit nicht nehmen lassen, einem Vater-und-Sohn-Frühstück beizuwohnen und sich am Feuer der guten alten Zeiten zu wärmen.

«Es geht mir nicht aus dem Kopf, dass es behinderte Menschen gibt. Das hat mich irgendwie sehr beunruhigt.» «Mach dir keine Sorgen», sagte er, «das ist nicht anste-ckend.» Ich wusste nicht, ob er einen Scherz gemacht hatte oder ob er es wirklich so meinte. «Nach all dem, was ich von dieser Jessi-Teffy weiß, habe ich das Bedürfnis, etwas ähnlich Gutes zu tun, ich meine, sie tanzt mit den Behin-derten, das ist schon sehr human. Schau dir unsere Gesell-schaft an, Menschen gehen lieber gegen die Vergewalti-gung von Frauen im fernen Indien auf die Straße ...» – «Und fördern Kinderarbeit durch den Kauf von billiger Klei-dung», unterbrach mich Vater. «Genau», sagte ich, «für Behinderte gibt es nur Mitleid, aber wenig tatkräftige Hilfe. Das Tanzen, du weißt schon, ist eine Freude für wenige

Stunden. Was bleibt davon?» «Wohl nur eine schöne Erinnerung», sagte er lächelnd. «Das ist zu wenig, findest du nicht?» «Mir reicht es vollkommen», sagte er und blickte schuldbewusst unter den Tisch. «Für dich, Papa, mag es reichen, aber für einen behinderten Menschen, einen Quasimodo sollte es ein bisschen mehr sein. Mehr Schwung, etwas Erhebendes. Etwas Besseres als... Tanzen, und da dachte ich mir, wo wir schon so viele brave, alte Pferde haben, könnten wir doch ein Pferdetherapiezentrum gründen. Für Behinderte.» «Bist du übergeschnappt?», rief Vater, so dass Frau Strunk schreiend aus ihrem Traum erwachte. «Sonst noch was? Soll ich vielleicht die dicken Ponys an die Bettler von Wien verschenken, für ein Grillfest im Prater?» «Aber sie stehen die meiste Zeit nur herum, du hast doch keinen Kontakt mehr zu deinen Tieren!», warf ich ein. Er schwieg, und ich hörte, wie Frau Strunk ihre Kronenzeitung zusammenlegte. «Ich und kein Kontakt mit meinen Tieren?», schrie Vater. «So, ich spanne gleich an. Und du kommst mit», fügte er bestimmt hinzu. «Aber Papa!» «Nix Papa!», bellte er an der armen Frau Strunk vorbei, die aufgestanden war und mit ihrem kläglichen Blatt zwischen uns gehen wollte.

Es ist eine Zumutung, in wohlhabenden Verhältnissen aufgewachsen zu sein und bei jeder Gelegenheit dafür büßen zu müssen. Als Kind hat es mich nie gestört, Frau Strunk oder ihrer Vorgängerin Frau Bolling beim Kartoffelschälen oder Gemüseputzen zu helfen. Ich nahm das als pädagogische Maßnahme hin, so wie eine Bastelstunde an der Schule, nach dem Motto: Es bringt nichts, schult aber die Hand. Das Geschirrputzen, damit meine ich natürlich nicht das Speisegeschirr, empfand ich auch als sehr angenehm. Ich konnte mich zwanzig Minuten lang einer einzigen Messingschnalle widmen, sie musste blinken wie ein Stern in der Nacht. Wenn niemand in der Geschirrkammer war, probierte ich die maßgeschneiderten Strohkumte an, ich legte sie mir über die Schultern wie einen Pelzkragen und betrachtete mich in einer perfekt abgebrochenen Spiegelscherbe, die in einem Winkel über dem Kanonenöfchen hing. Früher musste es ein billiger, ovaler Ganzkörperspiegel gewesen sein, einer der Stallknechte hatte das Bruchstück in seinem Zimmer zurückgelassen. Als hätte jemand von außen ein Stück Wand abgebissen und der Himmel luge durch das Loch hervor – so sah die Geschirrkammer aus, wenn man sie gedankenverloren betrat und einen flüchtigen Blick in jenen Winkel des Raums warf, wo die Spiegelscherbe hing. Die Illusion gelang jedoch nur dann, wenn man sie nicht erwartete. An das gegenüberliegende Fenster durfte man gar nicht denken. Am liebsten war ich hier an Sommernachmittagen, wenn das Licht stahlblau in der gespiegelten Fensterscheibe zerfloss, umgeben von Leder, das nach Pferdeschweiß und Bienenwachs duftete. Seit dem Tod meiner Mutter empfand ich weihnachtliche Gefühle nur in diesem Raum, und das nicht nur in der Weihnachtszeit. Vor dem geschmückten Christbaum im übertrieben hohen Wohnzimmer saß ich hingegen wie vor einer lästigen, überkandidelten Tante. Man ertrug sie, weil sie schon immer da gewesen war. Für mein Leben gern habe ich Geschirrschnallen und Metallringe geputzt. Am liebsten die Kopfstücke mit dem länglichen Lederteil und einem ziselierten Messinghalbmond am unteren Ende. Diesem kleinen Ding, das man Spieler nennt, galt meine ganze Zärtlichkeit. Ich liebte die Gegenstände nicht nur ihrer Schönheit wegen, sondern weil sie wohlklingende und geheimnisvolle Namen trugen. Der Spieler, der Blendriemen, die Schweifmetze, die Oberblattstrupfe. Ich brachte sie alle auf Hochglanz. Wahrscheinlich habe ich dabei einmal vor Vergnügen gelächelt und Vater damit verärgert. Jahrelang gehörte diese Arbeit dann nicht mehr zu meinem Aufgabenbereich.

«Na, bist du auch einer, der beim Wort Geschirr an die Küche denkt?» – das war eine der Fragen, mit denen Vater das Humorpotenzial seiner männlichen Gäste testete, bevor er sich mit ihnen nach dem Essen in sein Kabinett zurückzog. Dass er mich von den Männerrunden ausschloss, war auch eine Zumutung. Als Knabe litt ich sehr darunter. Intuitiv wusste ich damals schon: Mein Status als Kind war noch wackeliger als der einer Ehefrau. Ich hatte keine Ahnung, war von Grund auf unwissend, dazu kam noch meine Langsamkeit. Schlagfertig, witzig und geistreich, das waren die anderen. Ich hingegen war bereits nach dem ersten Satz disqualifiziert. Wenn ich wieder mal in einer geschwätzigen Damenrunde zurückblieb, sagte ich mir: Warte nur ein paar Jahre ab, wenn du 16, 18, 20 bist, werden sie dir schon auf die Schulter klopfen und dich wie ihresgleichen behandeln. Dass sich an meinem unmündigen Status im Laufe meiner Jugend nichts ändern würde, hätte ich mir nie gedacht.

Von einem fairen Vater (das Wort ‹liebender› will ich gar nicht in den Mund nehmen) erwarte ich, dass er in der Lage ist, einen guten Vorschlag von einer Schnapsidee zu unterscheiden. Möge der Vorschlag seinen Wunschvorstellungen auch nicht entsprechen – so etwas wie einen ultimativen Gütestandard muss es doch geben. Offenbar war ihm die Begeisterung, mit der ich vom Behindertenreitzentrum gesprochen hatte, ein Dorn im Auge, darum ließ er mich abblitzen, ähnlich wie damals, als er gemerkt hatte, wie viel Spaß mir das Putzen von Pferdegeschirr machte.

«Du willst alles Menschliche an mir ersticken», sagte ich, nachdem Vater auch Frau Strunk angebrüllt hatte, sie solle ein Revolverblatt wie die «Krone» zum Fensterputzen nehmen. Weinend rauschte sie aus dem Zimmer. Auch ich rückte meinen Stuhl zurück. Geräuschlos, als schlösse ich die Tür zu einem Krankenzimmer. Das war nun mal meine Art, mich im Haus zu bewegen. Treppen herunterzupoltern, Türen zu knallen, in einer Teetasse beim Umrühren mit dem Löffel zu klirren oder laut zu niesen, all das wurde mir systematisch abgewöhnt, so dass ich nur ganz selten noch merkte, wie langweilig ich war. Ich sagte: «Mehr gönnst du mir einfach nicht, als in stummer Dankbarkeit dein Heu zu kauen.»

Mein Vater setzte sich hin und stand dann wieder auf. «Kaspi…» Unter anderen Umständen hätte ich «Kaspi» gerne gehört. Ich wäre sogar gerührt gewesen, aber so klang es falsch, und es fühlte sich auch falsch an. Er trat einen Schritt auf mich zu. Mit einem zuckenden Lid, händereibend stand er vor mir da und murmelte etwas von «Kaspi». «Ich wünschte, du hättest mich all diese Jahre wissend gedemütigt, absichtlich manipuliert», sagte ich. «So wäre ich wenigstens das Wunschprodukt deiner Anstrengungen und nicht ein Zufalls-Etwas. Manipuliert und gedemütigt hast du mich aber unwissend, weil es deine Natur ist. So ist es doch, Papa. Und diese ewigen Computerspiele, die du mir geschenkt hast, was hast du dir dabei gedacht?» «Du hast sie doch gerne gespielt», sagte er. «Natürlich!», rief ich. «Weil du sie mir geschenkt hast, du, mein Vater! Der schlaue Erfinder, der Patentkönig. Meine Bücherregale sind mit Computerspielen vollgestopft. Tomb Raider, Monkey Island, Dead or Alive und wie sie alle heißen. Schau mich doch an.» Ich nahm meine Brille ab. «So sehe ich ein Ei vor mir und so», ich setzte die Brille wieder auf, «meinen Herrn Papa. Während ich mit blutunterlaufenen Augen wie ein Karnickel irgendwelche Bösewichte geköpft habe, habt ihr euch Bücher geschenkt, mit Schleife und einem Buchsbaumzweig, zu jedem Anlass und auch ohne, die Bibliothek ist unser ganzer Stolz, war das nicht der Spruch, mit dem du Horden von Gästen durch das Haus geführt hast? Euer Stolz, und was war dann mein Stolz? Super-Mario?» «Du hast aber auch gern gelesen. So ist es nicht», sagte er. «Klar habe ich gern gelesen», sagte ich. «Nach Jahren Monkey Island nimmt auch ein Affe mal ein Buch in die Hand.» «Meine Bibliothek stand dir immer zur Verfügung. Ich weiß nicht, was du willst.» «Deine Bibliothek, deine Tabatierensammlung, deine begehbare Garderobe, deine Pferde und Kutschen, deine, deine, deine, merkst du nichts? Du kannst nur von dir reden. Und wenn ich einmal im Leben einen Herzenswunsch habe, eine kleine Ambition, die noch dazu sinnvoll ist, wird es dir gleich zu viel.»

Mein Vater setzte sich wieder an den Tisch, stopfte sich seine Serviette in den Kragen und begann die kalten Reste vom Rührei aufzuessen. Einige Male schlug er mit der Gabel gegen seine gebleachten Zähne. Er weinte. Seine Augen waren mit einem Mal klein und traubenmosttrüb. So sah er auf verblüffende Art Stardust ähnlich, dem uralten Huzulenpony mit fortgeschrittener Mondblindheit, das vor einigen Jahren von der Herde getrennt und auf die Rentnerkoppel gestellt werden musste, wo es selbst mit den klapprigsten seiner Art nicht klarkam. Stardust konnte eben nur Schatten sehen. Ich stand vor einem Dilemma. Eigentlich sollte ich meinem Vater (so hatte er mich nun mal erzogen) Gesellschaft leisten und aus Anstand wenigstens eine Tasse Tee mittrinken. Da er aber nicht nur in sein Essen, sondern in so etwas Intimes wie Weinen vertieft war, fühlte ich mich nicht berechtigt, ihm dabei zuzuschauen. Mutter hatte das auf eine wohltuende Weise tun können. Allein, indem sie mich anschaute, stillte sie Tränen. Dieser Blick hatte etwas Zurückhaltendes, etwas vom überhöflichen Fußabtreten rührender Menschen beim Besuch in den winzigen Wohnungen der verarmten Mittelschicht. Ich kann es schwer beschreiben, weil ich diesen Blick nur aus meiner Erinnerung kenne. Meist geht man unter mitleidsvollen Blicken in ein Schluchzen über, weil das fremde Mitleid im Moment der Trauer etwas Stures an sich hat, und Sturheit wirkt auf ein zerrüttetes Gemüt unbarmherzig.

«Lass uns doch bitte eine kleine Kutschfahrt im Prater machen», sagte er schließlich. «Eigentlich hatte ich heute noch etwas vor», erwiderte ich, «ich muss schließlich mein Geld verdienen.» Er sah mich erstaunt an und hörte sogar auf zu kauen. Dann fiel ihm ein, dass ich bei ihm angestellt war. «Ich bitte dich sehr darum», sagte er und schaute mich wieder mit den trüben Stardust-Augen an. «Lass uns anspannen, und dann reden wir auch über das Projekt mit den Therapiepferden, wie du es dir vorgestellt hast.» Er hatte wieder Mühe zu sprechen. «Verzeih mir», schniefte er. Dabei glitt ihm die Serviette aus dem Hemdkragen auf den Boden. Eine Weile standen wir reglos einander gegenüber und hörten, wie die Motorsäge in viel weiterer Ferne als zuvor von Neuem ihr Lied anstimmte. Gut, nickte ich, und wir traten über die Serviette aus dem Esszimmer auf die kühle Galerie hinaus, von der Galerie ging es die Treppe hinunter Richtung Foyer und aus dem Foyer ins Freie. Wir gingen von einer Luft in die andere, wie zwei Schlucke Tee, die man zum Kühlen aus einer Tasse in die andere gießt. In meinem Rücken verwandelte sich sein Schniefen mit jedem Schritt immer mehr in ein Schnauben. Immer wieder muss ich an diesen Gang durch unser Haus mit ihm denken und daran, dass ich damals in der Esszimmertür die Gelegenheit verpasst habe, ihn zu umarmen.

XV

«Können Sie mich hören?» Ich versuchte meine Augen zu öffnen, doch sie schienen verklebt. «Wie fühlen Sie sich?», fragte mich eine Stimme mit leichtem osteuropäischen Akzent. Ich muhte etwas, was ich selbst nicht verstand. Als würden zwei entkernte Aprikosenscheiben auf meinen Augen liegen und ich selbst inmitten von gärendem Aprikosenfleisch, so geht es mir, wollte ich sagen. «Mein Name ist Nadeschda, Sie befinden sich auf der Intensivstation der Privatklinik Rudolfinerhaus», sagte die Stimme. «Ihr Vater liegt gleich um die Ecke, er hat ein Schädel-Hirn-Trauma, es geht ihm gut. Auch Ihre Pferde hat die Polizei auf der Autobahn eingefangen. Machen Sie sich also keine Sorgen.» Ein Paar winziger Hufe, die auch mittelhohe Absätze hätten sein können, klapperte um mich herum. «Fahren wir immer noch?», wollte ich fragen, doch es kam nichts heraus. «Es ist alles in Ordnung», sagte die Stimme, das A auf eine antrainiert beruhigende Art betonend, die ich von den Zahnärzten kannte, wenn sie: «Es ist alles unter Kontrolle» sagten. Und wieder klapperten die kleinen Hufe. Plötzlich neigte sich jemand über mich. Das heisere Klirren von dünnen Metallplättchen. Rostregen. Aprikosen. Es tut gut, im Moment größter Hilflosigkeit einem Fremden ausgeliefert zu sein, irgendwann erreicht die Angst einen Punkt, an dem einem alles egal ist. So ging es mir früher in der Schule, im Studium, bei den Prüfungen. Die Menschen haben mich immer angenehm überrascht, oder ich hatte einfach Glück. «Es gibt gleich einen kleinen Pieks», sagte die Stimme, «Achtung!» Im Moment, als ich die Augen fest zudrücken wollte, gingen sie auf. Es wurde heller, allerdings schmutzig hell, wie in einer Wäschelauge badeten meine Augen im Licht. So lästig hatte ich es noch nie zuvor empfunden. Ich drückte ein Auge zu und versuchte mit dem anderen die dürre Gestalt zu erkennen, die am Horizont das Gras mähte, mit einer Sense, die dicker war als sie selbst. Es konnte aber sein, dass die Sense das kleine Persönchen schwang und nicht umgekehrt. Plötzlich schwebten beide direkt vor mir, zwei Arme, die etwas ausgebreitet hielten. Es konnte eine Bibel mit goldgeprägtem Kreuz oder ein Laptop mit einem satanisch angebissenen Silberapfel-Logo sein. «Guten Morgen, Herr Nieć», flötete die Stimme übertrieben fröhlich. Das glitzernde Ding senkte sich, und ich erkannte Bettys Augenpartie oberhalb des Mundschutzes. «Und jetzt wechseln wir mal den Wundverband», sagte sie. Wozu hat sie sich als Nadeschda vorgestellt? Was ist das für ein übles Spiel, schoss es mir durch den Kopf, und wieso spricht sie mit diesem schauerlichen Akzent, und warum dieser Mundschutz? Ich starrte die Frau vor mir an, während sie mit einem traurigen und gleichzeitig erschrockenen Seitenblick meine Rippen zu zählen schien. «Da können Sie lange zählen», sagte ich. Aus mir kam ein Dröhnen wie aus einem Fass. «Entspannen Sie sich, Herr Nieć, gleich sind wir fertig», murmelte die Frau, deren Augen mir mit jedem Moment immer fremder vorkamen. Nein, dieses runde Gesicht sah ich zum ersten Mal.

«Gleich macht der Herr Doktor die Visite», das Gesicht senkte sich über mich und flüsterte: «Er klärt Sie auf.»

Kaum hatte sie die Tür hinter sich geschlossen, begann ich mit mehreren Unterbrechungen einer Traumspur zu folgen. Ich träumte, wie ich einen glitschigen Aprikosenkompott löffelte und dabei im Spagat auf einem Hochspannungsleitungsdraht balancierte. Im Traum fand ich mich überraschend mager. Dass ich gelenkig war, wunderte mich hingegen gar nicht, genauso wenig wie der Platz, den ich mir zum Essen ausgesucht hatte. Immer wieder weckte mich ein Geräusch, das wie der Auftakt eines Löwengebrülls klang. Wenn ich aufwachte, wusste ich, dass es mein Schnarchen gewesen war. Und wieder schwebte ich mit meinem Dessert in schwindelerregender Höhe. Die Früchte fielen mir teilweise vom Löffel auf die Erde. Manche hatten einen Kern, den ich zusammen mit dem Fleisch ausspuckte, so eilig hatte ich es.

«Guten Morgen!» Ein Paar blaue Augen blinzelten mich an. «Me-he», grüßte ich zurück und musste wieder ein Auge zudrücken, doch dadurch konnte ich auch nicht besser sehen. «So sieht man sich wieder», seufzte die Gestalt, «Ich bin Jonathan. Jonathan Mund. Wir kennen uns. Ich war einmal auf dem Geburtstag deines Vaters mit dabei.» «Ha uh uma uch ahne ahene ihahe?», sagte ich. Die beiden Kornblumen schwebten nun auf halber Höhe über mir. «Wie bitte?» Offenbar drückte ich mich unverständlich aus. «Rauchst du immer noch deine albernen Zigarren?», fragte ich erneut. Jonathan lächelte einfältig, schien mich aber immer noch nicht zu verstehen. Ich war kein bisschen überrascht, ihn nach so vielen Jahren wiederzusehen, aber auch nicht besonders froh. Vielleicht weil er etwas konnte, was mir Angst machte – durch Wände gehen, von der Decke rieseln. «Ich hoffe, du hast nichts dagegen, dass ich Du zu dir sage. Wir waren schließlich per Du.» Ich machte eine schwache Handbewegung. Seltsamerweise kam sie etwas höher zustande, und zwar in meinem Unterkiefer, der sich nach rechts verschob. Damit winkte ich sozusagen ab. Jetzt begann er zu erzählen. «Insgesamt warst du eine Woche im künstlichen Koma. Heutzutage sagt man künstlicher Tiefschlaf dazu. Wir haben dir vor der Amputation Bescheid gegeben, dass es nicht anders geht, dass die Arme wegmüssen. Du hast schwach genickt.» Er wurde still. Anscheinend wartete er auf meine Reaktion, doch sie blieb aus. Mir fiel zu diesem üblen Witz einfach nichts ein. «‹Life or limb› heißt es bei uns», fuhr das Blauauge über mir fort, «es war ein Riesenzufall, dass ich Dienst hatte, als du eingeliefert wurdest. Du, ich konnte es kaum glauben, dass du da auf der Pritsche lagst. Und dein Vater noch dazu. Es war surreal. Doch das nur am Rande. Die Retter sagten, du seist mit beiden Armen unter den Wagen gekommen. Sie waren vermutlich für eine knappe Stunde abgeklemmt. Tja.» Er schnaubte, als wäre er in Erklärungsnot. In meine Schläfrigkeit drang mit einem Mal der schneidend kalte Ernst der Situation. «Nicht nur abgeklemmt, sondern zermalmt waren die Arme. Das Gewebe war ... ich meine, bei dem Grad der Zerstörung, da kann ich als Gefäßchirurg nicht zaubern, eine Gefäßprothese war auch nicht möglich, bei einem glatten Schnitt wäre das noch mit viel Glück gegangen, aber so ...»

Aus meinem Brustkorb drang ein Schrei. So animalisch

hatte ich noch nie geschrien. Nie zuvor hatte ich überhaupt die Stimme bis zu dieser Höhe erhoben. Was hatten seine Reden von Gewebe und Grad der Zerstörung zu bedeuten? Hatte man mir etwa die Arme abgenommen? Natürlich. Das hatte ich mir auch selbst gewünscht, während ich im Schatten des Wagens lag. Gedanklich hatte ich sie mir abgesägt, um wegzukommen. Nun waren sie also wirklich ab. Ich muss eine Ewigkeit dagelegen haben. Plötzlich erinnerte ich mich an alles. Das Wort «Klemme», das in meinen Schläfen pochte, der Schmerz, dessentwegen ich immer wieder das Bewusstsein verlor, der modrige Erdgeruch, der würzige Duft des splitternden Holzes, Vanille oder Zimt, nein, nach Aprikosenmarmelade hatten die wie Streichhölzer geknickten Radspeichen geduftet, der gesamte Wagen war eine einzige aufgebrochene Aprikose. Glänzend und stumpf. Außen und innen ineinander verflochten. Dazu auch ich. Ein aufgewirbeltes und aufgespießtes Blatt. Doch zuvor hatte es die Praterhauptallee gegeben, einen zufriedenen Pferdetrab, der sich gutmütig, beinahe zottelig auf dem Wagen anfühlte, und so viel Sonnenschein, dass man schweigen wollte, mit einem Mund voll schmelzender Bonbonwörter, die, je länger man fuhr, umso unwichtiger und dünner wurden, so wie die Sprache selbst. Was gab es noch zu besprechen? Es war alles gesagt worden. Und ich hätte triumphieren können, denn Vater hatte mir eben zu verstehen gegeben, er finde die Idee mit dem Behinderten-Reitclub wirklich gut. Wenn er «wirklich gut» sagte, so hieß es ausgezeichnet. Nach seiner Bemerkung begann ich die Kutschpartie zu genießen und kletterte sogar zum Vater auf den Kutschbock, um ihm mit meiner Nähe zu signalisieren, ich bin da und werde da sein, wenn du mich brauchst. Ob als Stallknecht, Beifahrer oder als verständnisvolle Person an deiner Seite. Wenn er sich hin und wieder irgendwo präsentieren wollte, von mir aus bei einer Boutique-Einweihung am Graben, einem Wohltätigkeitsball mit peinlichen Blondinen mit Nussknackerlächeln, denen die vielen Schönheitsoperationen nicht bekommen waren, oder im «Exzess» – ich wäre bereit, ihm zu folgen. In diesen Minuten war ich auf dem Weg, meinen Vater trotz der zahlreichen Demütigungen, trotz seiner Liederlichkeit, trotz des gebleachten Intendantengebisses zu mögen.

Wir passierten gerade eine Gruppe von Rentnern mit Skistöcken, die wild gestikulierend um eine liegende Person standen. Einige knieten und versuchten zu helfen. Offenbar war jemandem schlecht geworden. «Das kommt davon, wenn man zu Fuß läuft», sagte Vater zu mir. «Wir leben in hässlichen Zeiten», antwortete ich, nur um ihm eine Freude zu machen. Ich wollte gerade einen bissigen Kommentar über die Polyesterjacken der Rentner machen, da hörte ich ein ratterndes Jaulen, als würde jemand ertrinkend auf Arabisch um Hilfe rufen. Es kam direkt auf uns zu. Zuerst dachte ich an eine Kolonne von Laubbläsern, die abwechselnd ihre Blasebälge an- und ausschalten. Ziemlich schnell erkannte ich aber, dass das Geräusch von oben kam. Ein Baum nach dem anderen duckte sich und schüttelte wie verrückt die dürren Äste in den Himmel. Die Bäume jubelten einem Helikopter zu, der nun pfeilgerade über der Allee flog. Viel zu tief, dachte ich und warf einen Blick auf meinen Vater. Er war weiß wie eine Kalkwand. «Nicht, dass er vor uns landet.» Dann ging alles sehr schnell. Die Ponys scheuten, bäumten sich auf und bogen nach links. Sie preschten los, rasten an der auseinanderstiebenden Rentnergruppe vorbei, so dass der Wagen den Liegenden um ein Haar überrollte. Es war ein empörend dicker Glatzkopf in einem himbeerfarbenen Ganzkörpertrikot. «Mammutlauf 2013», konnte ich noch im Vorbeifahren auf seiner Brust lesen. Mein Vater schrie gegen den Lärm an und ruderte auf eine Weise mit den Armen, die bei Herrn Kelly als Turnierrichter für ein Heben der Augenbrauen gesorgt hätte. Er strickte, ruderte und knetete Teig mit der Fahrleine, nichts davon schien die Pferde zu beeindrucken. Vor Panik versteinerten offenbar ihre Mäuler. Wirr drehten sie ihre Ohren auf dem Kopf hin und her. Sie waren alles gewöhnt, selbst Schüsse und die Sirene der Ambulanz, Clowns mit Heliumluftballons und Betrunkene, aber mit so einem dicken Vogel in solch einer Nähe waren sie noch nie konfrontiert worden. Ich wusste, das war das Ende. Nur eine Mauer oder ein Baum hätte den Wagen zum Stillstand bringen können. Das Lusthaus lag hinter uns, das war schon mal gut, in dem teuren Gebäude wollte ich nicht landen. Lieber ehrlich an einem hundertjährigen Baum zerschellen als in einem mittelmäßigen Restaurant für die Möchtegernelite. Ich blickte Richtung Bushaltestelle. Etwas sagte mir, da werden wir den Anker werfen, und ich hielt mich fest. Die Ponys machten gerade einen rasenden Bogen um das Glashäuschen, in dem ich zwei verblüffte Frauen bemerkte. Es krachte, ich flog zur Seite, mit einer Langsamkeit, bei der ich die Zeit zum ersten Mal zusammengedrängt, fast körperlich erlebte, der Horizont stand plötzlich kopf, ziemlich lange sogar, dann knallte ich knapp vor einem kniehohen, etwas schief stehenden Meilenstein auf den Boden. Diesen Stein hatte ich oft bewundert und als Kind verstohlen auf ihm Platz genommen und mir dabei gute Noten in Geschichte gewünscht. Ob 1867 oder 1667 in den taubengrauen Stein gemeißelt stand, hatte ich nie erkennen können. Selbst beim Betasten war ich ratlos über die zweite Ziffer gewesen. Nun lag ich auf Augenhöhe mit dem Meilenstein und sah ganz klar, dass es eine Acht war. Mein Versuch aufzustehen scheiterte. Ich wurde im Gegenteil bei der geringsten Bewegung noch mehr in den Boden gedrückt, was gar nicht möglich war, denn ich lag auf Asphalt. Durch die Speichen hindurch sah ich die beiden Ponys aus Leibeskräften strampeln. Sie mühten sich ab und kamen nicht vom Fleck. Die schöne Wagonette barst und zog sich zusammen, Holzsplitter flogen mir ins Gesicht. Ein Knall, das Ledergeschirr riss, und ich wurde über eine Oberfläche geschleift, die mich wie eine Ofenkartoffel zu pellen schien. Das Klappern der Hufe entfernte sich, und bald war nichts mehr zu hören.

Die Kornblumen kamen und gingen. Ebenso kam und ging die Frau, die sich als Nadeschda vorgestellt hatte. Ich aber schrie immer noch. Ich schrie auch in der Nacht, und einmal erreichte mein Klagen eine Tonhöhe, die mir wie das Bohren der Bauarbeiter an Straßenkreuzungen ans Zahnfleisch ging. Ich schrie trotzdem, allerdings etwas leiser. Nur um meinen Mund zu befeuchten, hörte ich auf. Gegen Morgen ließ ich es ganz sein. Vielleicht war es auch mein Schnarchen gewesen. Mich packte jedenfalls eine höllische Apathie, die bald durch Neugier abgelöst wurde. Wie sehen sie wohl aus, meine Armstümpfe unter der Decke, dachte ich. Vielleicht ist es nicht so schlimm, wie es klingt? «Entschuldigung», wandte ich mich an den Rücken im weißen Kittel. Ich erwartete, meinen alten Freund Jonathan zu sehen, doch statt seiner starrte mich ein Puppengesicht an. «Nadeschda», las ich auf dem Namensschild. So sieht sie also ohne Mundschutz aus, dachte ich. «Ich würde gerne meine», ich stockte, «meine Glieder sehen.» Das Wort «Stumpf» kam mir zu pathetisch vor. Aus dem Puppengesicht kam ein Seufzen. «Gerne, wenn Sie mögen, soll ich Herrn Doktor rufen?» «Wozu? Reklamieren kann ich sowieso nicht.» Sie schaute mich eine Weile, ohne zu blinzeln, an, dann verschob sie mein Bett. Ich weiß nicht, was penetranter ist: Zwiebelgeruch oder der osteuropäische Akzent einer selbstbewussten und nicht sehr klugen Frau. Dass sie nicht sonderlich gescheit war, stand für mich bald fest. Vielleicht war es ihre gewölbte Madonnenstirn, die den Eindruck von handlackiertem, gut getrocknetem und herrlich dumpfem Holz vermittelte. Auch ihre Wangenknochen und ihr akkurates, spitzes Kinn glänzten ölig wie die einer mittelalterlichen Altarfigur. Selbst die kleinen Hautunebenheiten wirkten künstlerisch raffiniert. Und gleichzeitig raffiniert künstlerisch. Diese Frau könnte dreißig sein, dachte ich, aber auch fünfundvierzig oder eine Altarfigur.

«Wir haben darauf gewartet, bis Sie danach fragen. Beim Verbandswechsel haben Sie sich immer weggedreht.» Das Bett stand nun so, dass ich das Zimmer überblicken konnte. Es war gar nicht so weiß, wie ich die ganze Zeit gedacht hatte. Zu meinem Erstaunen waren die Wände bis auf Kniehöhe mit mokkafarbenem Holz getäfelt; ein Café für kleinwüchsige Menschen sollte so aussehen, das Wandstück über der Täfelung schimmerte in einem pudrigen Ferkelrosa, einer Farbe, die ich völlig pietätlos fand. Es hätte aber auch ein Lichteffekt sein können, hervorgerufen durch die Backsteinmauer, die ich durch den Tüllschleier vor dem Fenster hindurch ausmachen konnte. «Ist das da drüben ein Krematorium?», fragte ich. Die schöne Schwester Nadeschda, die nun an meiner Seite stand, folgte meinem Blick. «Das ist unsere Hauskapelle», sagte sie, «so, jetzt können Sie Ihre Stümpfe sehen.» Sie selbst schaute dabei wie eine höfliche Verkäuferin vor einem Kunden, der an der Kasse die Geheimzahl eingibt, zur Seite.

Als Kind hatte ich ein Lieblingsspiel. Dazu brauchte ich kein Inventar, sondern nur einen Haufen blöder Fragen. Der einzige Mensch, der mir bei diesem Spiel Gesellschaft leistete, war meine Mutter. Die ganze Kunst bestand darin, zwischen Pest und Cholera zu wählen. Es ging immer so: Was ist dir lieber, taub oder blind zu sein? Blind hieß es dann, weil ich gern Musik höre. Oder taub, weil ich gerne Bücher lese. Es gab aber auch schwierige Fragen: Willst du lieber von einem Rolls-Royce oder von einer Kutsche überfahren werden? Von einem Rolls-Royce, weil es schick sei, meinte die Mutter. Diesen Tod fand ich auch schick. Damit bedienten wir beide das Klischee vom grüneren Gras in Nachbars Garten. Aber das Spiel konnte auch philosophisch werden, indem wir beide vor der Frage standen, ob wir lieber ein Wurm oder eine Kleidermotte sein wollten. Ich plädierte für den Wurm mit dem Argument, so könnte ich zwei Fliegen mit einer Klappe schlagen, denn als Wurm hätte ich reichlich Bewegung, das heißt, ich wäre kein Moppel. Außerdem würde ich auch noch Nutzen bringen und die Erde lockern. Die Mutter stand zu ihrer Eitelkeit und wollte lieber eine Kleidermotte sein, um gesehen zu werden und die neueste Mode nicht zu verpassen. Gesehen von wem?, fragte ich. Von den Kleidern, lachte sie. Meine Mutter lachte am schönsten vor Verlegenheit. Das schelmische oder zynisch boshafte Lachen stand ihr nicht. Irgendwann lief meine Phantasie auf Grund, und ich sagte, ein Gähnen unterdrückend: Armlos oder beinlos? Beinlos, sagte Mutter. Beinlos, wiederholte ich. Natürlich wollten wir beide lieber ohne Beine als ohne Arme sein. Ohne Beine kann ich mir ein Brot schmieren, ohne Arme nicht, rechtfertigte ich meine Entscheidung. Du sollst überhaupt abnehmen, sagte Mutter. Ich knurrte und verlangte eine Erklärung. Lieber beinlos, sagte sie und schaute mich dabei zärtlich und frech zugleich an, weil ich dich ohne Arme nicht umarmen kann.

Ich wollte diese Geschichte der Frau an meinem Bett erzählen, doch sie war bereits weg. Auch das Bett war wieder in seine ursprüngliche Position gebracht worden. Dass mir die Arme fehlten, hätte ich am liebsten meiner Mutter gesagt und sie um Rat gefragt, wie ich weiterleben solle, doch wie, in welchen Hörer, in welche Muschel, in welches Rohr? Jemand betrat den Raum. Es war Jonathan. Am Anfang stutzte ich, denn ich hatte ihn im Frack in Erinnerung behalten. «Herr Doktor», sagte ich scherzend, «ich möchte meine zwei linken Hände zurück. Wo sind sie überhaupt?» Ich kämpfte mit den Tränen. Jonathan sah mich mit dem mitleidigen Blick an, den die Schwester mir nach meiner Bitte, die «Glieder» zu sehen, zugeworfen hatte. «Du willst das wirklich wissen?» «Wo sind sie?», sagte ich. «Auf einer

Sondermülldeponie für Klinikabfall. Konkrete Frage, konkrete Antwort.» «Geschreddert oder vergraben?», flüsterte ich. «Du, das weiß ich nicht. Ich arbeite hier nicht als Hausmeister. Sicher geschreddert, nehme ich mal an», ergänzte er, als er sah, dass ich die Augen geschlossen hatte. «Willst du das Haus verklagen? Es ging nicht anders. Dir fehlten an beiden Unterarmen Teile des Knochens. Dein Vater kann übrigens in den nächsten Tagen nach Hause gehen. Es hat sich in den zwei Wochen gut erholt.» «Wir sind also seit zwei Wochen hier? Die armen Pferde!», stöhnte ich. Jonathan kniete vor mein Bett, legte die Arme auf die Bettkante und stützte sein Kinn darauf. «Tröstet es dich, wenn ich dir sage, dass meine Eltern bei euch nach dem Rechten geschaut haben?» «Das tröstet mich», sagte ich. Jonathan lächelte und rieb sein Kinn an seiner Armbanduhr. «Eure Haushälterin weiß Bescheid, den Pferden geht es gut, mach dir also keine Sorgen. Den beiden ist nichts passiert. Gar nichts», sagte er, «Pferde sind, wie du weißt, robuste Tiere. Und eure waren noch dazu gut erzogen. Sie sollen am Straßenrand entlanggetrabt sein und dann einfach gegrast haben, während die halbe Autobahn gesperrt wurde. Mein Vater hat in seiner Mitgliederzeitschrift einen Artikel über den Vorfall veröffentlicht. *Glück im Unglück. Ein Vorfall mit zwei Ponys auf der A4.* Wenn du nach Hause kommst, bringe ich dir die Zeitschrift vorbei.» Mit einem unschönen Knacken in den Knien stand er auf. Ich versuchte mich mit den Ellbogen aufzustützen und schrie vor Schmerz. «Bitte nicht belasten», sagte Jonathan im Ton eines Museumswächters, «verschiebe mir nicht den Hautlappen, der wächst gerade so gut an.»

Meinen Vater habe ich kaum wiedererkannt. Was nicht am Kopfverband lag, den er trug. Wie ein trauriger Inder schmiegte er sich, ganz gelb im Gesicht, an den Türrahmen, streichelte ihn, als würde er sich genieren. So ein Benehmen kannte ich gar nicht von ihm. Er war niemand, der zögerte, und wenn er wirklich verlegen war, wurde er erst recht energisch. Bezogen auf Pferde, würde ich sagen, er hatte einen starken Vorwärtsdrang. Ist dieses kleine Gespenst wirklich mein Vater, fragte ich mich, während ich in meinem elektrisch verstellbaren Bett lag und ihn aus den Augenwinkeln beobachtete. Als er näher kam und mit einem listigen Blick sagte: «Aha, du bist es also», war ich sprachlos. Er setzte sich auf die Bettkante. Der Schalk war ihm aus dem Gesicht gewichen. Mein Vater sah aus, als hätte er einen Caféstuhl über den Schädel gekriegt. «Mich haben sie auch schön zugerichtet», sagte er und faltete die Hände auf dem Bauch. «Siehst du das Ding auf meinem Kopf? Darunter juckt es, als hätte ich Läuse.» «Vielleicht hast du ja auch welche», scherzte ich. Ich weiß immer noch nicht, aus welcher Ecke ich damals diese Prise Humor hervorgezaubert habe. Er beugte sich vor und spitzte den Mund, mein Magen zog sich zusammen. Nicht, dass er mich küsst, dachte ich. «Lach du nur, du hast gut lachen, du Faulpelz. Liegst hier rum wie ein Stück Käse.»

In diesem Moment quietschte die Tür. «Ach, liebe Frau Nadja!», rief Vater und sprang ziemlich flott für sein Alter und das Schädel-Hirn-Trauma von meinem Bett. «Schauen Sie sich den Lümmel an, ganz wie seine Mutter, liegt nur rum und frisst mir die Haare vom Kopf. Schauen Sie sich das nur an.» Er berührte mit beiden Händen den Verband. Seine abschätzigen Worte erstaunten mich weniger als die Tatsache, dass er sich offenbar in diesen Tagen mit der Krankenschwester befreundet hatte. «Nadja?» «Ist der Kosename», erklärte Vater, bevor Nadja-Nadeschda etwas sagen konnte. Er schien ziemlich gut informiert zu sein. «Herr Nieć, Sie entschuldigen uns hoffentlich, aber ich muss jetzt die Wunden versorgen. Ein schmerzfreier Stumpf ist das A und O.» «Wie meinen Sie das?» Sein lüsterner Blick war genauso unangebracht wie das Ferkelrosa der Wände. «Meine Arme sind ab, Papa, das meint die junge Dame», sagte ich. «Ach so», sagte er, «ja.» Er machte eine betretene Miene. «Das ist furchtbar. Übrigens», er wandte sich an Nadja, «mein Kopf juckt entsetzlich, ist das schlimm?» «Nicht so schlimm wie zwei fehlende Arme», erwiderte Nadja trocken. Ich hätte vor Elend heulen können.

«So», sagte sie, als Vater endlich die Tür hinter sich geschlossen hatte. «Wie geht es uns?» «Uns geht es schlecht», antwortete ich, «ich will sterben.» «Ihre Stimme klingt aber anders. Bewegen Sie Ihre Stümpfe», befahl sie mir, «wir müssen von jetzt an ein paar Mal am Tag die Flügelchen bewegen, die Gelenke müssen beweglich bleiben. Schauen Sie bitte hin, wenn Sie können. Sehen Sie, so sieht ein perfekter Heilungsprozess aus.» Ich schaute auf die beiden Bleistiftstummel. Unsere Blicke trafen sich. «Ich will sterben», wiederholte ich leise. «Bald fangen wir an, den Kompressionsverband zu tragen, den Zeitpunkt wird Herr Doktor entscheiden», sagte sie und tat so, als hätte sie meine Worte nicht gehört. «Die Rehabilitationsphase beginnt in zwei Wochen. Je nachdem. Dann werden Sie auf das Tragen von Prothesen vorbereitet.» «Schläfert mich einfach ein», sagte ich. Nadjas Lächeln erlosch für einen Augenblick. Sie schaute auf den Boden, als ringe sie um Fassung. Dann sprach sie weiter. «Wir können Sie in eine Rehaklinik verlegen, die auf die Mobilisation von Amputierten spezialisiert ist, oder wir machen es unkompliziert, wie Ihr Vater es vorschlägt», sie senkte die Stimme, «bei Ihnen zu Hause, in Ihrem gewohnten Umfeld, wenn Ihnen das recht ist. Ich könnte Sie rund um die Uhr in Ihrem Haus betreuen. Ihr Vater hat das angesprochen. Sie haben einen wunderbaren Vater, er fragt die ganze Zeit nach Ihnen. Sein Kummer ist groß, er macht sich Vorwürfe. Der Unfall belastet ihn sehr.» «Haben Sie gesehen, wie er mich eben begrüßt hat? Seine Läuse beschäftigen ihn mehr als meine ...» «Wissen Sie», unterbrach sie mich, «manche Menschen können ihre Gefühle grundsätzlich nicht zeigen, und wenn es kritisch wird, überspielen sie einfach. Die Trauer wird zerlacht. Solche Menschen sind Gold wert für die Gemeinschaft, so wie Ihr Vater.» «Sie reden sehr poetisch», sagte ich und machte beinahe wieder den Fehler, mich auf die Ellbogen aufzustützen. «Bei uns sind alle mehr oder weniger Poeten.» «Wo bei uns?» «Ich komme aus Donezk. Ukraine», fügte sie hinzu, als sie merkte, dass ich mit Donezk nichts anfangen konnte. «Sie sollten nicht vom Sterben reden. Denken Sie einfach daran, dass es Soldaten gibt, junge Männer in Ihrem Alter, alle nicht so wohlhabend wie Sie, das ist jetzt kein Vorwurf, nun, diese jungen Männer haben auch ihre Arme und Beine verloren, allerdings nicht auf einer Spazierfahrt, sondern beim Erfüllen ihrer Bürgerflicht. So etwas gibt es auch. Das ist sicher kein Trost, regt aber vielleicht zum Nachdenken an.»

XVI

Wenn zwei Männer in eine Frau verliebt sind, noch dazu Vater und Sohn, dann hat die Frau leichtes Spiel. Ich weiß nicht, womit Nadja meinen Vater eroberte, ich jedenfalls ließ mich nach ihrer poetischen Aufbauaktion endgültig gewinnen. Ich begann sie zu mögen, als ich merkte, dass es ihr wichtig war, mich zu «mobilisieren». Mag sein, dass sie eine ganze Schar armamputierter junger Ukrainer in mir verkörpert sah, die es aufzupäppeln galt – das machte mir nichts aus. Ihr zuliebe sprach ich nicht mehr vom Tod, und als sie mir immer wieder mit großer Begeisterung von neurobionischen Prothesen, dem Geniestreich deutscher Ingenieurskunst, erzählte, von der Michelangelo-Hand, dem dynamischen Ellbogengelenk mit Hochleistungsantrieb, von den Elektrohänden mit einem intelligenten Griffstabilisierungssystem, das blitzschnell die Griffkraft erhöht, wenn einem ein Ei aus der Hand zu rutschen droht – wobei man das Ei nicht zerquetschen kann –, die Griffkraft wird ja dosiert, als sie mir einen Film über einen contergangeschädigten, Gitarre spielenden Familienvater und eine contergangeschädigte Springreiterin mit den Worten: «Ist das nicht toll?» zeigte – erst da hörte ich auf, mir dauernd selbst zu sagen, es wäre besser gewesen, ich wäre mit dem Kopf auf dem Meilenstein vor der Bushaltestelle aufgeschlagen. Ich war froh, dass es nicht geschehen war.

Ich weiß nicht, ob es viele Menschen gibt, in deren Anwesenheit ich mich ohne Scham auf die Toilettenschüssel und dann auf das Bidet setzen könnte. Nadja jedenfalls gehörte zu dieser Sorte von Menschen. Als wäre es das Natürlichste von der Welt, ließ ich mir von ihr die Hose herunter- und wieder hochziehen, ohne dass mich das erregte oder ich sie begehrte. Ich war auf eine Art und Weise verliebt in sie, die mich so tief und elementar berührte, dass ich hätte heulen können. Betrat sie mein Zimmer und setzte sich auf mein Bett, so fühlte ich mich wie der alte Wallach mit seiner Mondblindheit unter dem Sternenhimmel. Wunschlos. Einfach wunschlos. Vielleicht ist es auch eine Form von Glück, nichts zu wollen, einfach in die stille warme Sommernacht oder in die klirrend kalte Winternacht ein- und auszuatmen.

Oben auf der Veranda stand, auf die Balustrade gelehnt, ein drahtiger Karl Marx mit einem unordentlichen Bart und einem Strohhut in der Hand, den er wie ein Frisbee hochwarf. Weshalb mein Vater sein Gesicht hatte verwachsen lassen, war für mich ein Rätsel. So viele Falten hatte er gar nicht, etwas zu verbergen auch nicht, hoffte ich jedenfalls. Sosehr ich meine grauen Zellen auch anstrengte – ich sah nicht ein, dass er mit seinem Leben hätte unzufrieden sein können, abgesehen von seinem Witwerdasein und einem armamputierten Taugenichts-Sohn. Den Bart brauchte er genauso wenig wie ich den Strohhut, der einen guten Meter von mir entfernt auf dem Rasen landete.

«Setz ihn auf», rief der Vater mir zu, «sonst bekommst du noch einen Sonnenstich.» Über so etwas hätte ich mich früher kaputtgelacht. Nun schmunzelte ich nur müde.

«Wie soll ich ihn denn aufsetzen? Sehe ich aus wie ein Tellerjongleur?», rief ich zurück. Vater klatschte sich an die Stirn und verschwand kurz aus meinem Blickfeld. Minuten vergingen, dann knirschte die neue Ladung Kies aus der Donau in meiner Nähe, und er erschien mit einer Baseballkappe auf dem schmalen Pfad zwischen den Buchsbäumen. Ich ließ mir die Kappe aufsetzen. Er selbst setzte sich den Strohhut auf, nachdem er ihn mit einem behutsamen Schlag vom Grasstaub befreit hatte.

«Schön, nicht?», sagte er nach einer Weile, auf die Hausfassade deutend, die wie eine Theaterkulisse in den Himmel ragte. Er stemmte die Arme in die Seiten und schaute abwechselnd zum Haus und auf mich herab. Sein unordentlicher Bart bewegte sich im Wind, als wusele darin eine Spitzmaus. Wir waren beide zu träge, um ein Gespräch anzuknüpfen. Irgendwann ging er. Im Gehen murmelte er vor sich hin.

Ich saß gerne vor dem Haus. Und überhaupt hielt ich mich jetzt lieber im Freien auf, hier musste ich keine Treppen steigen und keine Türen öffnen. Manchmal konnte ich sogar für einen Moment vergessen, dass mir ein gutes Viertel meines Körpers fehlte. Den Blick auf die riesigen Fenster unseres Wohnzimmers gerichtet, verbrachte ich Stunden, auf einen Haufen Kissen in einem Liegestuhl gebettet. Wenn ich mich konzentrierte, sah ich Vögel durch unsere Bibliothek fliegen und Wolken um den achtarmigen bronzenen Deckenleuchter ziehen. Und das Haus selbst kam mir, seitdem ich darauf gekommen war, wie ein angebissenes Stück Linzer Torte in einem blauen Aquarium voller Algen vor. Ähnlich wie bei der Spiegelscherbe in der Sattelkammer entstand diese Illusion nur, wenn ich sie nicht erwartete. Das war der Lohn eines unvoreingenommenen Blicks. Zur Abwechslung setzte ich mich auf die grazile Parkbank aus dem Schloss Bellevue, die Herr von Grubinger auf einer Auktion gekauft und meiner Mutter zum 30. Geburtstag geschenkt hatte.

«*Mögest du, liebe Lotte, auf diesem geschichtsträchtigen Bankerl* (den Wiener kann ein mittelmäßig begabter Osteuropäer besser nachahmen als ein Deutscher, davon bin ich überzeugt) *Stunden anregender Lektüre erleben*»

Diese Inschrift stand eingraviert auf einer angeschraubten Kupferplatte. Auf dieser Bank saß ich sozusagen stellvertretend für die selige Lotte selbst. Ich hätte gern gelesen, doch bei diesem Wind mit den Füßen zu blättern war mir zu blöd. Auf dem Bett in meinem Zimmer klappte es inzwischen gut. Dazu klemmte ich mir einen Backpinsel zwischen die Zehen, den ich regelmäßig anfeuchtete. Die Not macht nicht nur erfinderisch, sondern auch gelenkig und schlank. Zwar habe ich das Gewicht meiner beiden Arme verloren, dafür aber auch viel Bauchfett. Mein Hüftgold (ein blödes Wort) war auch von den vielen Verrenkungen weggeschmolzen. Man kann sagen, dass ich meine Traumfigur erreicht hatte, allerdings auf einem Weg, den ich niemandem wünsche.

Wie ich mich so auf der Bank lümmelte, dachte ich an die Montage meines Dusch-WCs, das wahrhaft größte Ereignis der letzten Wochen. Unter viel Geschrei der serbischen Arbeiter war sie im Erdgeschoss unseres Hauses vonstattengegangen, genauer gesagt in der ehemaligen Vorratskammer, die kurz zuvor in ein blau gekacheltes Toilettenhäuschen umfunktioniert worden war. Die Montage dauerte mehrere Stunden, immer wieder wurde ich als Testperson aufs Klo gerufen, um die Sitzhöhe zu bestimmen, später, als die Schüssel hing und angeschlossen war, um die Wassertemperatur und den Föhn einzustellen. Dann musste ich mich zwischen drei Duschfunktionen entscheiden, Normaldusche, pulsierende Dusche oder Intensivdusche.

«Und?», fragten die Serben, während ich mit heruntergelassener Hose, Tränen lachend, die pulsierende Dusche ausprobierte. Mein Vater, der die ganze Zeit mit besorgtem Gesicht das Geschehen verfolgt hatte, ließ mich mit den Serben allein. Durch das Wasserrauschen hindurch hörten wir, wie im Nebenraum sein Schluchzen in ein bellendes Husten überging.

«Was hat der Oite?», fragte mich der schnurrbärtige Serben-Anführer.

«Ich bin sein einziges Kind», sagte ich. Nachdem er über die Geräusche hinter der Wand den Kopf geschüttelt hatte, sagte er: «Die Oiten mögen es intensiv. Frauen pulsierend. Also? Welche Einstellung sollen wir speichern?» Bisher hatte ich noch niemanden getroffen, der so hartnäckig meine Behinderung ignoriert hätte wie dieser Serbe. Mir gefiel der rhythmische Wasserstrahl der pulsierenden Dusche. Er hatte etwas von den Fontänen Italiens am frühen Morgen, wenn sich das Wasser in den Röhren zu räuspern scheint, indem es sekundenlang kokett wie eine Handvoll Kleingeld hüpft. Da ich ein Italien-Fan war und den frühen Morgen schätzte, entschied ich mich für diese Einstellung.

«Die Jugend», sagte der Serbe und lächelte schwach, doch ich sah, wie sich die Härchen seines Schnurrbartes aufrichteten, bevor er sich über die Kloschüssel beugte.

Man könnte lachen, wenn es nicht so traurig wäre. Bereits im Spital hatte ich mit Nadja das selbstständige Herunterlassen und Hochziehen der Hose geübt. Ich schmiegte mich mit der Hüfte an Stuhl- und Sessellehnen, an den Wäscheständer und die Türgriffe. Jede widerstandsfähige Fläche eignet sich dafür, einem die Hose samt Unterhose herunterzuziehen, stellte ich bald fest. Schwieriger war es, die Hose wieder hochzuziehen. Dazu musste ich eine Art rituellen Tanz vollführen. Ein Lachen konnten wir uns beide dabei nicht verkneifen.

«Wenn keine Hilfe in Nähe ist, sollten Sie in der Lage sein, diese beiden Handgriffe zu beherrschen, also diese beiden Schritte», korrigierte Nadja sich selbst. «Wenn Sie dann mal Ihre myoelekrischen Armprothesen haben, klappt es auch mit dem Reißverschluss.» Sie schwärmte von der Neurobionik und der rätselhaften Michelangelo-Hand sowie von der Ingenieurskunst der Deutschen. Allein für die Otto-Bock-Prothesen könne man den Deutschen den Zweiten Weltkrieg verzeihen, meinte sie. Sie kicherte listig und fügte verschämt hinzu: «Obwohl die Russen den ersten myoelekrischen Arm auf den Markt gebracht haben.» Im Laufe der Zeit erfuhr ich, dass sie ursprünglich nicht nach Wien, sondern nach Baden-Baden, Bad Reichenhall oder in ein anderes deutsches Kurstädtchen mit Geschichte hatte gehen wollen, in der Hoffnung, dort in einer Schönheitsklinik als OP-Schwester angestellt zu werden, denn dies war ihr eigentlicher Beruf. Vor ihrem Medizinstudium hatte sie einige Semester Germanistik studiert. Irgendwann sah sie aber, wie an der Uni eine Putzfrau zusammenbrach. Alle dachten, das alte Buckelweib wäre betrunken, und ließen es mit einem Wischmopp in der Hand an die Wand gelehnt sitzen, bis es starb. Herzinfarkt. Da hatte Nadja wohl verstanden, der Weg der Humanwissenschaft war nicht der ihre. Aus Liebe zum Menschen, wie sie sagte, entschied sie sich für ein Medizinstudium, so wie sie aus Liebe zum Land der Bürgerlichkeit, Wissenschaft und Technik ein paar Jahre zuvor Germanistin geworden war. Wissenschaft, Technik und der Mensch schienen ihr besonders am Herzen zu liegen, und nach dem Stand ihrer Grammatik zu urteilen, mehr als ein einwandfreies Deutsch. Dafür entschuldigte sie sich bereits in den ersten Tagen unserer Bekanntschaft mit den Worten, sie finde, die menschliche Sprache sei generell «übergeschätzt». Sollte sie diesen Satz auch zu meinem Vater gesagt haben, ich nehme an, dass dies bereits im Rudolfinerhaus bei einer ihrer ersten Visiten bei ihm geschehen war, so wundert es mich im Nachhinein nicht, warum er dieser Frau so verfallen war. Die *überschätzte Sprache* gehörte zusammen mit *Der Zoo ist überholt, der Hund gehört aufs Land* und *Im Zirkus werden die Tiere beschäftigt, und das ist gut so* zu jenen Perlen, die, vor den Vater gestreut, ihn in einen Rausch versetzen konnten. Außer ihm habe ich noch nie einen Menschen getroffen, der all diese Meinungen vertrat. Im Laufe des Gesprächs und bei fortschreitender Sympathie stellte sich immer heraus, dass seine Gesprächspartner doch durch Zufall zu dieser oder jener Erkenntnis gekommen waren. Die *über-*

schätzte Sprache, der überholte Zoo und *dem Hund sein Auslauf* erwiesen sich immer als logische Gedankenfolge, der sich die meisten nicht entziehen konnten. Ich hingegen zog es vor, dieses Spiel gar nicht erst zu spielen, weil ich sein Ende kannte, und für einen Eklat war ich nicht zynisch genug. Auch Nadja stimmte in fast all diesen Punkten mit meinem Vater überein. Er muss ganz schön verknallt in sie gewesen sein, sonst hätte er über ihre Bemerkung «Ohne Katzen wäre das Leben ein Fehler» nicht so großzügig geschmunzelt. Wäre Nadja eine kurzhaarige Matrone im Hosenanzug gewesen, so hätte er, statt zu schmunzeln, ohne einen Hauch von Freundlichkeit in der Stimme gesagt: «Wenn Sie krank und einsam sind, kaufen Sie sich eine Zimmerpflanze. Sie leidet wenigstens stumm vor sich hin.» Nadja lächelte er hingegen an.

Der Eindruck von Naivität verflüchtigte sich jedoch ziemlich schnell, als sie immer wieder das vielversprechende Wort *konsequent* benutzte. Es war offenbar ihr Lieblingswort. «Sie müssen konsequent Ihre Pillen einnehmen, Herr Nieć», «Ihr Sohn soll auf die tägliche Pflege seiner Stümpfe achten. Wenn er es nicht konsequent macht, muss er mit den Konsequenzen rechnen.»

«Wissen Sie, Frau Nadeschda», sagte Vater mit einem Seufzen, als Nadja bereits zweimal am Tag zu uns kam, um eine Lymphdrainage vorzunehmen, meine, wie sie sagte, Flügelchen zu wickeln und nicht zuletzt um mir Schmerzmittel zu verabreichen, «ich habe keine Ahnung von Medizin, aber was die Pferdepädagogik angeht, so kann ich Ihnen nur eines sagen – ohne Konsequenz macht der Ausbilder aus einem Pferd ein Charakterschwein. Als inkonsequenter

Mensch wird man hingegen interessant. Das finde ich höchst kurios.»

Die Anwesenheit dieser Frau machte aus meinem alten Vater einen Philosophen, er überraschte uns und sich selbst mit seinen Äußerungen. Oft verhedderte er sich und kam mit einem Gedanken nicht mehr weiter, eine für mich neue Eigenschaft, die mir immer mehr Angst bereitete. Vater wird alt, dachte ich dann. Meist sprang Nadja ein, indem sie das Gespräch auf meine Stümpfe lenkte, denn ihretwegen war sie ja da. Anders als der Serbe, der mir die intelligente WC-Schüssel montiert hatte, ignorierte sie meine Behinderung nicht. Sie verharmloste nichts und redete nichts schön. Meine Zukunftsangst, die mich etwas verspätet, dafür aber mit voller Wucht getroffen hatte, versuchte sie damit zu zerstreuen, dass sie von den Errungenschaften der Neurobionik sprach. Vater saß in den Therapiestunden meist in meinem Zimmer, ich duldete ihn, weil ich keine Argumente hatte, warum er nicht hätte hier sein dürfen. Es war sein Haus, ich war sein Sohn. Mit seinem Geld bezahlte er die Pflegerin.

«Freuen Sie sich auf Ihre Elektroarme?», fragte mich Nadja einmal.

«Eigentlich ist mein Sohn nicht so modern», antwortete Vater für mich, «er ist mit Kutschen groß geworden, und das im Zeitalter des Automobils.» Sein Lachen aus dem schlecht beleuchteten Erker klang drohend.

«Ja, ja. Und das in der Familie eines Ingenieurs und Erfinders», ergänzte ich.

«Was, Sie sind ein Erfinder? Warum sind Sie nach Wien gegangen und nicht nach Deutschland?»

«Es hat sich so ergeben», sagte der Vater.

«Bei mir auch», seufzte Nadja.

«Dann haben wir beide uns gefunden», sagte er auf Polnisch.

Überschätzte Sprache hin oder her: Mehr als die Hälfte dessen, was er zu ihr sagte, sagte er auf Polnisch. Anfangs wunderte ich mich, warum er das tat, aber irgendwann wurde mir klar, er tat es, weil er damit eine geografische Brücke baute. Polnisch lag eben zwischen dem Deutschen und dem Russischen, das Nadjas Muttersprache war. Sie schien ihn zu verstehen, nickte nachsichtig mit dem Kopf und schüttelte dabei ihre Schafslocken.

An einem Nachmittag sang sie auf Drängen des Vaters ein russisches Lied über einen Baum, der an einem Bach in voller Blüte steht, und ein Mädchen, das heimlich einen jungen Mann liebt.

«Wy snajete kalinu?», fragte sie den Vater.

«Wy snajete kalinu», murmelte er nachdenklich vor sich hin. «Kalina!», rief er plötzlich. «Natürlich. Da, da, konechno!»

«Ist gut gegen Husten», sagte Nadja auf Deutsch und ergänzte sofort auf Russisch: «Wy tschasto bolejete?»

«Mir? Mir tut nichts weh», erwiderte Vater wiederum auf Deutsch. Nadja lachte und schaute mich prüfend an. Als sie sah, dass ich noch weniger mit dem *boleyete* anfangen konnte, lachte sie ein zweites Mal.

«Denken Sie an Ihre Heimat?», fragte ich nach einer langen Pause und lief rot an.

«An die Ukraine? Jeden Tag. Ich möchte über die Ereignisse in meinem Land nicht reden. Für uns ist es eine Tragödie. Für die Menschen hier im Westen – ein gefundenes Fressen, um auf die Pauke zu hauen, um zu zeigen, ich bin ein gebildeter Bürger und habe eine Meinung zur Ukrainekrise. Die Krim war schon immer russisch, man soll den schlafenden Bären nicht wecken, der hat Atomwaffen und so weiter und so fort. Das kann ich nicht mehr hören.»

Unter meiner Baseballkappe begann ich zu schwitzen. Ich schloss die Augen und sah Nadjas Gesicht. Die Locken fielen ihr wie ein Vorhang bis zum Mund. Dieser bewegte sich, als ob sie singen würde. Was war das diesmal für eine Schnulze? Ich horchte und hörte nur das Sausen des Windes in den Bäumen. Dass es meine geliebten Pappeln auf der anderen Seite der Rennbahn waren, davon war ich überzeugt. Vielleicht war ich auch da drüben mit einem wichtigen und mir unbekannten Teil meines Körpers irgendwie anwesend. Unter den Pappeln und hier auf der Bank aus dem Schloss Bellevue. Nadjas Mund rundete sich und zog sich zusammen. Plötzlich hüstelte sie. «Khe khe», sagte sie und spuckte dabei eine Miniatur des Installateurserben vom Vortag heraus. Mit einer winzigen Kloschüssel um den Hals sprang er auf meine unversehrte Hand, die ich ihm freundlicherweise entgegenhielt. «Du Lump!», rief er mir mit Stechmückenstimme zu. «Sieh zu, dass die Lymphflüssigkeit abläuft, lagere deine Arme hoch, über Herzhöhe!«

«Über Herzhöhe, hörst du?» Ich öffnete die Augen. Mein Vater stand wieder auf der Veranda und drohte mir mit der Faust. Im Küchenfenster direkt unter ihm erschien Frau Strunks Schnee-Eulengesicht. Sie schaute mich an, ohne zu blinzeln, und horchte nach oben. Da nichts mehr kam, verschwand sie wieder. Sie hatte viel zu tun, denn an diesem Abend gab es Besuch. Frau Strunk hatte ich in der Früh, an den Geschirrschrank gelehnt, hemmungslos weinend vorgefunden, dass das Geschirr klirrte. Auf meine Frage, was sie denn habe, stammelte sie etwas von ihrer Angst, mir bei Tisch assistieren zu müssen.

«Ach, Frau Strunk», sagte ich und winkte mit der Schulter und teilweise mit der rechten Wange ab, «das kriegen wir beide doch hin. Wer soll mich denn sonst füttern? Vater ist der Tischherr von Frau Mund (beim Wort Mund musste ich grinsen). Herr Mund sitzt neben Ihnen. Sie sind schließlich die einzige weibliche Vertretung unseres Hauses (das Wort Hausdame kam mir nicht über die Lippen). Das junge Ehepaar sitzt nebeneinander.»

«Und neben Ihnen», warf Frau Strunk ein. «Vielleicht wäre es doch möglich, dass Herr Doktor, er ist doch Ihr Arzt … Vielleicht könnte er den Löffel … ?»

«Frau Strunk, er ist in erster Linie unser Gast.»

«Ich habe Angst», jammerte sie, nachdem sie eine Weile in sich hineingehorcht hatte, «dass ich bei Tisch in Tränen ausbreche.»

«In diesem Fall betrinken Sie sich vorher. Wenn Sie wollen, zusammen mit mir. Von mir aus jetzt. Wollen wir?»

Sie schüttelte den Kopf und bewegte sich zum Spülbecken. Plötzlich blieb sie stehen und drehte sich strahlend um. Dass man, wenn man sich freut, so hässlich sein kann, ist schon bitter, dachte ich. Frau Strunk hatte einen Vorschlag, über den ich auch jetzt noch lachen musste. Sie schlug vor, mir jeden Gang vorher zu pürieren und mir einen Löffel zwischen die Zehen zu drücken. Dass ich mit einem angefeuchteten Backpinsel mehr schlecht als recht blättere, hieß nicht, dass ich mit einem Löffel am Fuß hantieren konnte. Das zu verstehen überstieg, wie man so schön sagt, Frau Strunks Horizont. Manche Sachen konnte ich eben nicht und würde ich auch mit zwei Elekroprothesen nie können. Zum Beispiel ein Hemd mit kleinen Knöpfen zuknöpfen oder ein Nasenhaar auszupfen. Damit muss ich leben.

Eine Woche zuvor hatte das Telefon geklingelt. Frau Strunk reichte mir den Hörer und presste ihn schließlich ziemlich grob an mein Ohr, nachdem sie sich daran erinnert hatte, dass ein armloser Krüppel vor ihr saß.

«Hier ist Jonathan», sagte die Stimme, «dein Arzt.»

«Hallo», sagte ich, der Hörer rutschte in der nach Fisch riechenden Hand der alten Strunk hin und her. «Ich hoffe, du rufst nicht an, um abzusagen.»

«Nein, nein», die Stimme lachte. «Es bleibt dabei, wir freuen uns alle schon sehr auf das Abendessen. Schöne Grüße von meinen Eltern übrigens (er räusperte sich). Du, ich rufe an, um euch zu warnen, deinen Vater vor allem. Nicht, dass er vom Hocker fällt, wenn er meine … meine Frau sieht.»

Der Hörer schien mich zu necken, mir war schwindelig von diesem Herumreiben. «Ist sie so schön?», fragte ich und schaute Frau Strunk böse an.

«Sie ist ein Er. Ich bin schwul, das wollte ich euch noch mitteilen. Hallo, bist du noch da?», fragte er, nachdem ich eine Weile wortlos in den Hörer geatmet hatte. «Hallo?»

«Ja, ich bin da. Ihr kommt also zu viert.»

«Wenn wir dürfen. Sonst bleibt Max zu Hause. Dann brauchen wir keinen Babysitter für den Hund.»

Meine Arme waren also einem Mann anvertraut worden, der mich belogen hatte. Monatelang hatte ich im Glauben gelebt, einen liebenden Ehemann vor mir zu haben, und dann so was. Auf der anderen Seite war ich selbst schuld, das war mir klar, ich hätte schließlich nicht automatisch an eine Frau denken müssen, nachdem er gesagt hatte, er sei verheiratet. Trotzdem fühlte ich mich hinters Licht geführt.

«Kommt doch mit dem Hund», sagte ich, «wir freuen uns auf euch.»

«Was ist denn passiert?», fragte Frau Strunk. «Sie sind ja rot wie der Rotbarsch, den ich eben geschuppt habe.»

«Mein Arzt hat einen Mann zur Frau», sagte ich. Frau Strunk klapperte eine Weile mit ihren wimpernlosen Lidern, sagte: «Pfui» und ging mit dem Hörer in die Küche. Nach stundenlangem qualvollen Alleinsein mit der großen Neuigkeit teilte ich sie endlich meinem Vater mit.

«Vom anderen Ufer?», kicherte er. «Wie drückst du dich denn aus, heutzutage sagt man homoerotisch dazu.»

Ich erhob mich von der Bank und schritt auf die kleine Koppel zu, wo die ältesten unserer Pferde im Schatten von über hundertjährigen, noch zu Franz Josephs Zeiten gepflanzten Bäumen die Sonne genossen. Meist fand ich sie um diese Uhrzeit dösend vor. Die mit Hungertrauma standen schlitzäugig um einen Heuballen und schlugen sich den Bauch voll. Als Kind hatte ich so ein Leben schlimmer als den Tod gefunden. Ich hatte alte und kranke Pferde und damit auch alte und kranke Menschen verachtet und mich bei Letzteren gewundert, warum sie nicht den Schlussstrich zogen und aus den Fenstern sprangen. Jetzt, auf die Dreißig

zusteuernd und auf ein Viertel reduziert, blicke ich demüti-
ger auf die Dinge. Das Leben erscheint mir lebenswert,
egal, in welcher Form. Von den sechs Rentnern auf der
kleinen Koppel bekamen vier Schmerzmittel. Wenn ich sie
mir so anschaute, konnte ich mir nicht vorstellen, dass der
Exzemiker Diego mit seiner wirklich schlimmen Arthrose
doch nicht ein großer Fan des Lebens war. Oder der kno-
chige Wallach Böckchen, der nicht mehr wagte, sich hin-
zulegen, aus Angst, nicht mehr aufstehen zu können – für
ihn war das sicher kein Grund, das Leben weniger zu lieben. Ihr werdet alle eure Schmerzmittel kriegen, dachte
ich, während ich die große Koppel mit den Youngstern
und den gesitteten Herren passierte, wenn es so weit ist,
ich lasse euch auch ohne Arme nicht im Stich.

«Und, freust du dich auf die Prothesen?», fragte mich
der Stallknecht Anton, als ich mich ihm näherte. Mit einem
Schlauch füllte er meine alte Kinderbadewanne mit Wasser,
in der anderen Hand hielt er eine schwarz lackierte Zigaret-
tenspitze, an der er ziemlich kokett für sein hohes Alter
zog. Den Rauch blies er aus Höflichkeit nicht mir ins Gesicht, sondern Stardust in die Schnauze, die beinahe den
Ärmel seines löchrigen Pullovers berührte. Stardust wachte
auf und nickte dann immer wieder ein.

«Ich bin gespannt», gab ich zu, «und lasse mich gerne
überraschen.»

«Ich mich auch», lächelte der kleine, dünne Anton,
knickte das Ende des Schlauches um und marschierte den
langen Weg zurück zur Wasserstelle.

Schmolle nicht, rief ich ihm in Gedanken hinterher, ich
kann nichts dafür, dass du die ganze Arbeit hast.

Beim Abendessen kam das Gespräch auf ein heikles Thema. Nachdem mir von Frau Mund der Leidensweg einer Mutter, die einen etwas anderen Sohn hat, äußerst detailreich beschrieben worden war, fragte sie mich nach meinen Zukunftsplänen. «Irgendwelche Pläne muss doch jeder haben.»

«Welche Pläne? Er ist armamputiert, gnädige Frau», flüsterte mein Vater andächtig. Damit trieb er seiner Tischdame die Röte ins Gesicht. Sie senkte die Gabel und gleich darauf ihren Kopf.

«Entschuldigung, das vergesse ich immer wieder, Ihr Sohn ist aber auch ein Bild von einem Mann.»

«Tja», seufzte der Vater, «das hilft ihm nicht. In unserer Zeit ist Leistung alles.»

«Warten wir ab, wie er seine Elektoarme annimmt, und dann fragst du ihn noch einmal nach seinen Plänen, Mama», meldete sich Jonathan zu Wort.

«Ich habe auch keine Pläne», bemerkte Max, «ich bin seit vielen Jahren Lady of Leisure, nicht wahr, Schnucki?» Er drehte sich um und warf dem etwas muffig riechenden Labrador einen zärtlichen Blick zu, den dieser allerdings im Schlaf nicht erwidern konnte.

«Natürlich habe ich Pläne!», sagte ich. «Es erstaunt mich, dass mein Vater so ein kurzes Gedächtnis hat. Wir machen ein Pferdetherapiezentrum auf, für behinderte Menschen. Ich warte nur noch auf meine Prothesen.» Frau Strunk, die neben mir saß, hob auf mein Augenzeichen mein Glas. In der anderen Hand hielt sie das ihre. «Auf das Leben!» Die Gläser klirrten. Zuerst trank Frau Strunk, dann ich. Mit einem Seitenblick sah ich, wie Vater mit einem

Fingerknöchel seine kargen Männertränen abwischte. Ob er vor Stolz oder Mitleid mit mir weinte, sollte ich nie erfahren.

Der Kaffee wurde serviert. Ich bekam Kakao im Glas mit einem Strohhalm. Jonathans «Frau» setzte sich zu mir auf den leeren Platz von Frau Strunk.

«Du», sagte der ziemlich angetrunkene Max, der eine bemerkenswerte Statur und leider ein ordinäres Gesicht mit viel zu kleinen Augen hatte, «dir muss ich jetzt mal Danke sagen. Es ist so wundervoll, mal pausieren zu dürfen, sonst werde ich auf jeder Heteroparty wie ein Behinderter begafft.»

Über so viel bodenlose Dummheit konnte ich selbst mit einem Liter Wein im Körper nicht lachen. Am liebsten hätte ich ihn geohrfeigt, doch es ging aus technischen Gründen nicht. Max rückte näher und schaute mir in die Augen. Er versuchte es möglichst eindringlich zu machen, sicher um ein Gefühl von Nähe zu erzeugen, trotzdem sah ich, dass ihm der Fokus fehlte. Er schielte durch mich hindurch. «Wie geht es dir so?», lallte er. «Gut», sagte ich, «Gut, wie du siehst. Ich habe schließlich Pläne.»

XVII

Schon seltsam, wie die Liebe einem alten Witwer das Licht der Vernunft ausblasen kann. Hätte mir damals im Spital jemand gesagt, dass ich wie in einem schlechten Roman wegen einer ukrainischen Pflegerin um mein Erbe bangen würde, hätte ich ihm einen Vogel gezeigt, gedanklich versteht sich, denn damals trug ich noch keine Prothesen. Ernst wurde es gegen Ende des Jahres 2014. Zuerst fiel mir auf, dass Vater seinen Marx-Bart zu einem akkuraten Quadrat hatte stutzen lassen, nach der neuesten Mode, als wollte er sich auf die gleiche Stufe mit den jungen Hornbrillenträgern aus den Großstädten stellen, die keine Socken in ihren Lederschuhen tragen und kilometerweit nach Parfüm stinken, wobei ihre Parfümmarken von immer demselben Typus Mann beworben wird, der schlau und lässig von den großflächigen Werbeplakaten herabblickt.

Bei einem Mittagessen wurde ich Zeuge, wie er sich von Nadja, die eigentlich zu meiner Betreuung kam, seinen mausgrauen Hipsterbart mit der Serviette abwischen ließ. Ich tat so, als hätte ich nichts bemerkt, und machte sogar einen Witz über mich selbst, dass ich nun mit meinen neuen Armprothesen mein Essen wie ein zittriger Alkoholiker salzen würde. Die beiden lachten, allerdings offenbar aus bloßem Wohlbefinden. Wenige Tage später schaute sie wieder vorbei und blieb nach der Therapiestunde, ohne dass jemand sie darum gebeten hätte, noch zum Mittagessen. Und wieder griff sie ihm in den Bart, doch diesmal nicht mit der Serviette, sondern mit der Hand. Starren Blickes folgte ich ihren Fingern, die ganz unverschämt im krausen Barthaar des alten Mannes wühlten. Als sie ihm triumphierend eine Fusilli vor die Nase hielt, wurde mir schlecht. Beide kicherten. Niemand nahm auf mich Rücksicht. Selbst die dämliche Frau Strunk war Nadja verfallen und lobte ihre süße deutsche Aussprache über den grünen Klee. Dass es ein Kauderwelsch war, schien die alte Strunk nicht zu stören. Aus Mitleid mit der notleidenden Bevölkerung in der Ostukraine schaufelte sie Nadja Berge von Essen auf den Teller. Ich war froh, dass ich nun meine Elektrohände hatte und nicht gefüttert werden musste.

Alles wurde anders im Licht der Bedrohung, die als solche zu erkennen ich mich lange geweigert hatte. Ich folgte dem Treiben der beiden mit einer derartig fassungslosen Gelähmtheit, dass meine großen Pläne, von denen ich vor nicht allzu langer Zeit so groß getönt hatte, immer mehr in den Hintergrund rückten. Die Behinderten konnten ein wenig warten, wo sich gerade über meinem Kopf ein Gewitter zusammenbraute, fand ich. Die neue Reithalle wurde währenddessen trotzdem gebaut, behindertengerecht. Dasselbe Serbentrio kam, um ein weiteres intelligentes Dusch-WC im neuen Reiterstübchen zu installieren. Nach wenigen Monaten war alles (einschließlich der ausgebildeten Therapiepferde und eines einsatzbereiten Lehrers) da, um einem Spastiker die erste Therapiestunde zu geben. Mein Vater hatte sein Versprechen gehalten. Ab und zu betrat ich die Halle und legte mich in die weichen Vliesfetzen, über die noch kein Pferdehuf gelaufen war, und kam mir vor wie der erste Mensch auf dem Mond. Von meinem Zimmer aus sah ich den Vater einmal im schwarzen Hallentor verschwinden. Ziemlich schnell war er wieder draußen. Er machte ein erstauntes Gesicht und sah von oben überhaupt wie ein alter Schuhverkäufer aus, dem ein Karton auf den Kopf gefallen war. Dass die Halle die Sicht auf meine geliebten Pappeln versperrte, ärgerte mich anfangs, bis ich mich daran gewöhnte. Mein Vater, der den Wahnsinn bezahlt hatte, hätte damals unter dem Einfluss seiner Hormone sicher auch einen Hundefriseursalon finanziert.

Zugegeben, auch ich hatte eine Phase, in der ich ganz schön verknallt in Nadja war. Ich stellte mir sogar vor, wie ich in die Ukraine fahren und bei ihrer Mutter im Altersheim von Donezk um Nadjas Hand anhalten würde. Ein ukrainischer Fernsehsender filmt das Ganze, das Altersheimpersonal schaut in Tränen aufgelöst zu. Die Stimme des Moderators zittert, während er den Zuschauern erklärt, wer ich bin, nämlich ein armloser Millionärssohn aus der Stadt des Walzers. *Wunder geschehen*, so hieße die Reportage. In meiner Phantasie malte ich mir auch meine Zukunft mit dieser Frau aus. Zwei Söhne, Karl-Enzian und Nikolai-Thymian (schließlich hieß ich selbst Kaspar Valerian), ein florierendes Pferdezentrum, *In Harmonie mit dem Tier*, *Hippotherapie, alle Kassen*. Ja, eine Zeit lang war ich wirklich auf das Wesentliche fokussiert. Allzu bald versank jedoch meine Schwärmerei in einer trüben Wolke aus Eifersucht, Hass und purer Existenzangst. Es war klar zu erkennen, dass ich litt, auch für die Verliebten mit Tomaten auf den Augen. Wie konnte man einen Menschen nur so quälen?

«Sollen sie sich doch im stillen Kämmerlein küssen, ich will es nicht sehen, und Sie, Frau Strunk?», fragte ich die Haushälterin eines Morgens, als ich auf Nadja für meine ausstehende Schmerztherapie wartete (ich muss meine Hände, als sie noch heil waren, vor lauter Tatenlosigkeit doch ganz ordentlich gerungen haben, denn meine Phantomschmerzen waren neuerdings wieder da). Mein Gott, wie farblos klang doch meine Stimme! Kaum zu glauben, dass ich mal im Knabenchor die Tritsch-Tratsch-Polka gesungen hatte.

Wie geht's? Wie steht's? Schon lange nicht geseh'n!
Nicht schlecht! Nicht recht! Es muss halt weitergeh'n.

Frau Strunk, die gerade ins Kartoffelschälen vertieft war, blickte von ihrem Schemel auf.

«Auf so was achte ich nicht, nein, wieso sollte ich mir so etwas anschauen, nein, aber wirklich, das ist nicht meine Angelegenheit, das interessiert mich auch nicht. Oh nein, oh nein, oh nein, Ihr Vater und die Russin, sind Sie sicher?»

«Sie ist keine Russin, Frau Strunk, sie kommt aus der Ukraine. Das muss man jetzt wirklich unterscheiden können», sagte ich. Frau Strunk ließ die Kartoffeln ins kochende Wasser gleiten.

«Ist doch dasselbe, oh nein, oh nein, Ihr Vater und das Mädchen, ich komme ja kaum aus der Küche raus, bitte halten Sie mich auf dem Laufenden.»

Nach einem Monat hasste ich auch die sensationsgeile Frau Strunk.

Am 1. Februar 2015 zog Nadja zu meinem Vater unters Dach. Es war ein klirrend kalter und wolkenloser Tag. Schwärme von Dohlen kreisten lärmend und tief über dem Rasen, landeten und flogen aufgescheucht wieder auf, um sich endgültig auf den Kastanienzweigen in der Einfahrtsallee zu verteilen. Nach dem Aufwachen lag ich lange im Bett und lauschte ihrem Gesang. Ornithologen und Provokateure bezeichnen diese Geräusche gern als Gesang. Die Letzteren, um ihre Mitmenschen zu ärgern, Bildungsbürger, die den Köder sofort schlucken und ihre lächerlichen Einwände erheben. Ich gehöre weder zu den einen noch zu den anderen, trotzdem möchte ich kein anderes Wort dafür benutzen. Für mich sind die Dohlen die größten Musikinterpreten, dafür muss man nicht musikalisch sein, sondern nur etwas Humor haben. Und den haben die Dohlen zweifelsohne. Für ihre Fähigkeit, den Wind in den Leitungsdrähten nachzuahmen, habe ich sie immer geschätzt, diese helläugigen Vögel, die im Spätherbst und im Winter an der Seite der Saatkrähen ihre Runden über dem Prater drehen. Und wenn ich mir etwas von der Zahnfee wünschen dürfte, so sollte dieses Surren das Letzte auf dieser Welt sein, was ich hören wollte. Damit bin ich groß geworden, und es wäre also nur logisch, damit auch wieder klein zu werden und zu verschwinden. Am schönsten wäre es natürlich, wenn ich dabei gar nicht wüsste: Sind das die Dohlen, oder ist das der Wind? Ich kam richtig ins Schwärmen, während ich im warmen Bett lag und mir der Schlaf langsam aus den Augen wich. Staunend zu sterben könnte aber gefährlich sein, überlegte ich, angenommen, dass es eine Seele gibt. Abgesehen davon, dass es unschön ist, wie die Nadel auf einer Schallplatte im eigenen Gedächtnis an einer Stelle hängen zu bleiben, könnte man (Gott bewahre) wiedergeboren werden, um sich noch einmal in einem Leben voller Vermutungen zu verlieren. Soll ich oder soll ich nicht? Sind das die Dohlen, oder ist das der Wind?

Was ist das für ein Besen, dachte ich, die Blumen waren gestern noch nicht da? Hat jemand Geburtstag? Der rotweiße Rosenstrauß auf der Konsole neben der Kaminuhr machte mir Angst. Ich starrte ihn an und fühlte mich, als hätte ich etwas Wichtiges verpasst, und zwar schon vor langer Zeit. «Frau Strunk?» Stille. Auch die Küche war leer und roch noch nicht einmal nach Essen, sondern nach essigsäurengetränkter Sauberkeit und Krankenhausruhe, so als hätte alles Lebendige diesen Ort verlassen. Das Ticken des Weckers an so einem Ort ist der Countdown zur Flucht. Ich blickte in den Mülleimer. Eine sumpfgrüne Mülltüte stach mir unangenehm ins Auge. Es war nichts darin, keine Spuren menschlicher Tätigkeit, nichts. Auf der Arbeitsplatte neben dem Kühlschrank stand jedoch eine Thermoskanne mit Kaffee, darunter lag ein Zettel:

Guten Morgen, der Tisch ist gedeckt. Bin im Zimmer wegen Migräne.

Migräne, dachte ich, die Strunk hat noch nie Migräne gehabt, das ist etwas ganz Neues. Eine Zeit lang zögerte ich, sollte ich bei ihr klopfen oder nicht? Ich beschloss, sie in Ruhe zu lassen. Gleichzeitig überlegte ich, ob ich ihr am Vortag nicht etwas Grobes gesagt und sie beleidigt hätte. Wie haben wir uns verabschiedet? Gar nicht. Vielleicht ist das die Rache dafür? Jedenfalls war sie schon früh auf den Beinen gewesen. In allen Kaminen und Kachelöfen brannte Feuer. Und die Blumen, sie hätten auch von ihr stammen können. Aber für wen? Wenige Stunden später kamen die Umzugsleute, Kisten und Möbel wurden die Treppe hochgeschleppt, und als ich die strahlende Nadja mit einem zerbeulten Samowar in der Tür sah (Vater streckte hinter ihr immer noch einladend die Hände aus, wie ein bekloppter Impresario), da wurde mir klar, für wen die Blumen bestimmt waren.

Von jetzt an saßen sie offiziell zusammen, das heißt, sie hielten einander meist schweigend im Arm, im Wohnzimmer mit dem Blick auf das von Vogelkot gescheckte Dach der neuen Reithalle, aber auch im Esszimmer auf dem zweisitzigen Sofa mit Rohrgeflecht-Rücken, in dessen Löcher ich als Kind im Sommer Gänseblümchen zu stopfen pflegte, als Überraschung für die Eltern und später für mich allein, um meine ästhetischen Bedürfnisse zu befriedigen. Sie knutschten in seinem Kabinett auf dem zerkratzten Ledersofa aus seiner ersten Wohnung, durch die offenen Gardinen konnte ich sehen, wie sie ihre Köpfe aneinanderlehnten, wie auf einem billigen Kupferstich aus einer Pariser Frauenzeitschrift des vorletzten Jahrhunderts. Während ich an den Fenstern vorbeischlich, regte sich nur Nadja, um den eingeschlafenen Arm zu wechseln, sich eine Locke aus dem Gesicht zu streichen, dem Vater noch eine Fusilli aus dem Bart zu fischen (mir wurde schlecht) und sie dann vor seinen Augen aufreizend zu verschlingen. Pfui. Verfluchtes Luder, mögest du daran ersticken! Ich hasste Vater, ich hasste Nadja, ich hasste Frau Strunk, die neuerdings nur noch Migräne hatte, und am meisten hasste ich mich selbst dafür, dass ich nichts anderes konnte, als zu hassen und den beiden nachzuspionieren.

Zu mir war Nadja übertrieben freundlich, aber nicht mehr so fürsorglich wie in der Zeit, als sie unser Haus für 50 Euro pro Stunde plus 30 Euro Anfahrtskosten zu betreten pflegte, mir wurden auch keine inspirierenden Artikel aus dem kostenlosen Psychotherapie- und Seelsorgemagazin mehr gezeigt, die (meistens auf der letzten Seite vor den Kreuzworträtseln) vom Alltag contergangeschädigter Menschen erzählen oder von den um ihre Glieder kämpfenden Diabetikern. Bis die beiden Täubchen sich geoutet hatten, hatte sie mir mehrmals pro Woche wortlos diese reichlich mit hässlichen Fotos bedruckten Seiten vor die Nase gehalten und dabei nach Anerkennung in meinem Gesicht geforscht. Jetzt fragte sie nicht einmal mehr, ob ich die Prothesen richtig anlegte, geschweige denn, dass sie auf den Gedanken käme, selbst zu überprüfen, ob die Signalerkennung der Sensormanschette nicht beeinträchtigt sei. Diese Apparate, die mir Vater für die Arme bestellt hatte, auf Maß geschneidert wie ein paar Langhandschuhe, sind etwas ganz Feines. Die Sensormanschetten müssen stets an der immer gleichen Stelle auf den beiden Stümpfen anliegen, eine leichte Verschiebung, und die Erkennung der Muskelsignale ist schon beeinträchtigt. Es war ihr also egal, wie ich herumlief, ob ich meine Hose herunterziehen konnte oder mir in die Hose machte, offenbar beschäftigte sie eine andere Hose weit mehr. Meine Phantomschmerzen schienen für Nadja längst nicht mehr zu existieren, zumindest nicht unter diesem Dach, ein Medikamentenkoffer aus geprägtem Aluminium stand jedoch für alle sichtbar im untersten Regal der Bibliothek. Sicher mit Schmerzmitteln für den Notfall versehen, doch musste man dazu unsere Schall-

plattensammlung ausräumen? Zu fragen, wo sie hinge-
bracht wurde – dazu war ich zu stolz. Mag sein, dass kein
Mensch mehr Schallplatten hörte, doch das hieß nicht, dass
man sie nie mehr hören würde. Es war für mich nicht zu
erklären, warum der Vater seine Evergreens einfach so hatte
entfernen lassen, *Man müsste Klavier spielen können* von Fritz
Schulz-Reichel mit den drei Mädels um den Flügel vor
aquamarinfarbenem Hintergrund oder Toto Cutugno, den
es auf dem Cover gleich dreimal mit demselben wehmüti-
gen Fernblick zu sehen gab. Innamorati! Diese Staubfänger
hätten nie aus unserer Bibliothek verschwinden dürfen.
Auch Frau Strunk nahm es ihm sehr übel. Im Unterschied
zu mir waren ihr die Schallplatten auf gut Wienerisch
wurscht, allein die Tatsache betrübte sie, dass der Chef eine
Veränderung in so einem Raum wie der Bibliothek überhaupt tolerierte. Dabei durfte sie selbst hier nur in Abspra-
che mit ihm staubsaugen. Seitdem der Medikamentenkoffer die Platten verdrängt hatte, häufte Frau Strunk weit
weniger Essen auf Nadjas Teller und fragte auch nicht mehr
nach ihrer Mutter im Altersheim von Donezk.

Im März 2015 hörte die Presse endlich damit auf, das
Wort Ukraine-Krise zu benutzen. Stattdessen wurde der Be-
griff «russisch-ukrainischer Krieg» salonfähig. Kinder hielten bereits Referate an Schulen zu diesem Thema, Nadja
hingegen wurde ruppig, wenn man sie darauf ansprach.
Für die Terroristen seien Altersheime strategisch uninteres-
sant, wiederholte sie immer wieder mantraartig, außerdem
liege das Gebäude des Altersheims in einer ländlichen Gegend und sei schon immer autark gewesen. Von der Ukraine sei auch in friedlichen Zeiten wenig zu erwarten ge-

wesen, von den Russen jetzt allerdings noch weniger. Die Alten seien so etwas wie Selbstversorger. Heißes Wasser habe es dort sowieso nie gegeben, Holz zum Heizen, Hühner, eine Milchkuh schon. Das Leben gehe weiter.

Hin und wieder hörte ich sie mit jemandem telefonieren, ohne dass ihre Stimme besorgt geklungen hätte, ganz im Gegenteil, es wurde viel dabei gelacht, und ich hatte nie den Eindruck, dass die beiden über etwas anderes als Kochrezepte oder heilsame Kräutertees sprachen. Wenn es wieder schlechte Nachrichten aus der Ukraine gab, und die gab es andauernd, so seufzte sie und wiederholte, was wir bereits schon mehrmals gehört hatten, als Medizinerin sei ihr die Politik egal. Die Menschheit insgesamt übrigens auch. Sie interessiere nur der einzelne Mensch. Ich dachte viel darüber nach und konnte mir keinen Reim darauf machen. Das ist also dein wahres Gesicht, Krankenschwester, dachte ich, Tag für Tag Nadja aus den Augenwinkeln musternd, der einzelne Mensch interessiert dich also. Die eigene Mutter verhungert am Rande des zerbombten Donezk, und du machst Witze am Telefon. Vielleicht sogar mit ihr selbst! Und sie lacht auch noch mit. Verrücktes ukrainisches Pack.

«Ist sie nicht ein Schatz?», murmelte Vater zu sich selbst. «Nein, sie ist wirklich allerliebst. Ein alter Sack und so eine Blume. Herrlich. Etwas höher, Schatz!», rief er zu der auf einer Bibliotheksleiter balancierenden Nadja hinauf, die ein ovales Bild mit blauem Passepartout gegen die Wand hielt. «Wunderbar, und jetzt etwas nach rechts, sonst ist da zu wenig Luft zwischen dem Foto und der Tür.»

«Jetzt brauche ich einen Nagel», sagte Nadja, uns beide

unschuldig von der Leiter anblinzelnd. «Kaspar soll ihn mir geben, das ist gut für seine, wie heißt es?«

«Fingerfertigkeit heißt das, Schatz.»

Ich erhob mich und schleppte mich mürrisch zu Nadja. Die Schachtel mit den Nägeln zu öffnen war bereits eine Zumutung; dass ich daraus einen Nagel herausfischen musste, eine Frechheit. Vater, dem mein Herumwühlen offenbar viel zu lange dauerte, wurde unruhig. Ich sah, wie er seine Füße vom rostbraunen türkischen Puff nahm und den Kopf reckte, als würde er von einer Strandpromenade aus einem Ertrinkenden zuschauen.

«Komm, betätige mal deine Muskeln, wozu habe ich dir so teure Prothesen gekauft?», feuerte er mich an. Darauf schwieg ich nur. Bei Beleidigungen ist es immer von Vorteil, den Mund zu halten.

«Danke schön», flötete Nadja, als ich ihr einen Nagel hinhielt. Ich hielt ihn so, wie ich ihn mit meinen echten Fingern nie angefasst hätte, nämlich wie einen kleinen Balken quer zwischen dem Daumen- und dem Zeigefinger. Nadja schien dieses Detail nicht zu beeindrucken. Mich hingegen beeindruckte die schöne Aussicht, die sich mir am Fuße der Leiter bot. Zweifellos wollte sie mich ein wenig aufziehen und war nach wenigen Monaten ihres Zusammenlebens mit dem alten Mann etwas unterfordert. Ihre Unterhose aus hellgrauem Kaninchenpelz brannte sich jedenfalls in meine ohnehin angeschlagene Psyche ein. Prompt träumte ich jetzt nur noch von diesem russischen Meisterwerk der Wintermode, aber auch von anderen Dingen, die mich verschwitzt wieder aufwachen ließen. Seltsamerweise hatte ich danach immer das Gefühl, dass meine auf dem Schreibtisch liegenden Armprothesen geklaut worden waren. Um danach zu sehen, sprang ich im Halbschlummer aus dem Bett, mit jener phantastischen Kraft, die offenbar in den tiefsten Schluchten meines Bewusstseins beheimatet ist. Was mir diese Träume zeigten, befand sich jenseits der Grenze des Normalen. Ich wusste bereits im Traum, dass es nicht schön ist, worauf ich mich da einließ. Jede Faser meines träumenden Körpers rief nach einem strikten und männlichen Nein. Und dann geschah es. Ich ging mit diesen Armresten von Krankenzimmer zu Krankenzimmer, dick und glänzend sahen sie aus, als wären sie keine verstümmelten männlichen Arme, sondern zwei Kommunionskerzen. Stumpfsinnig, völlig gehirnlos blieb ich vor einem liegenden Frauenkörper stehen, er hätte nur der von Nadja sein können, und drang auf ihren expliziten Wunsch mit den Stümpfen abwechselnd in sie ein. Ich hatte das Gefühl, in einen morschen Lattenzaun zu bohren.

Nadja stieg mit hochgerecktem Po langsam die Leiter hinunter. Um sie nicht anzustarren, tat ich so, als würde ich das schwarz-weiße Porträt betrachten, das sie eben etwas schief aufgehängt hatte.

«Wer ist das?», fragte ich.

«Mein Mütterchen», sagte Nadja. «Erkennt man die Ähnlichkeit?»

«Natürlich, Schatz», rief der Vater von seinem Platz, «ukrainische Frauen sind die schönsten, die Polen haben da ein schönes Lied, hej sokoly.» Und er stimmte jaulend eine wehmütige Melodie an, die Worte traute er sich nicht zu singen, denn er war völlig nüchtern und noch dazu als Sänger nie sattelfest gewesen. Außerdem befand ich mich im Raum. «Es geht um ein ukrainisches Mädchen, dem ein Pole hinterhertrauert», sagte er, «polnische Männer waren euch Frauen der Steppe schon immer verfallen. Unsere Völker haben eng zusammengelebt.» Auf Nadjas Gesicht trat ein Strahlen, angesichts dessen ich mich fremd fühlte. Verwaist.

«Wieso holst du deine Mutter nicht einfach hierher?», fragte ich sie eines Tages, als wir allein waren.

«Sie wird nicht kommen», sagte Nadja.

«Ist sie prorussisch?», fragte ich. «Will sie in diesem Neurussland leben?»

Ihre Antwort machte mich für Wochen traurig. «Mutter? Wie soll sie da wegkommen? Sie hat Osteoporose und keinen Reisepass. Wozu auch, bei uns reisen alte Frauen nicht. Ich habe eine alte Mutter», ergänzte sie nach kurzem Schweigen, «sie hat mich mit Mitte vierzig bekommen, war etwas unnötig, aber gut, ein richtiger Sturkopf ist sie.»

«Du hättest sie hierherholen sollen, bevor der Krieg begonnen hat, oder noch viel früher», sagte ich. Nadja lächelte über diese Bemerkung und meinte, dass man einen alten Baum nicht verpflanzen solle, und außerdem habe die Mutter einen Freund im Altersheim. Dann erhob sie sich raschelnd aus ihrem Sessel und schritt energisch an mir vorbei auf das Porträt zu, das sie selbst vor Kurzem aufgehängt hatte. Sie blieb davor stehen und klopfte mit dem Fingernagel gegen das Glas. «Ich weiß nicht, was ich ohne Mama machen würde.»

«Ihr lacht ziemlich viel am Telefon, habe ich gehört, durch Zufall», stammelte ich.

«Haben wir andere Alternativen als das Lachen?», sagte Nadja und brach in ein Lachen aus, in dem eine ganze Palette von Gefühlen aufflammte. Zärtlichkeit, Wehmut, Verzweiflung, Stolz, aber auch so etwas wie Liebe.

An einem Aprilnachmittag des Jahres 2015 meldete Frau Strunk mir mit leisem Klopfen an meine Zimmertür einen Besuch. Ich versuchte mich gerade auf einen holländischen Film zu konzentrieren, in dem mehrere sehr unsympathische Charaktere einander nach Strich und Faden belogen und außer einer geldgierigen Blondine keiner einen Plan zu haben schien. Immer wieder nickte ich in meinem Sessel ein. Frau Strunk ließ mich mit ihrem Klopfen hochschrecken. «Ihr Arzt ist da und will Sie sprechen», sagte sie durch den Türspalt, «ich habe ihm eine Tasse Tee eingeschenkt.» Mein Herz raste in Vorahnung schlechter Nachrichten, während ich ihr folgte. Er wird mir gleich sagen, die Stümpfe müssten noch ein Stück gekürzt werden, dachte ich, oder mir werden die Prothesen gegen neue eingetauscht. Nein, darauf lasse ich mich gar nicht erst ein. Etwas in mir befahl mir, das Geländer zu benutzen, doch ich tat es nicht. In letzter Zeit hatte ich das Gefühl, dass die beiden Prothesen die Macht über meine alten Gewohnheiten übernommen hätten, dass sie das, was ihnen überflüssig schien, um Energie zu sparen, gar nicht an den Mikroprozessor weiterleiteten. So wie sich am Geländer festzuhalten. Vielleicht wussten die Arme, dass ich noch jung war und, ohne das Geländer zu benutzen, Treppen laufen konnte. Mag sein, schließlich hatten die Techniker meine Patientenkarte studiert, und außerdem war ich selbst am Kalibrierungsprogramm beteiligt gewesen.

Jonathan begrüßte mich mit einem herzlichen und festen Händedruck, den ich nur an der Erschütterung meiner Schulter spürte. Es war kaum zu glauben, dass er schwul war. Andauernd wieherte draußen ein Pferd, es wieherte ziemlich nah am Haus mit heiserer und dennoch voluminöser Stimme, die so klang, als würde es in den Pausen geradezu Luft verschlingen, daraus seine Kraft schöpfen und auch noch satt werden.

«Dein Vater ist im Theater, hat mir Nadja gesagt. Also habe ich die Gelegenheit genutzt, um hier vorbeizuschauen.»

«Sie sind beide im Akademietheater, die ‹Macht der Finsternis›», sagte ich und begann zu schwitzen. Jonathans höfliche Miene machte mir Angst.

«Ach, Dostojewski, das ist aber nett», sagte er.

«Tolstoi, soviel ich weiß. Ich gehe inzwischen nur noch sehr ungern ins Theater. Wenn das Licht ausgeht, denke ich nur daran, dass meine Prothesen geklaut werden könnten.» Jonathan lachte, auch er hatte so ein herrlich kräftiges und weißes Gebiss wie mein Vater, sicher teuer gemacht oder wenigstens gebleached, dachte ich.

«Sei ohne Sorge, die braucht nun wirklich niemand.»

«Denkste Puppe, von einem meiner Arme kann eine rumänische Familie ein halbes Jahr lang leben.»

«Das stimmt, die Prothesen sind teuer», sagte Jonathan, lachte erneut, verschluckte sich und lachte hustend weiter. Dann wurde er still, und derselbe höfliche leider-beiße-ich-gleich-Blick kehrte in seine Augen zurück. «Dein Vater war neulich zur Nachkontrolle bei uns. Es wird leider nicht besser. Als er damals mit seinem Schädel-Hirn-Trauma eingeliefert wurde, haben wir eine MRT gemacht. Offenbar hat er schon vorher eine leichte kognitive Beeinträchtigung gehabt, sonst wären die Amyloidablagerungen im Gehirn nach seinem Sturz nicht so stark ausgeprägt.»

«Mmhh. MRT?»

«Kernspintomografie, wir konnten in sein Gehirn hineinblicken.»

Er redete und redete und wedelte dabei mit seinen kleinen rosigen Händen, immer mehr einen leichten Duft nach Desinfektionsmitteln verbreitend. Als das Wort Demenz fiel, hatte ich das Gefühl, das Zeug, mit dem er sich die Hände gewaschen hatte, getrunken zu haben. Wir schwiegen eine Weile.

«Es würde mich nicht wundern», sagte er schließlich, «wenn du vor eurem Unfall Veränderungen an deinem Vater beobachtet hast, vielleicht war er auffallend zerstreut oder konnte sich die Schuhe oder die Krawatte nicht mehr binden, es muss nichts Gravierendes gewesen sein.»

«Nein, es war alles in Ordnung», log ich, die Geschichte mit dem Tanzkurs und dem Bordell behielt ich für mich.

«Er muss jedenfalls vergesslicher oder zumindest unsicherer geworden sein», sagte Jonathan. «Um ganz sicherzugehen, haben wir bis zur Nachfolgeuntersuchung gewartet, die war letzte Woche, und nun steht die Diagnose fest. Leider Gottes.»

«Nadja wusste also die ganze Zeit Bescheid?», fragte ich, ich hatte das Gefühl, nur mit den Lippen zu sprechen, als wären Mund und Hals gelähmt.

«Ich habe sie gebeten, diese Vermutungen diskret zu behandeln, um euch nicht unnötig zu beunruhigen, dich vor allem, Stress ist das Letzte, was ein amputierter Patient braucht. Es ist überhaupt bemerkenswert, wie du mit dem Verlust deiner Arme klarkommst.»

Das Wiehern klang nun ganz nah, mit einer schalkhaften Ihihihüü-Note, davon klirrten die Fensterscheiben.

«Weiß er, dass er dement ist?», fragte ich, nachdem wir beide auf das Lärmen von draußen gelauscht hatten.

«Noch nicht. Darf ich rauchen?»

«Bitte.»

Er zündete sich eine kleine Panatela an, von der er vorher mit einer geschickten Bewegung die Binde abgemacht hatte. Ich fühlte mich plötzlich in den August 2001 zurückversetzt. Kutschen rollten an mir vorbei. In einer saß ein junger und etwas dünnerer Jonathan mit gegeltem Seitenscheitel, neben ihm ein mit den Armen wedelnder Herr von Grubinger, ein in hohem Bogen fliegender Glimmstängel landete, wie ein Komet in meinem Kinderkosmosatlas, noch einmal vor meinen Füßen. Ich überlegte, was passieren würde, wenn diese Nachricht meinen Vater jetzt auf telepathischem Wege erreichen würde, während er händchenhaltend mit seiner Schmusepuppe Nadja im Theater saß. Er würde von seinem Logenplatz aufspringen und die angebrochene Flasche Schlumberger, die er für das Dreifache ihres Preises vom Theaterkellner hatte bringen lassen, schreiend auf die Bühne schleudern. Nein, so ein Machtmensch wie mein Vater, so ein Lebemann wie er würde den Teufel tun, das Vergessen sang- und klanglos hinzunehmen.

«Macht ihr das immer so im Krankenhaus mit den schlechten Nachrichten?»

«Als Nichtneurologe habe ich meine Nase sowieso schon zu weit in eure Sachen gesteckt, und dass ich hier bin, kann mich meine Arbeitsstelle kosten. Ich dachte mir, weil wir Freunde sind ... hoffe ich ... sage ich es dir als Erstem.»

«Das ist nett», sagte ich, «was heißt das jetzt für ihn?»

«Was das für ihn heißt?» Jonathan zuckte mit den Schultern. «Demenz ist Demenz. Entweder sagst du es ihm jetzt, dann kann man ein paar Jahre Lebensqualität mit Medikamenten gewinnen. Das Gefährliche dabei ist, dass die meisten, die das früh erfahren, durch die Hölle gehen, bis es ihnen wurscht ist. Zweite Option: Du sagst es ihm gar nicht, gibst ihm trotzdem Medikamente, unauffällig, versteht sich, und er lebt sich in sein Vergessen hinein», schloss er und zog mehrmals fiepend an seiner Panatela. Ein gedehntes Wiehern wehte durch die halb offene Verandatür, in aller Deutlichkeit, so als würde am Fuß der Treppe ein Pferd stehen. Ich trat ans Fenster. Tatsächlich stand da unten ein Pferd und beschnupperte mit erhobenem Kopf, in dem zwei milchig matte Mondsteine blinkten, die Luft. Es war Stardust, das blinde Pferd, das mich an den Vater erinnerte, wenn er weinte.

«Die linden Lüfte sind erwacht, sie säuseln und weben Tag und Nacht», deklamierte Jonathan hinter meinem Rücken und tappte mit dem Fuß einige Takte aus Vivaldis «Frühling». Die Melodie wäre kaum zu erkennen gewesen, wenn er sich selbst dabei nicht summend begleitet hätte.

XVIII

Wie ambivalent geht der Mensch mit seinen Erinnerungen um! Wird er von lauter schönen überschwemmt, ein Schlittschuhlauf mit dem Schwarm, Hochzeitsreisen, Kindertaufen, Weltumsegelungen, Ballonfahrten und so weiter, so schüttelt er weinend den Kopf über die verflossene Zeit. Beginnen einem hingegen die Erinnerungen zu schwinden, klammert man sich plötzlich wie ein Verrückter an jede Kleinigkeit. Nicht lange, wie mir Jonathan erklärte, offenbar dauert es nur ein paar Jahre, bis man den Kampf aufgibt. Nur in dieser Zeit vermisst man sie also, auch wenn das Leben, das man geführt hat, nicht gerade eine sonnige Strandpromenade war. Es gibt Menschen, die haben nur Elend erlebt. Auch ihrer eigenen Mutter sagen sie nur mit zusammengebissenen Zähnen Danke. Danke für das lächerliche Geschenk des Lebens, das sie ihnen aufgebrummt hat. Der Stallknecht Anton war einer von dieser Sorte. Selbst die Pferde bereiteten ihm, einem ehemaligen Jockey, keine Freude mehr, stoisch machte er seine Arbeit, manchmal hatte es etwas Mechanisches, am meisten tat er mir im Winter leid. Mit seinem selbstgeschnitzten Holzgebiss, das dauernd herauszufallen drohte, muss ihm das Essen eine mühsame Pflicht gewesen sein, ich glaube sogar, dass er in seiner Kammer über einem der Stallgebäude ohne sein Gebiss aß, wahrscheinlich nur Brei, weiche Kartoffeln, zerkochte Linsen.

«Ich habe niemanden auf dieser Welt», sagte er einmal zu mir, «nur meine Mistgabel.» Und als er das sagte, stützte er sein Kinn auf den Gabelstiel und starrte mich fragend an. Eine Provokation. Nicht einmal ein Warum stand in diesen Augen geschrieben. Nicht einmal ein buckliges Fragezeichen. Peinlich berührt, senkte ich meinen Blick, sagte nur: «Danke für die Hilfe» und ging steif wie eine Zaunlatte an ihm vorbei. Weg, bloß weg von ihm. So ein Anton wird sich auch an seine Erinnerungen klammern, denke ich, sollten sie ihm zu entschlüpfen drohen oder er ihnen. Er wäre froh, sich an die klirrend kalten Wintermorgen im Stall erinnern zu können, an die dampfenden Pferdeäpfel, an das Quieken der Tür im Wind und die aufmerksamen, unsagbar gütigen Pferdeaugen. Auch ich würde mich wahrscheinlich gerne an den Kutschenunfall, an den letzten Tag mit meiner Mutter am Gardasee, den letzten Atemzug meines Vaters erinnern, wenn mir nur diese Erinnerungen blieben. Ich würde wie ein Löwe gegen mich selbst um sie kämpfen und verlieren und im nächsten Augenblick nicht mehr wissen, was mir eben noch so lieb und teuer war.

Je länger ich über die Erinnerungen nachdenke, umso fester glaube ich daran, dass wir sie völlig grundlos für unseren größten Schatz halten. Sie verlieren ihren Wert, sobald man angefangen hat, das Erlebte als wirklich geschehen zu betrachten, als unabhängig von den flüchtigen Konstellationen in unserem Langzeitgedächtnis. Der Mensch, der akzeptiert hat, dass die Heiligtümer seiner Geschichte keine Kette von individuellen Nervenverbindungen sind, sondern, bildlich gesprochen, hinter ihm liegen, als Allge-

meingut des Universums – solch ein Mensch hängt im End-
effekt aus bloßer Gewohnheit an seiner Persönlichkeit.
Wenn es sein Schicksal ist, dement zu werden, hat er die
Gelassenheit, auch diese Konstellation, sprich seine Persönlichkeit, im Äther verwehen zu lassen.

Ich erinnere mich an den dünnen Lindenblütenduft im
Wohnzimmer, in dem Nadja bei schwacher Beleuchtung
die Einladungskarten in die Umschläge steckte, mit schlampiger Schrift den Namen des Gastes auf die Karte und mit
einer noch schlampigeren Schrift seine Adresse auf den
Umschlag schrieb. Fliederweg 2, Seerosenweg 9, Dahlien-
weg 6, Margaritengasse 4, Rosengasse 10. Der Duft schien
allein aus diesen Blumennamen zu strömen, aus dem tannengrünen Seidenfutter der Umschläge, die so lange unangetastet in der Schublade meiner Mutter gelegen hatten. Ich
wunderte mich über meine Gelassenheit darüber, dass der
Vater an die Stapel mit den Umschlägen gedacht hatte.
«Besser wird es nicht», sagte er. Dass ihm Mutters Schätze
eingefallen waren, machte mich sogar froh, als wäre ich
Zeuge eines Liebesgeständnisses auf einer diamantenen
Hochzeit geworden. Keinem der Gäste, nicht einmal den
jüngsten, kann es die Schamesröte ins Gesicht treiben, so
solide und schlicht ist die Rede des Bräutigams, leinenrein.
Grimmig schielte ich zu Nadja herüber, die mit schlechter
Haltung an Mutters Sekretär saß und mit schlampiger
Hand – und das auf das kostbare Papier – die Namen der
Menschen schrieb, die sie nicht einmal kannte. Frau Strunk,
die, über den würfelförmigen Sofatisch gebückt, Briefmarken klebte, blickte zu mir auf. Und wieder gab sie einen
gedehnten Provinzbühnen-Seufzer von sich, eine Gewohn-

heit, die meine Mutter, solange sie lebte, auf die Palme gebracht hatte. Nicht einmal ihre Mutter hätte sich erlaubt, in
der Gegenwart ihrer Tochter so zu seufzen, geschweige in
der ihres Schwiegersohnes. Das wäre wie nackt durch das
Haus laufen. Wie mit Lockenwicklern bei Tisch zu sitzen,
hatte einmal Mutter zu meinem Vater gesagt. Auch Nadja
unterbrach ihre Arbeit und schielte zu Frau Strunk hinüber.
Diese seufzte erneut und schüttelte leise über etwas den
Kopf. Seit der Geschichte mit dem Fortschaffen von Vaters
alten Schallplatten tat sie das öfter. Dabei hätte sie sich über
die Zurückeroberung ihres alten Herrschaftsgebietes in den
letzten Monaten freuen können. Sie hätte der fortschreitenden Vergesslichkeit ihres Arbeitgebers danken können,
danken, dass die alten Regeln nicht mehr galten. Endlich
durfte sie jetzt Porzellanfiguren in den Bibliotheksregalen
nach ihrem Geschmack umstellen, Möbel verschieben, so
wie es ihr gefiel, ebenso lag es in ihrer Macht, das zwei mal
vier Meter große Schlachtengemälde im wuchtigen schwarzen Rahmen aus gebeiztem Holz mit ihrem Staubwedel
ohne Rücksicht auf Verluste und ohne dass diese Tätigkeit
etwas brachte, zu bearbeiten. «Macht nichts, dass es ein
Bleibtreu ist, nur ran an die Boulette, Frau Strunk», sagte
ich hinter ihrem Rücken, als ich sie auf einem Schemel stehend dabei erwischte. Auch damals seufzte sie nur, blies
die Luft geräuschvoll durch die krumme Nase, sie pfiff auf
meine Bemerkung. Ein armloses Wesen wie ich (damals
wartete ich noch auf meine Elekroarme) musste für eine
diplomierte Hauswirtschafterin wie sie den Status eines
fressenden Möbelstücks haben. Auch vor dem Unfall wird
sie nicht viel von mir mit meinen zwei linken Händen ge-

halten haben. Interessant, wer von den beiden scheinheiliger war, Nadja oder die alte Strunk. Auf jeden Fall hatte die Letztere vor mir am wenigsten Respekt, und das, obwohl sie wusste, dass ich den neuen Sitten sofort ein Ende setzen konnte. Meinem Vater war das Staubsaugen zu den Ruhezeiten zwischen zwölf und 16 Uhr inzwischen völlig egal. Mir aber nicht. Ein liegen gelassenes Wolltuch zwischen den Nymphenburger Jagdfiguren kümmerte ihn wenig, mir aber war es ein Dorn im Auge, genauso wie die Klobürste in der Klomuschel des Gäste-WCs. All das las ich als Frau Strunks unverkennbare Signatur inmitten eines ihr fremden, von Natur aus feindlichen und vielleicht auch verhassten Lebens. Ein Wort von mir, und der Vater hätte sich erinnert, dass es so nicht ging, dass das Staubwischen in der Bibliothek immer seine Aufgabe gewesen war. Er hätte sich sogar daran erinnert, wo sein Staubtuch lag – in der chinesischen Vase unter dem Deckel mit Drachenkopfgriff. Ob sie gefeuert werden konnte, war ihr offenbar gleichgültig. Diesen Ärger nahm sie also in Kauf. Oder vielleicht hoffte sie darauf, dass mein Vater sich an die Kündigung am nächsten Tag nicht mehr erinnern würde, dass ihr Bild in ihm so fest verankert war wie sein Geruchssinn? Einen Tag nachdem sie von ihm selbst von Vaters Demenz in Kenntnis gesetzt worden war, ging sie schon mit ihrer alten Möbelpolitur an die Bibliotheksschränke ran. Außer mir weiß hier niemand, dass sie dabei ganz leise vor sich hingesungen hat. Weder Vater noch Nadja haben gesehen, wie sie im lichtdurchfluteten Raum mit den fünf unmenschlich großen Bogenfenstern hüftwedelnd wie eine Hure in der Kathedrale umherging, ein Wolltuch in einer Hand, die

Flasche mit Poliboy in der anderen. Vom Flügel zu Mutters Schreibtisch, vom Kaminsims zu den ausgebreiteten Kupferstichen auf dem Spieltischchen mit den über Jahre locker gewordenen und etwas abstehenden Einlagehölzern, die gegen das Papier kratzten, als sie die Blätter wegräumte. Seitdem ich mich erinnern kann, lagen diese Darstellungen der Hasardeure des amerikanischen Ponyexpresses auf diesem Tisch. Und als ich sah, wie Frau Strunk mit einer Hand alles auf das Ledersofa legte, wurde mir richtig schlecht. Ich war barfuß heruntergegangen, in der Hoffnung, Nadja lesend oder schreibend vorzufinden, das war eine Zeit lang mein einziges Spaßvergnügen gewesen, und dann hörte ich dieses Summen, das eindeutig aus einer alten, ausgeleierten Kehle kam, und erblickte Frau Strunk in Zivilkleidung, das heißt ohne die obligatorische Schürze, die Haube hatte sie schon nach Mutters Tod abgelegt, ohne uns die Gründe dafür zu nennen. Sie polierte, schrubbte und summte fröhlich vor sich hin, und es war unvorstellbar, dass diese Frau noch am Tag zuvor vor Vaters Augen heulend Valium in sich gestopft und geschrien hatte: Was wird aus uns werden?

Es ist nichts mit dir anzufangen, alte Strunk, dachte ich, die Haushälterin fixierend. Sie erwiderte meinen Blick, indem sie ihre Zungenspitze herausstreckte, eine neue Briefmarke befeuchtete und wahrscheinlich dasselbe über mich dachte. Es roch herrlich nach blühenden Lindenbäumen. Ganze Felsen und Riffe aus Lindenblütenduft türmten sich hier auf. Ich hatte das Gefühl, in einem Aquarium zu sitzen, langsam denken zu müssen, das Denken komplett einzustellen, aber auch das Atmen und so eine Ewigkeit lang weiterleben zu können. Nicht überall im Haus wirkte die Möbelpolitur so wie hier in der Bibliothek. Oben unter der Schräge hinterließ sie einen hölzernen billigen Landgasthofduft, der sofort verflog, wenn man ein Fenster öffnete. Auf der Galerie roch es immer wie nach einem wichtigen Besuch, pompöses Parfüm und ein Hauch von Zigarrenasche, bereits im Verwehen begriffen und dennoch zu schwer wie der Schritt eines alten und von seinem Charme überzeugten Schauspielers. Solange ich Kind gewesen war, das heißt, solange mein Vater lebte, hatte der Duft gepflegter Sauberkeit für mich immer etwas von verschwendetem Leben, meistens tagsüber. Abends, wenn es draußen dunkel wurde, gelang es mir oft, in diesem Duft ein verlockendes Versprechen zu erschnuppern, manchmal aber auch die gutmütige Mahnung, einfacher zu sein.

«Was ist das für ein komischer Name?», fragte Nadja und klopfte mit ihrem Fingernagel auf einen Eintrag im Adressbuch. «Herr Gordon Kelly, Reiterbedarf.»

«Herr Kelly ist ein Freund meines Vaters. Ein wundersamer Engländer, ich habe ihn sehr gemocht. Er hatte so eine lustige Art ...» Ich stand auf und setzte mich wieder hin, allerdings nicht auf meinen alten Platz an der Bücherwand, sondern direkt gegenüber auf die Chaiselongue, auf der ich mich, ohne zu lange zu überlegen, samt Schuhen ausstreckte. Wenn ich gewollt hätte, hätte ich Nadja mit meinem Elektroarm am Knie berühren können. Am liebsten wäre ich jetzt in Herrn Kellys Laden, dachte ich, nur wir beide. Schweigend würden wir in tiefen Sesseln ohne Licht im hinteren Trakt seines Ladens sitzen und den Passanten zuschauen, wie sie draußen vor den Fenstern auf und ab liefen – linkisch trottende Gestalten in einem verregneten alten Film.

«Wird er zur Feier eingeladen oder nicht?» In dem ruppigen Ton einer entnervten osteuropäischen Postbeamtin riss mich Nadja aus meinen Gedanken. Ich drehte den Kopf noch weiter zu ihr, starrte sie an, sah, wie sie die Lippen bewegte und mit dem Fingernagel im Adressbuch scharrte. Ein Huhn, ein dummes Huhn, dachte ich, ich muss ein Narr gewesen sein, mich in sie verliebt zu haben. Dieses verdammte Waschweib.

«Ja, zusammen mit der Frau», sagte ich, «Herr Kelly mit Frau Gemahlin.»

«Aha!», sagte Nadja. «Gattin ist euch also nicht genug.» Euch klang seltsam. Wenn sie Euch versnobte Ewiggestrige gesagt hätte, hätte mich das weniger gestört als das einsame Euch. Aber auch das war im Grunde genommen unwichtig. Wegfliegen, einfach wegfliegen, dachte ich, und sie alle hier lassen, Frau Strunk mit ihrem Putzfimmel, die scheinheilige Erbschleicherin, den Vater mit seinem Egoismus. Wäre er kein Egoist, so würde er sich nicht weigern, seine Demenzhemmer zu nehmen. Würde er außer sich selbst noch andere lieben, diese Frau oder seinen Sohn zum Beispiel, so hätte er den Ehrgeiz, uns noch etwas länger erhalten zu bleiben. Monate verstreichen, und er sitzt nur herum und plant seine Geburtstagsfeier. Nicht einmal das rezeptfreie Gingium will er schlucken. Wegfliegen, dachte ich, weg von hier, weg von diesen unergründlichen, verworrenen Menschen. Doch dann fielen mir die Pferde meines Vaters ein, das Therapiezentrum, die Behinderten, der Therapeut, der auf meinen Anruf wartete, die Werbefrau, die mich sicherlich für nicht ganz dicht hielt, weil ich sie im Voraus bezahlt und noch nicht getroffen hatte, um ihre Vorschläge zur Werbestrategie zu besprechen. Nein, wegfliegen darf ich nicht. Noch nicht. Ich blickte aus dem Fenster in den lapislazuliblauen Himmel hinaus, den ich hier in Wien schon so oft in meinem Leben gesehen hatte, bereits als Kind hatte ich mich damit getröstet, dass das Meer, das dieser schönen Stadt fehlt, durch die satten Dämmerungsspiele, die hellsten Nächte, die größten Monde aufgewogen wird. Ich schaute und schaute und fühlte mich satt und kräftig wie ein Lapislazulistein, unempfänglich für solche lächerlichen menschlichen Hormonausbrüche wie die Sehnsucht nach einer Frau. Zumal die Frau an den eigenen Vater vergeben ist, zumal der eigene Vater dies eines Tages vergessen wird. Müdigkeit zauberte mir Schlieren vor die Augen. Egal, wo ich hinschaute, waren Fasern oder kleine Stücke von Quallen, die nach jedem Blinzeln ihre Lage im Auge ruckartig zu verschieben schienen.

«Und mein Kollege Dr. Mund? Ladet ihr den auch ein?» Zart schimmerte mir das runde Gesicht eines Mädchens entgegen. Ich wusste aber, dass sie schon 36 war. Zweimal geschieden. Das zweite Mal ein Jahr nach der standesamtlichen Hochzeit. Ob die erste einen kirchlichen Segen bekommen hatte, wollte sie nicht verraten, an dem Abend, als sie nach einem Tatar und einer halben Flasche polnischem Chopin-Wodka gesprächig geworden war. Aber ich nahm an, dass sie als Kind des Kommunismus wenig Wert auf den Prinzessinnenkitsch einer kirchlichen Trauung in einer Donezker Kirche gelegt hatte. Auch in jungen Jahren, da war ich mir sicher, muss sie ein Biest gewesen sein, nicht so abgebrüht und gerissen wie mit Mitte 30, aber schon selektierend, ihre Fäden spinnend, Spreu vom Weizen trennend. Ich sah sie vor mir, wie sie noch in ihren Zwanzigern nach ihrer Schicht im staatlichen Krankenhaus für einen grobschlächtigen Bergwerksarbeiter eine Suppe aus tschernobylverseuchten Pilzen hatte kochen und sich seine Geschichten aus der Unterwelt hatte anhören müssen, über Gasexplosionen, glühende Schutzhelme und kaputte Stirnlampen, und wie lustig es sei, so aus dem offenen Bergmannskorb beim Fahren in die Dunkelheit zu spucken, und wenn sie ihn gefragt hatte, schmeckt es dir, so hatte Ehemann Nr. 1 zustimmend gerülpst und ihr ins Gesicht gelacht, und sie selbst hatte nicht anders gekonnt, als sein Lachen zu erwidern. Irgendwie tat sie mir leid, die arme Nadja. In die zweite Ehe wird sie nicht unramponiert gegangen sein. Ohne Kinder. Bei einer kinderlosen geschiedenen Frau schauen die Kerle in der Ukraine sicher zweimal hin. Nadja hatte allerdings einige Vorzüge, die ins Auge stachen, doch sie waren bei Weitem nicht ausreichend, um nicht trotzdem Verdacht zu schöpfen. Für den Ukrainer, der noch einmal Ja zu ihr sagte, hätten die Alarmglocken läuten sollen, oder sie hatte ihm die Keime der Vernunft mit ihrem Dekolleté zerdrückt, bevor er noch begreifen konnte: Die Ware war verdorben. Die Sahne gekippt, der teure Schimmelkäse mit Patina überzogen. Mir tat auch dieser Kerl leid, anders als mein Vater, der sich, verwöhnt und leicht ermüdet von der streichelnden Hand der Fortuna, an seinem Lebensabend so eine Nadja ins Haus geholt hatte. Ich habe nie daran gezweifelt, dass er es aus einer Laune heraus getan hatte, weil er es eben konnte.

Selbstbewusst, wie er sich dem Ende seiner Lebensstrecke näherte, pflückte er auch die Blume, die ihm da ihr Köpfchen am Wegesrand hingestreckt hatte. Ganz anders wird es um Nadjas Ehemann Nr. 2 gestanden haben. Sein Ja zu dieser Frau muss eine Verzweiflungstat gewesen sein. Sicher war es Liebe für ihn gewesen.

«Ja», sagte ich, «Jonathan Mund mit Ehemann.»

«Das ist aber spannend. Mit Ehemann? Darum hat er mich immer abblitzen lassen!» Sie schüttelte sich vor Lachen, so dass die Schreibplatte, auf der sie inzwischen mit ihrem Oberkörper lag, rhythmisch knatterte. «Bei euch heiratet man wohl auch Hunde», fügte sie kichernd hinzu. Ich warf einen Blick auf Frau Strunk. Sie war über ihren Briefmarken eingeschlafen.

«Ich verstehe nicht, was daran so lustig sein soll» , sagte ich. «Jonathan kann heiraten, wen er will, wir leben in einer offenen Gesellschaft, Nadja.»

Sie grinste. «Was sagst du, wenn ich deinen Papa heirate? Bald weiß er nicht mehr, wer er ist. Wäre das im Sinne der offenen Gesellschaft?»

Das Blut in meinen Ohren – ich konzentrierte mich völlig auf dieses Geräusch. Es war, als würden zwei winzige Waschmaschinen Nadjas Lachen in ihren Kammern schleudern – in weiter Ferne, und der Wind mir die Fetzen dieses Schleudervorgangs entgegentragen. Ich sah Nadja zu, wie sie sich von ihrem Platz erhob, die Falten ihres Kleides glättete und sich vor mich kniete. Sie neigte ihren Kopf zur Seite und wiederholte nun stumm mit ihren reglosen, von einem Wimpernwirrwar überschatteten Augen ihre Frage. Ihre Nähe empfand ich als obszön, obwohl ich seit Monaten von nichts anderem träumte, als von dieser Frau umarmt zu werden. Zärtlich und innig, als wären wir beide Kinder im Licht der Morgenröte, Minuten, bevor die unbarmherzige Sonne der Erkenntnis aufgeht. Dass ich selbst sie hätte umarmen können, mit meinen cleveren Ärmchen eine Art Umarmung hätte zustande bringen können – von dieser Möglichkeit habe ich mich immer mehr verabschiedet. Dieses Bild war einfach lächerlich, und ich errötete sogar, wenn es sich hin und wieder in meine Gedanken schlich.

«Was sagst du dazu?», hauchte Nadja. Ich richtete mich auf und sah sie nun von oben, auf der Chaiselonguekante sitzend, an, sie folgte mir mit dem Blick, und ich sagte mir, es müsse mit dem Teufel zugehen, wenn sie meinen Vater liebte oder überhaupt jemanden lieben könne. Nicht einmal ihre zwei Ehemänner oder ihre Mutter in Donezk. Die barmherzige Intensivschwester! Sie mag Mutter Teresa oder die Fürsorge selbst sein, doch ein Tropfen Liebe ist aus ihr nicht zu keltern. Liebe ist einfach nicht drin. Und dass sie immer noch um sechs Uhr morgens aufsteht und mit dem Bus in ihr Krankenhaus fährt, ist bloß Fassade und Programm. Daraus schöpft sie ihre Befriedigung, hilflosen Menschen zu helfen, sie zu pflegen, von der einen Seite auf die andere zu wenden. So wie Super-Mario nicht anders kann, als nach der Prinzessin zu suchen, um sie aus der Gewalt der Monsterschildkröte Bowser zu befreien, so ist auch Nadja programmiert. Vater will sie gar nicht heiraten, sie braucht auch sein Geld nicht. Es reicht ihr, dass er von ihr abhängig ist, dass er auf sie wartet. Nach Vater wird sie ein anderes Opfer für ihre Barmherzigkeit finden. Böse ist sie nicht, dachte ich, herzensgut auch nicht. Dass sie böse ist, ist nur meine Projektion, gebrochen durch meine Gefühle zu ihr. Nein, diese Frau kann nicht lieben, und sie kann nicht böse sein. Und dass sie jetzt die Heirat angesprochen hat, kommt sicher davon, dass sie mich quälen will. Vielleicht mag sie mich. Deswegen tut sie das. Ja, sie mag mich ganz bestimmt, sonst würde sie nicht so frech vor mir knien. Mein armer Vater! Das einzige Gefühl, das meine Gedanken plötzlich durchkreuzte, war ein Wunsch, der mich selbst überraschte. Ich gönnte ihm ihre Liebe. Ihm allein. Sie sollte sich zusammenreißen, dachte ich, und wenigstens so tun, als würde sie ihn lieben. Wenigstens den Schein wahren, solange er lebt.

«Macht, was ihr wollt», erwiderte ich. «Heiratet von mir aus. Seid glücklich.»

Wenige Wochen später erblickte ich auf Nadjas Toilettentisch einen seltsamen Gegenstand. Es war das erste Mal seit meiner Kindheit, dass ich mich ungefragt in das Schlafzimmer meines Vaters geschlichen hatte. Punkt sechs Uhr verließ Nadja das Haus. Mit ihren hässlichen orthopädischen Sandalen klapperte sie die Stufen hinunter, ich hörte, wie der Kork gegen ihre Fußsohlen klatschte. Ich hörte auch, wie sie die Waschküchentür öffnete und die Tüte mit der dreckigen Wäsche in die Ecke schleuderte. Wenn ihr Dienstplan im Kalender stimmte, so hatte sie eine Ganztagsschicht im Rudolfinerhaus vor sich. Vater verließ gegen zehn Uhr das Haus. Er hatte ein Treffen mit dem Sohn seines alten Studienkollegen auf dem Zentralfriedhof. Das behauptete er jedenfalls, doch ich habe ihm nicht geglaubt. Jemand, der vorhat, zum Friedhof zu gehen, nimmt keine

Aktentasche mit, die sonst seit Urzeiten friedlich unter dem Schreibtisch vor sich hinstaubt. Misstrauisch stimmten mich das akkurat rasierte Gesicht mit einem Schleier Eau de Cologne, auch sein wehmütiges «Also dann» in der Tür, das viel zu lange Verweilen der Hand auf der Türklinke. Ich ahnte, dass er log. Nie im Leben, dachte ich, würde er, der um seinen schwindenden Orientierungssinn wusste, sich in so eine Totenmetropole begeben wie den Wiener Zentralfriedhof, der zu den größten Friedhofsanlagen Europas gehört und wegen seiner beachtlichen Wegstrecken nicht umsonst über einen Busservice verfügt.

Ich schaute mich im Zimmer um. Hier hausen die beiden Täubchen also. Die Rosen auf dem Nachttisch waren eine Schweinerei und nur durch Vaters Vergesslichkeit zu entschuldigen. Er konnte schließlich nichts dafür, dass ihm die Erinnerung an das verbindende Element in seiner Ehe mit meiner Mutter, die Abscheu vor Rosen, abhandengekommen war. Wer einmal etwas beschlossen und den anderen gefunden hat, mit dem man sich in diesem Punkt einig ist, leidenschaftlich einig, der kommt aus der Nummer lebend nicht mehr raus. Meine Eltern mochten keine Rosen, weil die meisten Menschen von diesen Blumen begeistert sind, und sie wollten nicht zu den meisten Menschen gehören. Andererseits kultivierten sie diese Einstellung aus Treue zu einer einzigen, spontanen, zur Überzeugung gereiften Empfindung. Entweder war diese Empfindung in meiner Mutter entstanden, und sie teilte sie später durch Zufall meinem Vater mit oder umgekehrt. Vater hätte aber genauso als Erster darauf kommen können, dass Rosen ebenso überflüssig wie die überzüchteten Pferderassen sind, auf die er auch nicht gut zu sprechen war. So verwuchsen sie immer mehr miteinander und lachten, wenn es über nichts anderes etwas zu lachen gab, über die Engländer mit ihren Rosenzüchtungen oder die Falabella-Miniaturponys aus Argentinien, die ihre Fohlen statt der üblichen elf Monate 13 Monate lang austragen, so dass die Bäuche über den Boden schleifen, oder über weiß Gott was noch.

Hoffentlich lachen Nadja und Vater hier in diesem Zimmer viel zusammen, dachte ich und versuchte mir das Klirren seines heiser bellenden und ihres schallend gackernden Lachens vorzustellen, das Echo in den Karaffen aus geschliffenem böhmischen Glas, im englischen Vitrinenbücherschrank, in den alten Fensterscheiben, eine Kissenschlacht, wenn der Vater sich zu so etwas herablassen könnte. Ich setzte mich hin. Die Federn knarrten, obwohl das Bett noch nach Möbellager roch. Mit eigenen Augen hatte ich zusehen müssen, wie das alte Ehebett meiner Eltern aus dem Hause getragen worden war und das neue Einzug gehalten hatte. So sehr war es in so kurzer Zeit abgenutzt worden. Das freut mich, sagte ich laut, auch dieses rührende Puffgitter am Kopfbrett.

Mein Blick fiel auf eine auffallend kunstvolle Dose inmitten von Nadjas Kosmetika. *Guerlain* stand auf dem goldfarbenen Deckel, dessen Mitte eine erhabene Schleife zierte. In der Dose vermutete ich irgendein Glitzerzeug, Ohrgehänge, Ringe und das orthodoxe Kreuz mit den beiden zusätzlichen kurzen Querbalken und den INRI-Initialen. Nadja trug es, wie sie selbst erklärt hatte, als das Gespräch auf das Thema Gott gekommen war, nur bei Begräbnissen oder kurz davor.

«Einmal vor vielen Jahren habe ich mich im Labor mit Gelbsucht angesteckt», sagte sie, «obwohl ich Handschuhe getragen habe. Es ging mir so schlecht, dass ich mein Taufkreuz angelegt habe. Als meine Großeltern und mein Vater beigesetzt wurden, habe ich es auch auf dem Friedhof getragen. Das sind so die Gelegenheiten.»

«Du hast Kaspars Frage nicht beantwortet», mahnte Vater, der sich über einen Stapel Zeitungen beugte, neuerdings verschlang er sie jeden Morgen, den Standard, die Wiener Zeitung, den Kurier, selbst die Presse. Er las all diese Blätter, ohne den praktischen Zeitungsspanner zu benutzen. Darin zeigten sich für mich ganz deutlich seine wahren Gefühle der Wiener Gesellschaft gegenüber, die für ihn immer eine unernste Kaffeehaus- und Müßiggängergesellschaft gewesen war. Er hechelte ihr zwar in den letzten Jahren wie einer Geliebten hinterher, zerrissen zwischen Verachtung und Begehren, aber solange er auf den Zeitungsspanner verzichtete, konnte von einer endgültigen Ankunft unter den Wienern natürlich keine Rede sein.

«Ob ich an Gott glaube? Natürlich nicht, aber an Jesus Christus, an seine Botschaft für die Welt. Liebe deinen Nächsten, töte nicht. Und an das Kreuz glaube ich noch. Ich habe meine besondere Beziehung zum orthodoxen Kreuz, nur zur Info: Unser Kreuz ist das Original!» Sie ging sogar nach oben, Vater, der seinen lächerlichen Kurier wie eine große Altweiberunterhose ausgebreitet in den Händen hielt, blickte Nadja verwundert hinterher, während sie mit pubertärem Elan die Stufen hinauflief. Und als sie herunterkam, durfte jeder von uns einige Sekunden lang ihr Taufkreuz bestaunen, ohne dass sie es aus der Hand gegeben hätte. Es war eine erdnussgroße und ziemlich grobe Silber-arbeit an einem gewöhnlichen schwarzen Faden.

«Der schräge Querbalken unten ist ein Brett, auf das Je-sus bei seiner Kreuzigung die Füße stellen musste», er-klärte sie, «so kniete er in der Luft vor seinen Peinigern, die ihn auf diese Weise erniedrigen wollten. Wenn ich die-ses kleine Kreuz betrachte, sehe ich ihn da», sie nickte Richtung Fenster, «auf diesem Berg da, wie heißt es noch ...»

«Keine Ahnung.» Vater zuckte mit den Schultern. «Ich habe Demenz.» Der Name Golgatha lag ihm, ich hätte schwören können, auf der Zunge. Er wollte es einfach nicht sagen. Eine Weile suchte Nadja nach dem Namen des heili-gen Bergs, dann winkte sie ab und fuhr fort.

«Wie er da vor den Menschen hing, die zu ihm hinauf-schauten, ein Meer von Zuschauern wie in einem Theater, nur nicht so wohlerzogen, ein glühender Wind, Sand auf den Zähnen, ein rostiger Geschmack im Mund und dieser Blick von dem Dingsbums-Berg herunter – überwältigend. Von einer Erniedrigung kann da wirklich keine Rede sein. Kniend hing er zwar am Kreuz, aber nicht erniedrigt. Das haben stolze Menschen später hinzugedichtet. Ich kann euch aber sagen, was Jesus außer Schmerzen am stärksten empfunden hat, bevor er gestorben ist.» Ihr Blick wanderte herausfordernd von mir zu Vater und von Vater zu mir. «Demut!», rief sie aus. «Sonst wäre er zu Lebzeiten auf all diese schlichten Weisheiten gar nicht gekommen. Ein schlichter Mensch, er kann auch ein reicher Mann sein, wie du, Schatz, wird demütig, wenn es ans Sterben geht. Er stirbt, wie ein Tier wohl lebt. Demütig. Ist es nicht so?»

«Keine Ahnung», wiederholte Vater mit gerunzelter Stirn, «habe nie darauf geachtet.»

«Ich habe es schon so oft im Krankenhaus erlebt», fuhr Nadja energisch fort. «Diejenigen, die sich bis zum Schluss gegen den Tod auflehnen, sind entweder sehr jung, strohdumm oder haben fahrlässig gelebt.»

«Demut ist nur ein Wort», brummte mein Vater. «Nicht nur», sagte Nadja und ging mit dem kleinen silbernen Ding an der schwarzen Schnur wieder die Treppe hoch.

Genau dieses Kreuz erwartete ich in der Guerlain-Dose vorzufinden, doch stattdessen lachten mich lauter kleine Kugeln in schimmernden Pastellfarben an. Ein fröhliches Safrangelb waren und ein frisches Blutorange darunter, ein seidig glänzendes Rubinrot und ein Altrosa mit einem Stich ins Taubengraue. Randvoll war die Dose mit diesem Zeug gefüllt. Ich nahm eine elfenbeinfarbene Kugel heraus, zerrieb sie zwischen den Fingern und legte sie wieder zurück. Was Nadja damit machte, war mir ein Rätsel. Tatsache war, dass die Kugeln nach Seife rochen und keine Bonbons sein konnten. Ich schraubte den Deckel zu und drehte die Dose um. *Lichtreflektierende Puderperlen* stand auf dem Etikett. Der Wind fuhr durch das angelehnte Fenster, blähte den Vorhang, so dass die Ringe an der Gardinenstange klirrten. Ich bückte mich und hob einen Zettel auf. Wie aus dem Nichts war er gegen die Wand geweht worden und an der Tapete herunter auf den Boden geschwebt. *Auf meine Erinnerungen ist kein Verlass mehr*, hatte Vater darauf in Blockbuchstaben geschrieben, auf Polnisch, sicher nicht, weil diese Sprache ihm besonders nah war. Näher wird ihm Deutsch gewesen sein, das er dreißig Jahre lang als Arbeitssprache benutzt hatte. Polnisch hatte er offenbar aus Konspirationsgründen gewählt, um diese Erkenntnis vor Frau Strunk, die hier putzte, oder auch vor Nadja zu verbergen. Dabei war es doch für uns alle kein Geheimnis mehr, dass es mit ihm bergab ging. Er war nach wie vor ein stolzer Mann, mein Vater. Der Arme hatte nur vergessen, dass Nadja als Ukrainerin in der Lage war, Polnisch zu lesen. Ich drehte mich um. Die ganze Wand war auf beiden Seiten der Tür mit Zetteln übersät. Dafür hatte er die alten Fotos entfernt, die früher hier gehangen hatten. Zwischen den Zetteln konnte man noch die bleichen Quadrate, Ovale und Rechtecke auf der Tapete erkennen.

Ich bin ein Mann, der Pferde liebt, stand auf einem DIN-A4-Blatt in schönster Schreibschrift, die ich ihm gar nicht zugetraut hätte. Gleich daneben in einer Mengenklammer aufgelistet: *Die Alte (FRAU STRUNK) ist die Haushälterin, die Junge (NADJA) ist* (hier hatte er ein Herz gemalt), *der Prothesenträger (KASPI) ist mein Sohn. Wohnen hier mit mir?* (vertikal geschrieben, die Mengenklammer entlang).

Auf einem anderen Zettel: *Du wohnst hier!* (Ausrufezeichen)

Ein paar Zentimeter weiter: *Immer Ruhe bewahren.*

Gleich daneben: *Die Mutter von Kaspi* (das Wort zierte ein Strichmännchen mit zwei deutlich dickeren und unproportional langen Armen) *ist schon lange tot.*

Und noch einmal in Blockbuchstaben: *Das sind deine Pferde.*

Und dann noch eine Liste, die viel darüber aussagte, wie der Vater sich selbst sah und wie er gesehen werden wollte: *Du trägst: Hemd, Unterhose, Kniestrümpfe, Hose, Hosenträger, Jackett, zwei Taschentücher in der Hosentasche.*

Weiter las ich, allmählich durch einen Tränenschleier: *Dein großes Fest ist am 19. August. Nadja* (hier stand wieder das Herzchen neben ihrem Namen) *kümmert sich um alles.*

Über diese Notiz musste ich wiederum schmunzeln. In der Tat, die umtriebige Nadja hatte in unserem Haus erstaunlich schnell Fuß gefasst, ich wurde nicht einmal gefragt, ob ich bei den Festvorbereitungen behilflich sein könne. Diese Frage hätte auch vor zehn Jahren nicht im Raum gestanden. Für meinen Vater hatte ich schon immer zwei linke Hände gehabt, und mit den Elektoarmen musste ich in der Hierarchie noch weiter abgesackt sein. Er hatte einen blauen Zettel über die Türklinke gepappt. Die Schrift war sehr klein, die Buchstaben waren in Eile oder absichtlich schief hingekritzelt worden.

Ich beugte mich und las: *Heute Termin 11 Uhr. Wayergasse 9*

Mit diesem «Heute» konnte ich wenig anfangen, es hätte genauso gut am vorigen Tag oder vor einer Woche sein können. Wayergasse 9 tippte ich in mein Handy ein und verstaute es in meiner Tasche. Auf dem alten Blackberry hatte ich nur im Erdgeschoss Internetempfang.

Die zwei Kutschen in der kleinen Remise wurden an Frau M verkauft und werden am 2. Juni abgeholt, las ich auf einem karierten Blatt. Der 2. Juni war längst vorbei und die Kutschen bereits für Touristenfahrten in der Stadt im Einsatz. Frau M war Frau Michelfeit, die eines der größten Fiakerunternehmen in Wien betrieb und offenbar ein großes Herz hatte, sie kaufte Vater alle paar Jahre einige Kutschen ab. Kaum rollte der Wagen durch die Stadt, schickte sie uns ein Foto. Dieser Tradition war sie auch diesmal treu geblieben und hatte einen der Wagen für uns fotografiert. Vor zwei dösende Fiakergäule gespannt, stand der kleine Glaslandauer vor der Hofburg und sah noch gepflegter, noch öliger im Lack aus, als ich ihn in Erinnerung hatte. Ein Rucksacktourist mit Sonnenbrille und Baseballkappe fotografierte sich selbst im Hintergrund, wobei er einen Heavy-Metal-Gruß entbot. Vater betrachtete das Bild, lächelte und sagte: Sehr schön. Hätte er diese Worte ohne Stirnrunzeln gesagt, hätte ich keine Minute daran gezweifelt, dass es ihm bewusst gewesen war, worum es auf dem Foto wirklich ging. Ich zögerte. Sollte ich den Zettel entfernen oder doch nicht? Vielleicht war gerade diese Notiz über die fortschreitende Auflösung seiner Kutschensammlung eine strategisch wichtige Brücke, ohne die der Vater nicht von A nach B käme? Ich ließ meine Hand sinken und las weiter. Jetzt wurde Geheimnisvolles mit Praktischem vermischt:

Das Gerät für 19. August überprüfen.

Zähne geputzt?

Rasieren nicht vergessen.

Mit Nadja Katheterlegen üben.

Rezeptblock / Tierarzt / Menge berechnen.

Deine Adresse Rennbahn Freudenau, bei Hauptgebäude klingeln.

Bestelle Rosen bei Fleurop 0800 700710.

Traurig betrachtete ich diesen letzten, in Herzchenform ausgeschnittenen Zettel. Für dieses Herzchen hätte ich den alten Mann umarmen können, ein Jahrhundert lang, bis wir beide zu Staub zerfallen würden. Solange ich mich erinnern kann, habe ich ihn für einen jovialen Bösewicht ge-

halten, aber als er mich zum ersten Mal für das Wort *Schaaß*
ohrfeigte, wurde mir klar, dass sich das Joviale bei ihm
doch in Grenzen hielt, wobei ich bis heute nicht weiß, ob
diese Ohrfeige dem Wort Scheiße oder meiner Anbiede-
rung an die Wiener galt. Ich war drauf und dran, meine
Mutter um Rat zu fragen, denn damals war mir Klarheit
noch wichtiger als Gerechtigkeit, ich musste einfach den
pädagogischen Inhalt dieser Ohrfeige verstehen, doch ich
traute mich nicht aus Angst, von der Mutter noch eins
drauf zu bekommen, und fragte stattdessen Frau Bolling,
Frau Strunks Vorgängerin. «Natürlich bist du ein Wiener
Bub, Schatzi», lachte die kugelrunde, asthmatische Bolling,
«der Papi hat es nicht bös gemeint. Er kommt aus Polen.
Ich kenne die Polen, sie haben eine flotte Hand. Vor allem
die Putzfrauen, meine Konkurrenz.» Von Frau Bolling, die
noch dümmer war als Frau Strunk, nahm ich seitdem keine
Süßigkeiten mehr an.

Unten in der Bibliothek hörte ich Frau Strunk staubsaugen. Schamlos stieß sie mit dem Staubsauger gegen die Mö-
belfüße, ohne sich auch nur zu bemühen, dezent zu stören,
wie es die Stubenmädchen in den Grandhotels tun. Ich
hätte wetten können, dass sie bei offenen Flügeltüren
staubsaugte. Die Kuckucksuhr meiner Eltern über dem Bett,
ein hässliches Andenken aus dem Schwarzwald, gab ein
Geräusch von sich, das wie eine Mischung aus Flüstern und
Räuspern klang. Sie schlug halb zwei. Plötzlich brach das
Jaulen des Staubsaugers ab, Stimmen hallten durch die Bibliothek, die eine gehörte meinem Vater. Ich hörte, wie er in
sein Kabinett ging, die Aktentasche in die Ecke warf, bevor
seine Schritte auf der Treppe polterten. Einen Augenblick

lang rang ich mit mir selbst, dann gab ich nach und sprang zu Nadjas Toilettentisch. Zu groß war die Versuchung, unauffällig eine ihrer Puderkugeln mitzunehmen.

Meine Erinnerung daran, wie ich das Guerlain-Döschen aufschraubte und was danach geschah, ist erstaunlich grafisch, wahrscheinlich weil sie zu meinen Lieblingserinnerungen zählt und sehr oft abgerufen wird. Neuronal gesehen, wird sie sich tief eingebrannt haben. Für diese Episode aus meiner nicht weit zurückliegenden Vergangenheit fällt mir nur dieses temperamentvolle Wort aus Übersee ein: flamboyant. Flamboyant war das ratternde Ding in meinen verrückt gewordenen Silikonfingern, flamboyant waren das Döschen und sein Inhalt, flamboyant jede winzige Puderkugel. Kirschrot, Pflaumenlila, Perlmuttweiß. Auch meine Armprothesen die meine Befehle damals zum ersten Mal zu boykottieren schienen, waren es. Und ich selbst flammte auf, als die Dose ihren Inhalt wie eine wütende Muschel durch die Gegend spuckte. Das ganze Zimmer ging in Flammen auf, Himbeerrosa, Pfifferlingsorange, Jodbraun. Klickend rollten die Puderperlen auf dem Parkett dahin, während die Tür vorsichtig aufging, einen Spaltbreit, ich wartete vergebens darauf, dass Vater eintrat. Durch den Spalt in der offenen Tür sah ich, wie er sich an den Türrahmen lehnte, sein großes welkes Ohr. Genau wie ich lauschte er dem Klickern der letzten Perle, dann schüttelte er den Kopf, seufzte und ging. Leise, wie er sie geöffnet hatte, machte er die Tür wieder zu. Ich stand noch lange reglos mitten im Zimmer.

XIX

Mei' Stolz is, i' bin halt an echt's Weana Kind,
A Fiaker, wie man net alle Tag' find't,
Mein Bluat ist so lüftig und leicht wie der Wind,
I' bin halt an echt's Weaner Kind.

Eine herzliche Einladung zu einer besonderen Geburtstagsfeier
(mit Herrenrennen),
die niemand so leicht vergessen wird.
Am 19. August 2015 ab 18 Uhr
uAwg bis Ende Juli 2015   Dress: black tie
Den Gastgeber würde es freuen, wenn die Dienste
der Fiaker in Anspruch genommen werden.

Die Damen watschten regelrecht über den Rasen, die Herren ließen eine sehr ähnliche Gangart erkennen mit den Beinen vor, wirkten allerdings durchaus lässig dabei. Mit den Händen in den Taschen machten selbst die Kurzbeinigen eine gute Figur. Ich habe mich oft gefragt, ob es allein an der Hose liegt oder ob man sich als Mann selbst im feierlichen Frack wohler fühlt als die Frauen in einer Gardine. Selbst in meinen dicksten Zeiten habe ich keinen Gedanken daran verschwendet, dass ich eventuell aussehen könnte wie ein Brotlaib auf zwei Beinen. Wenn ein Fest bevorstand, war ich meist aus anderen Gründen bedrückt. Ich ahnte, ich würde mich unter all den Menschen zu Tode langweilen. Damals konnte ich mit der Langeweile nicht so gut umgehen wie jetzt. Jetzt lasse ich es gar nicht erst so weit kommen. Die wenigen Frauen, die ich näher kennenlernen durfte, unter anderem meine Mutter, zerfleischten sich dagegen regelrecht vor dem Spiegel, wenn sie ausgingen. Ihre Kleider schienen sie auf dumme Gedanken zu bringen oder von fruchtbaren Gedanken abzuhalten, die sie hätten denken, aber auch von der Freude, die sie hätten empfinden können, und ich bin überzeugt, Frauen genießen die Öffentlichkeit viel intensiver als Männer, es sei denn, sie denken nur daran, ob ihre winzige Handtasche ihren Hintern nicht doch zu groß aussehen lässt. Frauen profitieren aber auch am wenigsten von ihren Auftritten und der Wirkung, die sie hinterlassen. Sie machen nichts daraus. Wo zwei Männer Tacheles reden, werden zwei Frauen persönlich und später auch vertraulich, um im nächsten Augenblick einander wieder anzugiften. Wie viele Damen habe ich bei unseren Hausfesten erlebt, die nichts anderes taten, als sich umeinanderzuscharen und ihre Weingläser zu wärmen. Ihre Männer tauschen währenddessen fleißig Visitenkarten aus. Selbst auf Beerdigungen scheint es so üblich zu sein. Männer geben einander Feuer, schenken einander nach, interessieren sich füreinander, natürlich nicht aus menschlicher Anteilnahme, sondern um das Terrain zu sondieren. In einem anderen Fall hätten sie das Gespräch an dem Punkt abgebrochen, an dem es ihnen nicht mehr konstruktiv oder produktiv erschien. Ich war gespannt, wie viele alte Knacker bei dieser Gelegenheit ihre Kärtchen verteilen würden. DDr. ade, MMag. und Dipl.-Ing!

Auf den zahlreichen Festen meiner Eltern sah ich, wie Rivalen sich gegenseitig beschnupperten, alles in freundlichem Abstand, ich sah sie Bündnisse schließen, um schwächere Männer zu unterdrücken, ich sah sie alle noch älter und noch eitler werden, proportional zu der Eitelkeit ihrer Ehefrauen und ihrer oft wechselnden Freundinnen. Gespielinnen, wie sie im angetrunkenen Zustand diese Frauen bezeichneten.

Von oben sah ich deutlich, wer von den Damen sich nur bei solchen Gelegenheiten wie einer Geburtstagsfeier in ein Kleid zwängte und wer das Kleid im Alltag der Hose vorzog. Frau Mund gehörte auf jeden Fall nicht zu der Sorte von kleidergewöhnten Frauen. Sie schleppte sich, bei ihrem Mann untergehängt, an der Buchsbaumhecke entlang, an der sie noch mit der Natur zu verschmelzen hoffte. Den Rest des Weges absolvierte sie sozusagen als Märtyrerin im freien Fall – in einem glitzernden Paillettenkleidchen, das ihrer Figur auf eine makabre Art schmeichelte. Von unserer letzten Begegnung, dem Abendessen bei uns, hatte ich Jonathans Mutter als ein unförmiges Etwas in Erinnerung. Nun hatte sie eine Form und rollte im gleißenden Sonnenlicht als eine perfekte runde Diskokugel über den Rasen. Obwohl das ganze Glitzern den Augen wehtat, musste ich einfach hinschauen.

«Ich war ein paar Mal in einer Disko, immer im Rausch», sagte Max, der geräuschlos durch die offene Verandatür hereingekommen war und sich neben mich gestellt hatte. Auf das schmiedeeiserne Geländer der Balustrade gestützt, folgte er meinem Blick. «Das letzte Mal war ich so zugedröhnt, dass ich mich einfach so auf den Dancefloor gelegt habe.

Hahaha. Es hat sich gelohnt, denn so habe ich Jonni kennengelernt.» Ich drehte mich zu ihm um.

«In der Disko?»

«Er hat mich später genäht. Eine Schlägerei. Seitdem bin ich häuslich geworden. Du-uuu, wie alt bist du eigentlich?», fragte er mich und schlürfte mit gerunzelter Stirn aus dem Champagnerglas, das er auf die breite Balustrade gestellt hatte.

«27«

«Ich bin 23, mein Lieber, könnte dein kleiner Neffe sein. Schönes Haus habt ihr hier. Letztes Mal, hoppala», er wischte sich mit der flachen Hand über das Frackhemd, dessen Weiß durch den verschütteten Champagner augenblicklich in ein Kiesgrau überging, «letztes Mal bei Kerzenlicht konnte ich eure Reichtümer gar nicht bewundern. Du entschuldigst mich also.» Er wandte sich der Hausfassade zu, beugte sich mit dem Champagnerglas in der ausgestreckten Hand etwas nach hinten, als würde er dem Haus zuprosten, rief tatsächlich «Cheers» und ging hinein.

Frau Mund war nun in ihrem Element und herzte mit kurzen Unterbrechungen Nadja, die ich wegen ihrer Hochfrisur nicht sofort erkannt hatte. Allerdings verrieten mir ihre leicht gebeugte Haltung, die müde hängenden Schultern, der gewölbte Nacken, als ich näher hinsah, dass sie es war. Die kosmische Strahlung, die von Frau Munds Kleid ausging, schien Jonathan und seinen Vater zu blenden. Beide rieben sich die Augen, während Nadja in Frau Munds Würstchenarmen hin und her geschaukelt wurde. Jonathans Hände verweilten verdächtig lange auf seinem Gesicht, so dass ich mit einem Mal dachte, er würde sich Tränen wegwischen. Für mich war klar, dass es sich hier um die Überbringung von Glückwünschen an Nadja handelte. Alles Gute für Ihr Geburtstagskindl, Gesundheit, Frohsinn, Gottes Segen, ich hörte es förmlich schon! Und wieder empfand ich gleichzeitig Hass und Unruhe. Die Unruhe war vielleicht etwas ausgeprägter. Seitdem ich wusste, dass Wayergasse 9 die Adresse eines Notars war, hielt ich viele Menschen in meinem Umfeld für gefährlich. Nadja gehörte unbedingt dazu, auch Jonathan, der Freund der Familie, und vor allem der alte Onkel Ernest, der zur Geburtstagsfeier mit dem Bus aus Krakau angereist gekommen war. Da stand er, im geliehenen väterlichen Frack, nach altem Mann riechend und zerzaust, der grinsende Erbschleicher. Nix kapito, was?, rief ich ihm in Gedanken zu, lach du nur mit deinen drei Zähnen die Weiber an, ich aber werde zuletzt lachen.

Ich hielt nach Herrn Kelly Ausschau, und bald entdeckte ich ihn unter den Gästen. Jugendlich und rosig im Gesicht wie eh und je, stand er da und bemühte sich, seinen extravaganten und immer wieder hochwehenden Schottenrock im Zaum zu halten. Wahrscheinlich wollte er demonstrativ die Einigkeit Großbritanniens unterstreichen. Um ihn herum gruppierten sich mehrere ältere Damen, die diesem Umstand viel Aufmerksamkeit schenkten. Eine bog sich gerade vor Lachen. Als sie sich wieder aufrichtete, sah ich, dass es Betty war. Sie trug ein seltsam geschnittenes weites Kleid und die gleichen Victory-Rolls wie damals, als wir uns zum letzten Mal in ihrer Wohnung geküsst hatten. Ein Lohnkellner näherte sich ihr (ich hätte schwören können, dass er nur ihretwegen gekommen war) und sprach sie offenbar an, sie drehte sich um, lächelte und nahm ein Wasserglas vom Tablett, trank es leer, zeigte mit dem Finger auf ihren Mann und bog sich wieder vor Lachen. Deutlich wehte ihr Lachen zu mir herüber. Ich hörte es sicher deswegen so gut im Stimmengewirr, weil ich es kannte. Trotzdem klang dieses Lachen neu, wie etwas noch nie Dagewesenes. Vielleicht war es Bettys Jugend, die so hell klang, immerhin war die Jugend hier in der Unterzahl. Als sie sich jetzt zur Seite drehte, sah ich, dass sie hochschwanger war. Diese Kugel hätte sie sich nie im Leben anfressen können. Ich fragte mich, ob sie so glücklich aussah, weil sie ein Kind erwartete oder weil ihr Mann einen Rock trug. Vielleicht auch aus beiden Gründen.

Ein Gongschlag unterbrach meine Gedanken. Zögerlich, als würden bei einem Stromausfall die Lichter ausgehen, legte sich das Stimmengewirr. Mein Vater hielt eine Rede. Er stand direkt unter mir auf der obersten Treppenstufe, ich brauchte mich nur über die Balustrade zu beugen, um ihn zu sehen.

«Herzlich willkommen, liebe Freunde, ich heiße alle herzlich willkommen und danke herzlich für das zahlreiche Erscheinen», begann er. Von oben sah ich auf seinen lichten Scheitel und in sein Sektglas. Aus Angst, den Inhalt zu verschütten, hatte er es gar nicht erst füllen lassen. Ein gutes Stück entfernt entdeckte ich Nadja, die eine Stufe tiefer stand und, halb verdeckt durch die Blätter eines Topfoleanders, von ihrem Platz aus den Blick über die Köpfe der Gäste schweifen ließ. Als Vater sein Glas abstellte, noch einmal und nicht gerade sehr überzeugend «Willkommen» sagte und sich die Hände zu reiben begann, sprang sie leichtfüßig zu ihm. Die ölig gerötete Haut unter ihrem Haaransatz und ihre Nase, die von oben so dünn und spitz wie ein Splitter wirkte, riefen wieder die alte Unruhe in mir wach. Wenn schon nicht zum Lieben, dann war Nadja wenigstens zum Hassen gut. Und am besten zum Fürchten. Wenn man ihre Gesichtszüge aus dieser Perspektive sah, die Stirn, die Nase, die Wangenknochen, so flößten sie einem den gleichen Schauer ein wie eine stumme und reglose Kasperlepuppe. Wer als Kind viel Kasperletheater gespielt hat und seine Spielkameraden Jahre später im dunklen Speicher entdeckt, weiß, wovon ich rede. Erstarrt sah ich zu, wie Nadja Vaters Hand nahm und behutsam, fast flehend auf die weiße Nelke in seiner Brusttasche legte, die er nach einem leisen «Ah»-Ausruf auseinanderzufalten begann, bis er schließlich ein Blatt Papier in der Hand hielt.

«Liebe Freunde», begann er von Neuem, «ich heiße euch herzlich willkommen und danke, dass ihr dieser für mich sehr wichtigen Einladung gefolgt seid, denn sie wird die letzte sein. Ich werde keine Feste mehr geben. Wir werden trotzdem einen herrlichen Abend miteinander verleben, einen unvergesslichen Abend, wie ich hoffe. Und mit einer Band, die meine Lieblingsschlager zum Besten geben wird. Ich bitte um Applaus für die Jungs von *Leise rieselt der Kalk!*» Das Klatschen ging in den Akkorden einer mir schmerzlich vertrauten Melodie unter. Die Jungs werden unter dem Vordach hinter Vater stehen, dachte ich, traute mich aber nicht, mich noch weiter hinauszulehnen.

«Eine Band, die, wie ihr seht, aus lauter alten Hasen besteht. Ich bitte um Applaus für unseren Schlagzeuger Herrn Magister Grubmüller, der inzwischen fast taub ist und heute Abend ohne sein Hörgerät spielen wird. Lassen wir uns überraschen.» Es wurde wieder geklatscht, allerdings etwas zurückhaltender. Zum Zeichen, dass der Schlagzeuger diesen Gruß wahrgenommen hatte, wischte er mit einem Besen ein paar heisere Takte.

«Dieses Geschenk hat mir meine liebe Nadja gemacht, eine Frau, der ich noch viel mehr zu verdanken habe.» Wieder wurde geklatscht, und dieselbe Akkordfolge schepperte unter mir, so dass ich sie an den Füßen zu spüren bekam.

«Es war ihre Idee, alle Lieder unserer alten Schallplattensammlung leicht verkürzt und in neuer knackiger Interpretation spielen zu lassen. Und so werden wir alle in dieser Nacht in den Genuss der Musik kommen, die ich mit meiner Frau Lotte, Gott habe sie selig, gern gehört habe, mitten in der Natur mit dem Blick auf das friedlichste Bild, das ich kenne – auf grasende Pferde.» Er machte eine Pause, als ob er über die Köpfe seiner Gäste hinwegschaute.

«Herr Dr. Labrev, der Biologe in unseren Reihen, wird sicher seine Einwände haben und an den Schmerz des Grases angesichts der Pferdeschnauze mahnen.» Von hinten ertönte ein schwaches Lachen.

«Nach dem Abendessen wird in der großen Halle getanzt. Ich bitte alle darum, sich daran zu beteiligen, denn es gibt nichts Schlimmeres für einen Gastgeber als lange Gesichter und Tanzmuffel, um es mit den Worten meiner lieben Lotte zu sagen. Das Alter nehme ich nicht als Entschuldigung an, hier sind die meisten keine 18 mehr. Gleich vorneweg, wenn ich einige von euch nicht sofort erkenne, nehmt es mir nicht übel, ich werde auch nicht jünger.»

Nach einer Applauslawine tat er etwas, was mich sehr verwunderte. Er begann auf Bürgermeisterart Namen vorzulesen und diese Namen mit Dankesworten zu würzen, so dass jeder seiner Gäste sich angesprochen fühlen sollte. Die meisten Namen kannte ich und hatte auch das passende Gesicht vor Augen. Einige hatte ich noch nie gehört. Wie zum Beispiel Jochen Zielinski, bei dem sich der Vater für das seit Jahrzehnten erstklassige Brot bedankte, oder Rafael Babajew, dem er in Bewunderung und Dank für die zahlreichen Schuhpaare in mejsterlicher Qualität die Hand schüttelte. Auch die unnachahmliche Frau Margarete Stumpf war mir neu. Ihr dankte der Vater für die liebevoll zusammengestellten Blumensträuße und die fachmännische Lieferung. Bei einem gewissen Herrn Kurwanov wurde ich hellhörig. Ihm dankte der Vater für anregende Gespräche in einsamen Stunden. Obwohl ich diesen Namen noch nie gehört hatte, tippte ich bei diesem Kurwanov auf einen Gast, den Vater bei einem seiner Bordellausflüge an der Bar kennengelernt haben wird. Zwischendurch erwähnte er alte Bekannte und Freunde, lauter Namen, die bei mir außer Vertrautheit keine Gefühle hervorriefen, keine nennenswerten Erinnerungen. Vater hätte genauso gut eine Einkaufsliste für den Baumarkt herunterleiern können – nichts regte sich in mir, nur das Wissen, dass ich all diese Menschen in meinem Leben mehrmals gesehen und ihnen die Hand gedrückt oder geküsst hatte, meist bei unseren oder ihren Festen oder im Fahrerlager auf Traditionsturnieren. Umso verwunderlicher war es, dass Vater trotz seiner Maladie (so nannte er neuerdings seine Demenz) all diese Personen zu würdigen wusste. Er schmückte jeden von ihnen mit einem prägnanten Satz wie mit einem Orden, als wollte er sie ad acta legen und so reinen Tisch machen. Bildete ich mir das ein, oder war es die Aufbruchsstimmung eines Abschiedes, die seinen Tonfall bestimmte? Rund eine Stunde dauerte diese Huldigung. Kellner huschten zwischen den Gästen hin und her, sammelten lächelnd die Gläser ein und brachten neue, doch keine einzige Papageienrobe schaute sich um, kein einziger Pinguinfrack lugte nach der Uhr, auch ich stand wie versteinert auf der Veranda und lauschte den Worten meines Vaters, die er ermüdend, mit immer stärkerem Akzent und am Ende beängstigend zärtlich ins Mikrofon säuselte. Einer der Leise-rieselt-der-Kalk-Jungs hatte es ihm nach dem Gruß an «die unnachahmliche Margarethe Stumpf» in die Hand gedrückt.

«Besonders freue ich mich», sagte er fast schon nuschelnd, «über das Kommen meines alten Freundes Otto, (von Grubinger kam ihm nicht über die Lippen), ist er da?»

«Jawohl», antwortete jemand schwach am Fuße des Treppengeländers. Diesmal lehnte ich mich doch über die Balustrade, aber wegen des Oleanderbusches konnte ich Herrn von Grubinger nicht sehen. Niemand außer ihm hätte das Wort «Jawohl» in den Mund genommen. Meinen Vater schien das, was er sah, sehr zu irritieren. «Otto, mit dem mich die schönsten meiner Erinnerungen», stammelte er, das Mikrofon zu nah an den Mund haltend, «unzertrennlich verbinden. Wir haben nicht viel voneinander gehört, aber du kannst dir sicher sein, lieber Otto, dass ich deiner sehr oft gedacht habe.»

Die Gäste wanderten zwischen den Büfetttischen umher, nahmen wieder Platz, verschnauften eine Weile in wortkarger Nachdenklichkeit und mühten sich wieder auf die Beine, um sich noch mehr von dem Belugakaviar auf den Teller zu schaufeln. Hier gab es ausnahmsweise niemanden, der sie bediente, und so nahm jeder ohne falsche Scham aus den waschbeckengroßen Glasschalen so viel, wie er wollte. Schalen mit Schlagsahne schimmerten dazwischen, so dass das Ganze von der Veranda aus an ein Schachbrettmuster erinnerte. Außer Kaviar und Sahne zierten Berge von Gebäck, kleine Dillinseln sowie Batterien von Fingerhüten voll Schnaps die Tafeln. An den anderen Tafeln zauberten mehrere Köche Tatar- und Eigelbkompositionen auf die Teller. Etwas abseits kämpften sich die Vegetarier scherzend und lärmend durch die Desserts. Eine Handvoll Menschen umschwärmte einen Eisblock, vor dem der finstere Sushi-Meister stand, den Nadja extra aus Japan hatte einfliegen lassen. Angeblich auf Vaters Wunsch. Als ich den Menüplan für das Fest gelesen hatte, verfluchte ich diese Frau. Da standen sie auf zwei kleinen Menüstaffeleien, die gerahmte Kopie und die deutsche Übersetzung der Kugelfischlizenz des Japaners. Jeder, der ihn aus nächster Nähe anschaute, konnte auf dem Namensschild, das ihm Nadja an die Schürze gepappt hatte, Folgendes lesen:

Taki Fugu aus eigener Zucht – gib dir die Kugel!

Die Hardcore-Gourmets bekamen ihren Fugu von ihm auf einem blattförmigen Teller mit einem Paar Porzellanstäbchen gereicht. Mit beiden Händen und einem dämlichen Lächeln auf dem Gesicht trugen sie den Fisch zu ihren Plätzen, deren Sitze sie zuvor wie bildungsferne Bademeister mit ihrer Serviette bedeckt hatten. Auch ich stellte mich an, um den mörderischen Exoten zu probieren. Jedes Mal, wenn einer mit seinem Fugu an mir vorbeiging, schüttelte Jonathans Vater den Kopf. Die glatte Nackenhaut und das kurze Haar, das einwandfrei rabenschwarz gefärbt war, machten ihn zu einem mitleiderregenden Geschöpf. Auch damals, als ich ihn auf meinem ersten und letzten Ponyturnier gesehen hatte, hatte er wie ein alter Sänger auf mich gewirkt, der sich nur mit den Füßen voraus von der Bühne tragen lassen würde.

«Das sieht wirklich aus wie ein graues und nasses Taschentuch, das aus Versehen in der Waschmaschine mitgewaschen worden ist», scherzte er, als er sah, dass auch ich die Fugu-Teller mit Blicken begleitete. Wir machten ein paar Witze über das russische Roulette, das wir hier alle spielten, bis jemand in der Schlange uns besserwisserisch und mit starkem russischen Akzent darauf aufmerksam machte, dass wir *August* haben.

«Was hat das mit dem Fisch zu tun?», sagte Herr Mund, seinen in einen viel zu engen Frack gezwängten Bauch streichelnd.

«Von April bis September wird kein Wildfang-Fugu zubereitet, er ist in dieser Zeit eine Giftbombe», sagte der Besserwisser, der sich aus der Schlange gelehnt hatte und erbost nach hinten schaute, ein dünnes Männchen mit einer dicken Goldkette um den kurzen Hals. In ein tief aufgeknöpftes Hemd, schwarzes Sakko und schwarze Jeans gekleidet, starrte er ziemlich lange in unsere Richtung und wirkte wie ein Chauffeur, der, auf seinen Chef wartend, sich die Zeit damit vertrieb, sich den Bauch vollzuschlagen. Andererseits trat er selbstsicher und gleichzeitig stolz auf seine Fugu-Kenntnisse auf, die er offenbar in der Praxis erworben hatte. Das kann nur dieser Kurwanov sein, dachte ich, der Typ, bei dem sich Vater für die Gesellschaft in einsamen Stunden bedankt hatte. Ich nahm mir vor, ein paar Worte mit ihm zu wechseln, doch dazu sollte es nicht kommen.

«Ihr geizt aber nicht mit eurem Geld, was?», sagte Max, der wieder neben mir stand und sicher schon mehrere Liter Champagner intus hatte. «Habt ihr alle Störbestände der Welt geschröpft?», lallte er und stupste scherzhaft meine linke Armprothese an, so dass ich den Stoß in den Rippen spürte.

«Ich bin selbst baff, Nadja hat das alles für den Vater organisiert», sagte ich zu meiner Rechtfertigung.

«Echt?» Max wirkte plötzlich ganz nüchtern. «Da musst du aber gut aufpassen, Freundchen, dass du nicht enterbt wirst.» Er zeigte auf Onkel Ernest, der sich uns mit einem Orangensaftglas näherte. «Da kommt er wieder, der Klammeraffe, ich bin dann mal weg.» Mit diesen Worten drehte er sich um und folgte leicht schwankend einem forschen Kellner, der hoch über dem Kopf eine Methusalem-Granddame-Flasche trug. Die Sonne spielte auf der goldenen Halskrause und blendete mich für einige Sekunden so angenehm, dass ich aus purem Vergnügen die Augen zukniff. Dieser ganze Luxus hier musste für den Bruder meines Vaters, der sicher in sehr bescheidenen Verhältnissen lebte, eine Beleidigung sein. Selbst ich, eine verwöhnte Bratze, schwankte zwischen Scham und Empörung, allein wenn ich den grimmigen Japaner mit seinem Fugu und dem mitgeführten Messerarsenal sah. Andererseits war ich mir nicht sicher, ob es hier wirklich darum ging, jemandem Sand in die Augen zu streuen. Die erlesenen Speisen, die Eisblocktheke mit den hauchdünnen Kugelfischscheiben hätten auch einzig und allein der Gaumeneuphorie dienen, und dass dies auf allerhöchstem Niveau geschah, hätte wirklich nur gut gemeint sein können. Wenn es Vater wichtig war, seine Gäste so zu bewirten, war es sein gutes Recht. Es war ja sein Geld. Hauptsache, der Oligarchenstil wird nicht zur Tradition, dachte ich und verfluchte Nadja in Gedanken noch einmal.

«Na wie geht's», sagte Onkel Ernest und schielte auf die Silikonfinger, mit denen ich ein Glas umklammerte. Wir traten zur Seite. Er machte einen verlorenen Eindruck, aber er wirkte nicht unzufrieden. «Tun sie dir wirklich nicht weh, die neuen Arme?» Es ist ermüdend, alte Menschen zu trösten, wenn sie nicht zuhören, und es macht einen Unterschied, ob man jemandem, der vergesslich ist, immer dasselbe erzählt, oder einem, der nicht glauben will, der sich seine Meinung bereits gebildet hat. Ich kramte mein Polnisch zusammen und begann wieder die Details des Kutschenunfalls zum Besten zu geben, bis Onkel Ernest an der Stelle mit dem kreisenden Hubschrauber über den Bäumen laut aufschluchzte. Ich starrte ihn erstaunt und belustigt an.

«Du armer Kerl», sagte er, «ich wünschte, das wäre mir passiert, so einem jungen Mann, der noch das ganze Leben vor sich hat.» Nicht, dass er mich gleich noch nach meinen Plänen fragt, dachte ich, und prompt erkundigte er sich danach. «Behinderte also?», fragte er nach meinem Hinweis auf das Pferdetherapiezentrum.

«Ich bin noch unschlüssig, wann ich das alles in Angriff

nehme, es ist mir alles momentan zu viel. Weißt du überhaupt, dass dein Bruder ein Problem hat?» Bei dieser Frage führte ich meinen Finger an die Schläfe, klopfte jedoch nicht dagegen. Manche Bewegungen, die keine praktische Funktion haben, führte ich mit den neuen Armen nur halbherzig aus, um die Batterie zu schonen. «Er hat mir auf die Einladungskarte geschrieben, dass er am Anfang des Vergessens steht», sagte Onkel Ernest, «dass er mich noch einmal sehen will.» Er schniefte erneut, holte ein mottenschutzdurchtränktes Taschentuch aus der Tasche und presste es sich ans Gesicht. Dabei schaute er mich mit dem gleichen vorwurfsvollen Blick an wie Vater, als ich ihm gedroht hatte, dass ich für einen Fiaker arbeiten würde, wenn er mich nicht anstellen würde.

«Wozu habt ihr dieses Gebäude gebaut?», sagte er dumpf durch das Tuch und deutete mit dem Kopf Richtung Reithalle. Neben all den Damen in farbenprächtigen Abendroben, die umherstolzierten und sich um die geschichtsträchtige Hausfassade gruppierten, wirkte die neue Reithalle mit dem inzwischen von Vogelkot ordentlich durchmelierten Dach richtig fehl am Platz.

«Na, eben für die Reittherapie mit armen Schluckern wie mir, Depressiven, Dementen, Verrückten», gab ich entnervt zurück, «irgendwann widme ich mich diesem Projekt, jetzt habe ich andere Sorgen», sagte ich.

«Du musst zu deinem Glück gezwungen werden», murmelte Ernest und putzte sich die Nase. So wie du zu deinem Unglück gezwungen wurdest, du Wunderknabe, dachte ich und lächelte den Onkel an, so gemein, wie ich es von mir selbst nie erwartet hätte.

Die alte Langeweile meiner Kindertage packte mich mitten im Gespräch mit Nadja und Betty, die einander süß fanden, wie sie immer wieder, an mich gewandt, beteuerten. Bettys Augen glänzten fieberhaft, während sie ihre Kugel streichelte und von den Wonnen der Mutterschaft schwärmte, von der biologischen Pflicht der Frau und wie leid ihr Nadja tue, die sich um dieses Glück beraube. Ihre ärgerlichen Kommentare ertrug Nadja, ohne mit der Wimper zu zucken. Abwechselnd lächelte sie mal mir zu, mal Betty und mal auch den Boden an.

«Alte Väter machen kluge Kinder, denke daran!», säuselte die glückliche Schwangere. «Überlegt es euch gut, wäre doch zu schade.»

«Hier auf Erden gibt es nichts mehr zu holen», sagte Nadja, ohne den Blick von mir zu wenden, so dass ich den Eindruck hatte, sie spräche zu mir, «hier auf Erden haben wir unsere menschlichen Möglichkeiten erschöpft. Mit bloßer Vermehrung wird das Leben auch keinen tieferen Sinn bekommen, meine Liebe, täusche dich nicht. Es wird nicht besser.»

«Na hör mal. Was schlägst du denn vor?», rief Betty, beide Hände schützend auf die Kugel legend.

«Weniger egoistisch zu sein und gute Energie zu verbreiten.» Ein Ablenkungsmanöver dachte ich, wenn ich hier nicht wäre, würde jetzt ein anderer Ton herrschen. Mein Gähnen unterdrückend, entschuldigte ich mich und ging ins Haus.

Es war alles kaum zu ertragen, die ganze Wichtigtuerei, all die alten Gesichter, die jetzt wirklich alt waren, verwittert, als Kind hätte ich nie gedacht, wie lang sich so ein

Verwitterungsprozess hinziehen kann. All diese Menschen, die ich (mit etwas Abstand und leicht in die Knie gehend, als würde ich ein Foto machen) jedes Mal vorwarnen musste, nicht zu erschrecken, da ich neuerdings künstliche Arme hätte. Und dann das behutsame Händeschütteln, die sich vor Ekel verziehenden Münder und gleichzeitig verzückten Damenblicke, wenn ich ihnen die Hand küsste, die ewigen Achs und Ochs und das allmähliche Abdriften des Blicks, begleitet von: *Wie interessant* und: *Das tut mir aber leid* oder: *Wer ist eigentlich der da? (Verzeihung, dass ich unterbreche).* All diese finsteren Augen, die nur danach Ausschau hielten, dass etwas Unpassendes geschähe, dass einem beim Bücken die Frackhose riss oder das künstliche Gebiss auf den Boden fiel. Und ich selbst, wartete ich etwa nicht? Nur worauf? Dass das Alte ein Ende nimmt und das Neue beginnt, antwortete ich mir selbst. Kaum zu ertragen waren die Spannung, meine Angst, meine Wut und mein Hass auf die Menschen, die ich eigentlich hätte lieben sollen. Der dumme Ernest, der, statt wie jeder andere normale Mensch Champagner zu trinken, Orangensaft schlürfte und in Vaters altem Frack den Inspektor mimte. Diese Wut und gleichzeitig diese Scham vor ihm. Sein Mitleid. Die großmütige Floskel: *Ich wünschte, das wäre mir passiert.* Wer wünscht sich so etwas? Das Misstrauen, das ewige Misstrauen und vor allem diese Trägheit vom Scheitel bis zum kleinen Zeh, zwischendurch aber große Sprüche, *ja, die Pferde, ja, die Halle. Ein Langzeitprojekt, wissen Sie. Von einem Behinderten für die Behinderten.* Und ganz nebenbei die Ahnung, dass daraus nie etwas werden wird. Offenbar war ich noch älter, noch schütterer als diese pergamenthäutige Gesellschaft. Ich war älter als alle zusammen auf diesem Fest. Eine Methusalem-Flasche, allerdings verstaubt und leer. Nadjas Worte fielen mir ein. Natürlich macht ein Menschenkind die Suppe nicht fett. Aber was wollte sie damit wirklich sagen? Die Menschheit habe ihre Möglichkeiten erschöpft? Was ist mit meinen Möglichkeiten? Was ist mit mir?

In der Bibliothek lungerten mehrere Gäste herum, mit schiefen Köpfen lasen sie die Buchrücken und nahmen sogar das eine oder das andere Buch aus dem Regal, der kurzhalsige Fugu-Kenner saß auf der Sofalehne und drehte die alte Meerschaumpfeife meines Vater in den Händen. Als ich ihn sah, wurde mir klar, dass ich mich vor dem geplanten Rennen um 20 Uhr woanders langmachen musste. Es blieb mir nur noch das Ledersofa in Vaters Arbeitskabinett, denn in meinem Zimmer war Onkel Ernest untergebracht worden.

Im Kabinett waren die Markisen zugezogen, und es war kühl wie in einem Weinkeller. Ich legte mich im Dunkeln auf das Sofa hinter den Paravent. Ein unverwüstlicher Geruch von Herbst haftete dem Mobiliar, den Vorhängen, der abblätternden Tapete an, und das, obwohl mein Vater längst darauf verzichtet hatte, die Äpfel und Nüsse, die er auf seinen Rundgängen über das Rennbahngelände aufzulesen pflegte, hier unterzubringen. Mit diesem unverwüstlichen Duft in der Nase, die Wange an das kühle Leder gepresst, wurde mein Herz weit, ich schloss die Augen, und es wurde auch weit um mich – die Gegenstände vibrierten und schrumpften. Winzig wie vertrocknete Äpfel lagen sie da, der Schreibtisch, die Aktentasche darunter, die chinesischen Bodenvasen, die beiden mächtigen Rauchersessel mit Elefantenbeinen – bloß Staub und Dreck. Durch die geschlossenen Fenster drang die Musik gedämpft zu mir herein. Trotzdem erkannte ich die Melodie. Sie schien wie Putz von der Decke zu blättern und mich zuzuschneien, dann stieg sie vom Parkettboden hoch. Ich lauschte. Es war «Buona Sera, Signorina». Die Eltern hatten das Album von Louis Prima rauf und runter gespielt. Die Klänge schallten von draußen deutlich herein, gelb wie die Hülle der Platte selbst. Sauternes-Gelb. «It is time to say good night to Napoli», summte ich vor mich hin. Obwohl es mit einem Mal gewaltig polterte und die Wände zu dröhnen begannen, hörte ich nicht auf. «Kissss me good night», säuselte ich, wobei ich kaum die Lippen bewegte. Auch als sich die Kabinetttür öffnete, kam ich über diese Strophe nicht hinweg.

«So, hier sind wir ungestört. Wollen Sie einen kleinen Port wie in guten alten Zeiten?», erklang plötzlich die Stimme meines Vaters.

«Nein danke», krächzte eine andere Männerstimme. «Darf ich mich setzen?»

«Bitte da drüben in den Sessel», beeilte sich Vater auszurufen. Ich war mit einem Mal wach. Sofort verwandelte sich die ganze Musik in ein banales Klimpern, die seelenlosen Bemühungen einer Rentnerband. Der taube Schlagzeuger machte sich besonders bemerkbar. Ich hörte, wie Vater zum Schreibtisch ging und seine Jugendstillampe anknipste. Das Klimpern der Glasperlenfransen spritzte weit ins Zimmer wie das Licht, das ein schmales Oval auf den Paravent warf. Dahinter lag ich mit geweiteten Augen, überwältigt vom Gefühl, das alles schon einmal erlebt zu haben.

«Sehen Sie mich an, Herr Nieć», hörte ich den leisen

Bariton von Herrn von Grubinger. Es bestand kein Zweifel, dass er das war, doch wie geschlagen klang seine Bonvivantstimme im Dunkel! «Es geht bergab mit mir», sprach er noch leiser weiter, «mein Immunsystem spinnt, und mein Körper zerstört sich selbst. Sehen Sie mich doch endlich an!», platzte er plötzlich heraus. «Sie wissen doch, warum ich hier bin? Sie wissen es?» Der Vater verneinte. «Hören Sie, ich will, dass Sie mich so in Erinnerung behalten, wie ich es wirklich verdiene. Das ist mir ganz wichtig. Lebenswichtig.» Dieses Wort knurrte er durch die Zähne.

«Ich höre», sagte der Vater gelassen, «doch ich muss Sie gleich warnen: Was Sie mir zu sagen haben, werde ich sehr bald nicht mehr wissen. Ich habe Demenz.» Herr von Grubinger schwieg lange. Dann lachte er:

«Wenn ich nur wüsste, ob sie mich damit bestrafen oder begnadigen wollen.»

«Diese Entscheidung überlasse ich Ihnen selbst, Herr von Grubinger, denken Sie, was Sie wollen. Geht es um meine Frau Nadja und Sie?»

«Es geht um Lotte und mich, um Lotte, Ihre Frau. Auch ich habe sie geliebt», sagte Herr von Grubinger und wieder trat Schweigen ein. So saßen sie etwa eine Viertelstunde lang. Sie schwiegen über dies und das, weinten, schwiegen weiter, und bevor sie gingen, lagen sie sich kurz in den Armen. Drei dumpfe Schläge auf die Schulter.

«Verzeih mir, Adam.»

«Wofür denn?»

«Auf die Plätze, fertig, los!», schrie Nadja wie von Sinnen. Als Geburtstagskind war Vater mit einem Vorsprung von zwei Minuten als Erster losgelaufen. Er machte rudernde Bewegungen und lachte aus vollem Hals. Sein Laufen war ein Schleichen. Lachend kurvte er um die schulterhohen Heckenquadrate, drehte sich zu uns um und zeigte uns die lange Nase.

«Auf die Plätze, fertig, los!», wiederholte Nadja diesmal ohne Geschrei. Ich lockerte meine Fliege, dann rannte ich los. Ich überholte einen Frack nach dem anderen, blieb zurück, stolperte und holte wieder auf. Ich rannte los, als ginge es um Leben und Tod. Ich lief wie vom Teufel gejagt, als könnte ich im nächsten Augenblick über die erschöpften Möglichkeiten der Menschheit hinwegspringen und etwas Unvorstellbares sehen, das Andere, die Alternative, die Nadja angedeutet hatte, die Hoffnung. Ja, genau die. So heißt sie auch mit vollem Namen. Nadjeschda, «Hoffnung» auf Russisch. Hat sie mir selbst gesagt. Heute würde niemand mehr die Mädchen so nennen, heute heiße man bei uns nur noch Inessa, Diana oder Emilia, hatte sie einmal gesagt. Und Vater staunend: Bei uns auch. Alles in mir keimte und blühte schmerzvoll und prächtig. Das Herz stach, oder war es die Lunge? Ich kriegte kaum Luft, aber an Aufgeben wollte ich nicht denken. Max überholte mich und wurde selbst von Jonathan überholt. Wild flatterten ihre Frackschöße. Zwei Delfine, die sichtlich Spaß hatten. Ich sah, wie sie Vater passierten, der nun eher marschierte als lief. Irgendwann konnte auch ich nicht mehr und blieb einfach stehen. Immer wieder sausten Fräcke an mir vorbei. Ich hörte auf zu zählen. Ebenso marschierend wie Vater, näherte sich jetzt Herr von Grubinger, den ich an diesem Tag noch nicht begrüßt hatte. Jetzt aber war es der denkbar schlechteste Moment dafür. Schnaubend ließ auch er mich hinter sich. Er hatte mich nicht erkannt. Bleib nicht stehen, dachte ich, Stillstand ist Tod. Auf. Los, alte Karkasse! Du musst wenigstens die beiden Alten überholen. Ich konnte kaum noch atmen, als ich Vater und die alte «Goldgrube» erreichte. Sie gingen Seite an Seite, so nah bei einander wie ein Ehepaar, das zu prüde ist, Händchen zu halten. Ich schritt an ihnen vorbei. An Laufen war nicht mehr zu denken. So einfach ist es also, dachte ich und spürte überraschend, wie mir die Tränen in die Augen stiegen.

XX

Nach dem Fest ist vor dem Fest. Mit diesen Worten begrüßte uns Vater, als er gegen Mittag klappernd in die Bibliothek kam. Er trug seinen Frack vom vorigen Tag und sah so aus, als hätte er gar nicht geschlafen. Auf der Veranda war ein Brunch vorbereitet. Er bestand darauf, dass Frau Strunk mitaß. Kokett nahm sie unwillig Platz und ließ sich von ihm Champagner einschenken. Eine Weile strahlte sie triumphierend vor sich hin, dann wurde sie nachdenklich so wie wir alle. Dass er etwas im Schilde führte, wurde mir klar, als er Frau Strunk auf eine Spazierrunde um die Rennbahn entführte. Solange ich lebte, konnte ich mich an solch eine Intimität mit einer Angestellten nicht erinnern. Seite an Seite gingen sie über den Rasen, der feucht vom nächtlichen Regen sein musste, denn sie schlugen bald den Pfad ein, auf dem das Gras am kürzesten war. Als sie nach einer halben Stunde zurückkamen, ging Frau Strunk mit geröteten Augen an uns vorbei ins Haus. Und ich wusste: Unser gemeinsames Schweigen hier am Tisch war in ihrer Abwesenheit völlig angebracht gewesen.

«Hast du sie gefeuert?», fragte Ernest seinen Bruder auf Polnisch. Dieser schüttelte nur lächelnd den Kopf. Um zwei Uhr erhob sich Nadja und begann den Tisch abzuräumen, wobei dies gar nicht ihre Aufgabe war. Später drangen die Abwaschgeräusche durch das Küchenfenster neben der

Treppe auf die Veranda heraus. Wieder tauchte Nadja auf, nahm das große weiße Tuch vom Tisch und faltete es mit dem Rücken zu uns. Dann, auf dem Weg zum Haus, zerknautschte sie es plötzlich, obwohl es keinen einzigen Fleck hatte und noch zu benutzen gewesen wäre.

Auch mit Ernest drehte der Vater eine Runde über die Rennbahn. Gegen drei kam Ernests Taxi und holte ihn ab. Ich wollte ihn zum Tor begleiten, doch Vater winkte ab und hängte sich schon im nächsten Augenblick bei Ernest ein. In der anderen Hand trug er die kleine sackähnliche Reisetasche seines jüngeren Bruders. Der Anblick seines gesenkten, völlig ergrauten Schädels sollte zu meiner letzten Erinnerung an ihn werden. Das Taxi war längst ein Silberpunkt in der Ferne, mein Vater winkte ihm trotzdem hinterher. Er winkte mit erhobenem Arm, als würde er über eine beschlagene Glaswand wischen, und irgendwann ließ er den Arm sinken und eilte auf die Stallungen zu. Im Gehen gab er mir ein Zeichen, dass ich ihm folgen sollte. Und ich lief ihm quer über den Rasen hinterher, wie ein Hund, dem das Herz plötzlich im Hals pochte.

Im Stall 13 waren die ältesten Pferde versammelt, ein Blick genügte, und ich wusste, dass es Vaters Lieblinge waren, die Tiere, die ihm als Kutschpferde treu gedient hatten. Mit einigen hatte er seine Turniererfolge gefeiert. Auf einem Strohballen saß er in seinem Frack und rieb sich immer wieder die Hände. Wer ihn nicht kannte, hätte denken können, er freue sich auf das Essen und drücke nur sein Wohlbefinden aus. Genau das Gegenteil war der Fall. Wenn er sich nicht die Hände rieb, ging er hektisch zwischen den Pferdeköpfen hin und her, schmiegte seine Wange an sie und streichelte ihre Blessen. Dass er damit seinen Frack ruinierte, schien ihn nicht zu stören. Als er sich satt gestreichelt hatte, führte er mich wortlos in die Heukammer und zeigte auf einen Metallkasten auf dem Boden. Ich sah ihn zum ersten Mal. Er erinnerte mich ein wenig an eine klobige Kaffeemaschine aus den 80er Jahren. Nadja, den Aluminiumkoffer aus der Bibliothek zu ihren Füßen, lehnte an der Stallwand.

«Ich werde dich jetzt um einen Gefallen bitten. Es wird dir nicht leichtfallen, aber ich weiß, du wirst mich jetzt nicht allein lassen. Es tut mir leid, dass du so einen schlimmen Vater hast», sagte er ohne einen Hauch Reue. Offenbar wartete er, dass ich ihm widersprechen würde, doch ich schwieg. Ich hörte ihn weiterreden. Es fielen Sätze wie «Erspare dir deine Überredungskünste» und «Ich bin niemandem etwas schuldig», aber auch solche Perlen wie: «Sei froh, dass du dabei bist – so wird dein Leben nicht versauert», und zum Schluss der krönende Satz: «Nur den Tieren geht es um die Selbsterhaltung. Und ich ... ich pfeife auf irgendeine dahergelaufene Gesellschaft, die mir völlig herzlos Durchhalteparolen entgegenschmettert.»

Er zeigte wieder auf den Metallkasten. «Das da habe ich in deinem Alter für diesen einen Tag gebaut, und das in einer Zeit, in der ich alles Mögliche im Kopf hatte, Ziele, Träume, Fortschritt, Forschung, Geld und vor allem Pferde am Haus, ja, ich hatte viel im Kopf damals, Ideen bis zum Abwinken, und am klarsten in puncto, wie ich leben will. Und sterben», fügte er lächelnd hinzu. Ich schaute zu Nadja hinüber. Sie schwieg, wie es nur Komplizen tun, Großmütter, die ihren Töchtern nicht sagen, dass der Enkelsohn eine halbe Torte verschlungen hat und deswegen das Mittagessen verschmäht. Er schien meine Gedanken erraten zu haben, denn im nächsten Augenblick sagte er: «Nadja hat alles besorgt, sie hat nicht nur mein Herz gestohlen, sondern auch einen Block mit vorgestempelten Rezepten. Mit welchem Zeug werde ich noch einmal eingeschläfert?» Sie nuschelte ein Wort, das ich nicht verstand. «Mach die Kamera an», bat er sie, «für die Dokumentation», fügte er zu mir gewandt hinzu, «nicht, dass Ihr Ärger mit dem Staat bekommt, der euch vorwirft, mich umgebracht zu haben. An alles muss man denken.» Doch Nadja hatte bereits angefangen zu filmen. Auf Brusthöhe hielt sie ihr Handy und starrte uns mit den reglosen Untertassenaugen einer Eule an. Auf meine christlichen Argumente hin, sich zu fügen und das Leben natürlich ausklingen zu lassen, winkte er nur ab und sagte: «Ich danke gehorsamst.» Ich redete von der Verantwortung seinem einzigen Sohn gegenüber, worauf er meinte, wenn er sich nicht um mich sorgen würde, hätte er sich heimlich über den Jordan gemacht und mich mit Selbstvorwürfen zurückgelassen.

«Und der Sinn, der Sinn des Lebens?», rief ich verzweifelt.

«Die Sinnsuche», hörte ich ihn wie durch Watte sagen, «ist wichtig, sie ist der eigentliche Lebenserhaltungstrieb der Menschen. Ich selbst habe gerne gelebt, obwohl mir der Sinn mit der Zeit abhandengekommen ist.»

«Es ist also die Angst …», meine Stimme überschlug sich, obwohl mir diese Worte flüsternd über die Lippen kamen, «… alles zu vergessen.» Er schaute zur Decke, reine Verlegenheits- und Zeitüberbrückungsgeste. Dann näherte er sich und sagte mir ins Ohr: «Es ist die Freiheit. Ach!», er wandte sich ab. «Wenn ich euch Schnuckis sehe, werde ich schwach, ihr süßen Schnuten, lebet wohl, ihr, Pferdchen. Habet Dank.»

Noch ein letzter Blick auf die Stallgasse, und mein Vater begann seine Frackjacke und das Hemd auszuziehen. Als er auf dem Boden saß, schob er seinen linken Arm auf die Metallablage seiner Jugenderfindung, legte sich mit dem erprobten Griff eines Routiniers einen Katheter und lehnte sich zurück. Eine Weile schaute er uns blinzelnd von unten an. Dann drückte er auf etwas im Inneren des Kastens.

Ich habe einen reinen Ton gehört. Alle Schönheit und aller Schrecken lagen darin. Dieses lange Ausatmen! Es schien den Stall zu erhellen, die speckigen, schokoladenfarbenen Geschirre an der Wand, die an der Decke zum Trocknen aufgehängten Brennnesseln vom letzten Jahr, die Köpfe der Pferde, die nachdenklich, wie es nur diesen Tieren gegeben ist, die Luft beschnupperten, und Nadjas verweintes Gesicht, das mir in diesem Moment zum ersten Mal verblüht vorkam.

Grüße aus dem Adam-
Nieć-Wohnstift für
Senioren. Damit du
weißt, was ich mit dem
Geld gemacht habe.
Herzlichst, Nadja
Kaspar Nieć
Freudenau 65
A-1020 Wien
АВСТРІЯ

topor.od.ua

Dank

Inspiration und Erkenntnisse verdanke ich den Pferden in meinem Leben, meinem Mann, meinen Fahrlehrern Christian Marquardt, Horst und Alexander Monnard sowie der Stadt Wien. Bei Carola von der Osten bedanke ich mich für lehrreiche Gespräche über Demenz und bei Toni Bauer sowie Florian Staudner für spannende Seminare über das Traditionsfahren und den Wagenbau.

Literaturverzeichnis

Traditionelles Fahren 01/02:

Teil 1: Stilvolle Privat- und Freizeitgespanne.

Teil 2: Edle Luxusfuhrwerke und Mailcoaches.

Produzent: Vogel, Thomas. Redaktion und Text: Haller, Martin. BRD: pferdia tv 2008. Fassung: DVD. 43 Min.

Der Kutschbock, Das Magazin für alle Fahrsportinteressierten:

Nr. 4, Dez. 2013 – Feb. 2014.

Pferd & Wagen, Europas großes Magazin für Gespannfahrer:

Nr. 4, Juli/August 2013.

Nr. 5, September/Oktober 2013.

Nr. 6, November/Dezember 2013.

Nr. 2, März/April 2014.

Nr. 5, September/Oktober 2014.

Nr. 6, November/Dezember 2014.

Der Wagenfabrikant: theoretisch-praktisches Handbuch für alle beim Wagenbau beschäftigten Handwerker und Gewerbetreibende, Wilhelm Rausch, Leipzig, Verlag von Bernh. Friedr. Voigt, 1900.

Die Fahrlehre, Christian Lamparter, Aachen, Verlag Dr. Rudolf Georgi, 1985.

Die Fiaker von Wien, Bartel F. Sinhuber, Wien, Dachs-Verlagsgesellschaft, 1992.

Pferde unter dem Doppeladler: das Pferd als Kulturträger im Reiche der Habsburger, Martin Haller, Graz, Stuttgart: Leopold Stocker Verlag; Hildesheim: Olms Presse, 2002.

Was der Stallmeister noch wußte, Christiane Gohl, Stuttgart, Kosmos Verlag, 2008.

Wien. Bibliothek der Erinnerung Band VI, Hermann Bahr, Wien, Czernin Verlag, 2008.

Alzheimer und ich − Leben mit Dr. Alzheimer im Kopf, Richard Taylor, Aus dem Amerikanischen von Elisabeth Brock, 3. ergänzte Ausgabe. Deutschsprachige Ausgabe herausgegeben von Christian Müller-Hergl, bearbeitet von Elke Steudter, Bern, Hubert Verlag, 2011.

«Aus unserem Verlagsprogramm»

Deutschsprachige Literatur bei C.H.Beck

Catalin Dorian Florescu
Der Mann, der das Glück bringt. Roman
325 Seiten. München 2016

Karin Kalisa
Sungs Laden. Roman
255 Seiten. München 2015

Hans Pleschinski (Hrsg.)
«Ich war glücklich, ob es regnete oder nicht».
Lebenserinnerungen von Else Sohn-Rethel
254 Seiten. München 2016

Zora del Buono
Gotthard. Novelle
144 Seiten. München 2015

Ernst Augustin
Der Kopf. Roman
Mit einem Nachwort von Lutz Hagestedt
538 Seiten. München 2016

Adolf Muschg
Die japanische Tasche. Roman
484 Seiten. München 2015

Internationale Literatur bei C.H.Beck

Anthony Doerr
Memory Wall. Novelle
Aus dem Englischen von Werner Löcher-Lawrence
135 Seiten. München 2016

Lily King
Euphoria. Roman
Aus dem Englischen von Sabine Roth
262 Seiten. München 2015

Jim Shepard
Aron und der König der Kinder. Roman
Aus dem Englischen von Claudia Wenner
266 Seiten. München 2016

Amir Hassan Cheheltan
Der Kalligraph von Isfahan. Roman
Aus dem Persischen von Kurt Scharf
352 Seiten. München 2015

Eli Gottlieb
Best Boy. Roman
Aus dem Englischen von Jochen Schimmang
256 Seiten. München 2016

François Garde
Das Lachen der Wale. Eine ozeanische Reise
Aus dem Französischen von Thomas Schultz
230 Seiten. München 2016